KB179424

대한민국 ④

# 대한민국 4

ⓒ 유호, 2008

초판 1쇄 발행일  2008년 11월  3일
초판 2쇄 발행일  2010년  5월 20일

글 유호
펴낸이 김지영   펴낸곳 작은책방
편집 김현주   디자인 박혜영
제작·관리 김동영
영업 김동준, 조명구

출판등록 2001년 7월 3일 제2005-000022호
주소 121-840 서울 마포구 서교동 395-36 1층
전화 (02)2648-7224   팩스 (02)2654-7696
홈페이지 www.i-b.co.kr

ISBN 978-89-5979-110-1  04810
      978-89-5979-112-5  (SET)

# 대한민국 4

유 호 장 편 소 설

해든아침

# |차례|

# 먹이사슬

연단에 선 왕시의 목소리는 거침없었다. 그리고 연병장에 정렬한 800명의 장교들은 환호로 답을 했다. 연단을 내리치며 고함을 내지른 왕시가 양팔을 벌리자 환호는 절정을 향해 치달았다. 무슨 사이비 종교의 행사 같은 상황, 장교들은 왕시의 일거수일투족에 모든 신경을 곤두세운 채 그의 말 한 마디, 행동 하나에 비명처럼 환호성을 토해냈다.

'자리가 사람을 만드는 건가? 멋지게 주무르는군.'

연병장을 내려다보던 쉬차이허우는 씁쓸한 미소를 머금으며 소파로 돌아왔다. 사실 왕시를 선양 군구사령관에 임명할 때는 그저 상부의 명령을 충실하게 따르는 개가 되리라고 생각했었다. 왕시라는 인물 자체가 그의 말 한마디에 죽고 사는 철저한 심복이었고 '아니오'라는 단어를 아예 모르는 사내였다.

그런데 사령관 자리에 앉자마자 사람이 완전히 바뀌어버렸다. 무시무시한 카리스마를 바탕으로 단숨에 전군을 휘어잡아버린 것이었다. 자칫하면 왕시에게 베이징이 휘둘릴지도 모른다는 불길한 생각이 들 정도였다.

"베이징의 전화입니다. 동지."

수행비서가 전화기를 내밀었다.

"무슨 일인가?"

"급한 일이랍니다."

쉬차이허우는 마땅찮은 표정으로 전화를 받았다. 그러나 전화기를 귀에 댄지 몇 초 되지 않아 쉬차이허우의 얼굴은 급격하게 어두워졌다.

우려했던 신장의 소식, 그것도 최악이었다. 두 군데의 원유 파이프라인이 동시에 폭파되어 당분간 원유수급에 차질을 빚게 될 거라는 이야기와 자라드의 반란 소식이 줄줄이 이어졌다. 더구나 관영 CCTV가 해킹당해 ETLO의 독립선언이 전국에 송출됐다는 우습지도 않은 이야기까지 더해졌다. 급히 위성과 인터넷을 차단해서 더 이상의 확산은 막았지만 이미 외신은 관련사안의 보도에 열을 올리는 상황으로 치닫고 있었다.

"젠장!"

쉬차이허우는 짜증스럽게 전화를 끊고 자리에서 일어섰다. 연병장에서는 '인민을 위해 봉사한다'는 행사의 마지막 구호가 힘차게 울려퍼지고 있었다.

왕시와 술자리를 약속했으니 이제 나가봐야 할 시간, 천천히 걸음을 옮기며 머릿속을 정리했다. 위그르의 반란이 당의 체면을 땅바닥에 처박은 건 사실이다. 하지만 왕시의 생각을 돌리는 데는 호재로

작용할 가능성이 높다. 위그르인들에 대한 문제라면 란저우군구와 궈보슝이 알아서 진압할 터, 미리 신경을 곤두세울 이유는 없었다. 지금으로선 왕시의 일을 처리하는 것이 최우선이었다.


술자리에서의 왕시는 예전과 달라진 것이 별로 없었다. 굵직한 목소리로 여자들을 불러들이고 시원하게 술잔을 비웠다. 술자리의 주객이 전도된 것만 달라진 셈이었다. 왕시가 술잔을 건네며 말했다.

"정말 오랜만입니다. 부주석 동지. 술은 여전하시지요?"

쉬차이허우가 단숨에 술잔을 들이켜고 말을 받았다.

"아닐세. 이제 나이가 있지 않은가. 좀 봐주시게. 후후후."

"그럴 리가요. 동북의 호랑이 쉬 상장께서 술을 마다할 리가 없습니다. 하하하."

"이런…… 늙었다니까. 이빨 다 빠져서 이젠 사냥도 힘들어. 잔이나 받게."

기분 좋게 술잔을 넘겨받은 왕시가 잔을 입으로 가져가다 말고 정색을 하며 말했다.

"그나저나 부주석께서 직접 이 외진 곳까지 내려오신 걸 보니 주석 동지의 노화가 여간 아니신 모양이군요."

단도직입적인 말, 쉬차이허우가 입술을 비틀었다.

"그런 셈이야. 자네가 북조선의 손을 들어줬다면서?"

"사실이 그러니까요. 폭발은 내부의 손이 개입됐습니다. 원자바오 총리의 발호가 가장 거슬리던 사람이 누구일까요?"

왕시의 눈매에는 웃음이 맺혔지만 입에서 나오는 말의 의미는 심각했다. 쉬차이허우가 급히 손을 내저어 말을 자르고는 여자들부터 내보냈다.

"그런 소리 함부로 하지 말게. 총리가 세를 얻었다고 해도 그건 새 발의 피야. 주석께서 신경 쓰실 정도가 아니라는 이야기일세. 그건 자네도 인정하지 않는가?"

"물론 그렇습니다. 하지만 최근 두 분이 여러 가지로 부딪힌 것도 사실이지요."

"그만하세. 더 급한 일이 있어."

왕시가 심드렁하게 잔을 내려놓으며 말했다.

"들었습니다. 당분간 란저우군구가 힘을 얻겠죠. 동북은 또 찬밥이 겠고요."

"그런 이야기가 아닐세. 이번엔 상황이 심각해. 티베트도 아직 안 정이 되지 않았어. 이제 신장이 들썩거렸네. 타이완 정국도 좋지 않 은데다 북조선까지 말을 듣지 않으면 정말 나라가 위태로워질 수 있 네. 완전히 고립되는 거야. 심각한 문제일세."

"심각한 상황이라는 건 인정합니다. 하지만 그만큼 중앙에서 혜택 을 독점했다는 것도 인정해야 합니다."

"알아. 내가 노력하고 있지 않은가. 조금만 더 기다리게. 동북공정 도 한창 진행되고 있으니 곧 가시적인 효과가 나올 게야."

"동북공정이라…… 모조리 관광 상품뿐이죠. 동북 인민이 그런 걸 바라는 것이 아니라는 건 부주석께서 더 잘 아십니다. 아닌가요?"

"안다고 하질 않나. 하지만 지금은 북조선이 손아귀에서 빠져나가 는 걸 막아야 해. 현재로선 무엇보다 큰일이야."

"북한을 주저앉히면 무슨 혜택이 있죠? 주석의 집권이 더 강화되면 부주석께서도 냄비 속의 개새끼가 될 겁니다. 그런 상황은 사양입니다. 그리고……."

"군사위원회 부주석을 겸임하게."

더 말을 이으려던 왕시가 급히 미간을 좁혔다.

"뭐라고요?"

"군사위원회 부주석 자리를 비워놓았어. 4총부 중 총후근부를 자네에게 넘기지."

사실상의 폭탄선언, 기본적으로 중국군에는 합참이나 각 군 본부에 해당하는 기구가 없다. 대신 총참모부, 총정치부, 총후근부, 총장비부의 4대 기구가 군의 수뇌부 역할을 했다. 이들을 총칭해서 사총부四總部라고 부르며 4총부는 중앙군사위원회의 직접 지휘를 받는다. 물론 핵심은 실질적인 최고사령부 기능을 수행하는 총참모부지만 전군의 보급을 맡는 총후근부 역시 만만치 않은 중요한 자리였다. 그만큼 후진타오가 작금의 상황을 심각하게 생각한다는 의미이기도 했다. 왕시가 무겁게 반문했다.

"그 정도입니까?"

"그래. 중국이 없으면 나도, 자네도 없어. 무슨 수를 쓰든 무조건 북조선을 주저앉히게. 필요하면 무력을 써도 좋아."

쉬차이허우의 심각한 얼굴을 빤히 넘겨다본 왕시가 내려놓았던 술잔을 들어 양손으로 감싸 단숨에 들이키고는 술잔을 어깨너머로 던지며 차갑게 말했다.

"힘의 차이를 보여주지요."

하루하루 피말리는 시간을 보내는 대한에게 새 고민거리가 날아든 건 찬바람이 매섭게 옷깃을 파고드는 11월의 첫날이었다. 스웨덴 왕립과학아카데미에서 온 한 장의 공문서, 노벨물리학상 수상자로 확정되었다는 통보였다. 공문서를 받아든 대한의 반응은 시큰둥 그 자체였다.

"그래서? 날더러 오슬로인지 오델로인지 그 촌구석까지 오라는 거야? 거기다 초전도체에 대한 공짜 강의도 하고? 장난치냐? 그것도 12월 10일? 놀고 있네."

대한이 공문서가 끼워진 결재판을 책상 위에다 툭 던져버렸다. 노벨상은 매년 12월 10일 오슬로에서 시상식이 거행되고 수상자에 대한 상금은 한화로 대략 15억쯤, 실적에 대한 강의는 필수였다. 대한의 입장에서 보면 더도 덜도 아닌 시간낭비였다. 안 그래도 초읽기에 들어간 중국군의 남하 때문에 살얼음판을 걷는 판에 한가하게 시상식에 파티에 같잖은 강의까지 하고 돌아다닐 수는 없는 노릇이었다.

결재판을 집어든 유민서가 도로 대한의 앞에 결재판을 펴놓고 배시시 웃으며 말했다.

"그래도 봤다는 사인은 하세요. 비서실 담당자 불쌍해져. 호호."

입맛을 다신 대한이 대충 서명을 하면서 중얼거렸다.

"다른 사람 보내는 것도 꼴이 우습고…… 금목걸이 하나 준다고 쪼르르 쫓아다니는 것도 그렇고…… 그냥 거부해야겠다."

"진짜?"

의외라는 반응, 남들은 어떻게든 후보라도 되어보려고 기를 쓰는 노벨상을 귀찮다는 말 한 마디로 젖혀놓고 있었다. 유민서가 다시 물었다.

"진짜 안 받을 거야?"

"그래. 미국에게 믿음을 주기 위해서 받는다고 한 거지 진짜 받겠다는 의미는 아니었으니까. 상온초전도체에 대한 상세한 정보를 유럽까지 공짜로 뿌려주고 싶은 생각은 없다. 다만 거부 시점은 조정을 해야지. 매스컴 충분히 타고 대통령 선거에 도움 좀 받은 다음에 거부하는 게 맞을 거 같다."

"그럼 일단 왕립아카데미에는 참석하겠다고 통보해야겠네?"

"그래. 하지만 매스컴에 대놓고 요란 떨지 마라. 왕립아카데미에서 떠든 것만으로도 충분히 자존심 상해."

왕립아카데미에서는 이미 4개월 전에 후보군 6명의 명단을 공개했고 대한에게 공식 문서가 날아오기 이전에 역시 매스컴을 통해 수상자를 발표한 상황이었다. 비서실과 홍보실에는 벌써부터 사실 확인을 위한 전화가 쇄도하는 판이니 굳이 이쪽에서 요란을 떨 이유는 없었다. 유민서가 다시 말했다.

"네. 알았어요. 그리고 또 확인할 거 있어요. 오빠."

"뭔데?"

"탄도미사일 흑풍 건 말이에요. 시제품 시험발사를 못해서 고민 중인데 어쩌지? 시제품 이외에도 3기나 더 제작했는데 이래서는 처치 곤란이야. 시점을 잡아줘야 시험발사 끝내고 본격적인 양산에 들어가죠."

대한은 아차 하는 표정으로 고개를 주억거렸다. 시점상 어떤 방식이든 결과를 봐야 했다.

"미처 신경을 못 썼다. 미안. 가만 보자…… 일단 수소―하프늄 탄두니까 폭발하고 종말유도는 실패할 이유가 없고…… 발사하고 대기권 이탈, 재돌입만 확인하면 되지?"

"글쎄. 솔직히 대형 탄두는 처음이라 폭발범위 확인이 필요하긴 한데…… 복잡하면 탄두는 크루즈 미사일에 탑재해서 따로 시험할 수 있어요."

"탄두는 시간을 봐서 따로 해라. 시험발사는 탄두를 소형으로 바꿔서 발사부터 대기권 재돌입까지만 확인하고 마리아나 해구 상공에서 자폭시키자. 외부에는 인공위성 시험발사로 공표하고 강행하지 뭐. 대통령 선거 끝나는 즉시 축포로 쏘자. 준비시켜."

"알았어요. 그 정도면 나도 만족이야."

"그리고 아영아."

"응."

컴퓨터 앞에 앉아 있던 아영이 의자를 핑 돌렸다.

"탄도 미사일 요격 건은 어떻게 되어가고 있어? 미래 9시리즈에다 THEL 장착해서 대기권에서 요격하는 걸로 기억하는데?"

"응. 끝나가. 9시리즈는 조기경보 용도로 3기가 제작됐고, 여객기 용으로 3기가 제작되고 있었는데 여객기 중에서 2기를 고도 50,000미터 이상을 비행할 수 있는 초고공 용도로 개조해서 전용하기로 했어. 우리 THEL 사거리와 파괴력, 정확도가 미국 물건하고 차이가 많으니까 미국의 ABL이나 ATL로는 비교하기 어려울 거야."

ABL과 ATL은 미국 공군이 미사일디펜스를 위해 개발한 공중 레이저 방어무기로 보잉747을 개조한 기체에 레이저요격 시스템을 장착한 항공기였다. 그러나 고도 100km 이상의 열권熱圈에서 고속으로 비행하는 물체의 요격이 불가능해서 탄도미사일의 경우 초동단계에 요격해야만 했다. 미사일의 탐지와 요격에 배당되는 시간이 수십 초에 불과할 정도로 극히 짧다는 의미였다. 당연히 실용화에는 문제점을 내보이는 물건, 결국 미국은 중간권 밖에서 직접 미사일을 요격하는 SBL 방식을 다시 연구하고 있지만 아직은 초기단계였다. 아영이 말을 이었다.

"유효사거리는 600킬로미터고 타격과 동시에 파괴되는 게 아니라 외피와 일부 기능에 타격을 입혀서 성층권 재돌입 시점이나 대기저항으로 자체 파괴되는 방식을 택했어. 1회 출격에 150발까지 발사할 수 있어. 문제는 시점인데…… 9시리즈를 개조하고 THEL 탑재하는 것만 해도 시간이 부족해. 납품은 잘해야 연말이 될 것 같아."

대한은 잠시 천장을 올려다보면서 차분하게 생각을 정리한 뒤 말을 받았다.

"일단 납품은 고려하지 말자. 준다고 당장 쓸 수 있는 물건이 아니잖아."

"그거야 그렇지."

"연말까지 우리 비행사와 연구진이 탑승해서 실전 훈련을 하도록 해줘. 그 전에 일이 터지면 미사일 기지 해킹이 최선이니까…… 애들 시켜서 미사일 기지나 발사대는 지금부터 두들기는 쪽으로 하자."

"알았어. 시행할게."

"그리고 39집단군 쪽 동향은 좀 봤니?"

"응. 그런데 좋지 않아."

"좋지 않아?"

"39집단군뿐 아니라 40집단군까지 부대 기동이 시작되고 있어. 특히 기갑세력의 움직임이 심상치가 않아. 분명히 남하를 전제로 하는 배치야."

북한과 중국은 지난 4개월을 줄기차게 상대를 비방하는 성명전으로 일관하다가 선양 군구 조사단이 북한의 손을 들어줌으로 인해 잠시 소강상태에 들어가는 듯했다. 그러나 며칠 전 선양 군구가 갑작스레 북한을 비난하고 나서면서 상황은 급전직하, 일촉즉발의 위태로운 상황으로 치닫고 있었다. 선양 군구의 부대이동은 군구 사령부의 입장을 대변하는 셈이었다. 대한이 다시 물었다.

"공군이나 해군은?"

"공군은 큰 변화가 없는데 북해함대는 소형선까지 대련으로 집결하고 있어. 하급夏級 원잠 2척이 관측됐고 한급漢級도 2척이 대련에 들어왔어. 작전결행 이전에 실시하는 마지막 수리와 보급일 가능성이 높아. 지난 통신대란 때 구축함들은 시스템에 문제 생긴 함정이 많아서 상하이와 항저우에서 시스템 교체작업을 했는데 지난 이틀 사이에 8척이 대련으로 돌아왔어."

"쯧…… 신장에 그 난리가 났는데도 밀어붙이는 건가? 지독한 놈들일세. 신장은 어때?"

"어제 오전에 위구르 반군이 치타이를 공격했어. 중국군 1개 대대가 주둔하던 우루무치 동쪽 40킬로미터에 있는 오아시스 도시인데 단 1시간 만에 함락하고 수비부대 상당수를 포로로 잡으면서 기세를 올렸어. 국지적인 게릴라전 치고는 상당한 규모가 될 것 같아. 자라드가 보낸 전투장면 동영상을 유튜브에 올려놨어."

"후진타오가 난감하겠군. 후후."

"오늘 새벽부터 21집단군 주력이 톈산으로 이동을 시작했고 군부에 계엄이 선포됐어. 중국의 와해를 노리는 조직적인 음해세력이 있다면서 모든 신규 비자발급을 중지하고 중국 내에 거주하는 외국인들의 비자 재발급도 중단했어."

"재미있군. 소수민족 감시도 심해졌겠네?"

"응. 특히 칭하이하고 닝샤후이성에 거주하는 회족을 감시하느라 란저우 군구는 정신 없어졌어. 회족은 인구도 1억에 가깝고 위그르족하고도 이래저래 가깝거든. 베이징은 위그르 반군의 테러위협 때문에 거의 전쟁터가 됐고."

"후후. 솔직히 테러를 찬성하는 건 아니지만 중국도 이제부터 무려 2억 가까운 내륙의 이민족을 착취한 대가를 치러야 할 때가 됐지. 같잖은 중화 어쩌고 하는 헛소리로 현혹하는 것도 이제 한계에 다다랐으니까."

대한의 비릿한 웃음에 아영이 맞장구를 쳤다.

"중국은 국내 총생산 중에서 해안지역이 차지하는 비율이 거의 80퍼센트에 가까워서 다른 나라에 비해 부의 편중이 심한 편이야."

"당연하지. 내륙은 개발에서 아예 소외됐으니까. 덕분에 대륙 깊숙이 적을 끌어들여 승리하겠다는 인민전쟁식 발상은 과거의 이야기가 됐지만 말이야. 어쨌거나 이놈들 언제쯤 준비가 끝날까?"

"변수가 너무 많아서 확실치는 않은데, 통신 상태와 위성, 함정수리 진척상황, 우리 해커팀의 방해, 계절까지 종합적으로 판단하면 빨라야 2월 초가 될 거야. 중국이 아무리 군사대국화 됐어도 북한은 그리 만만한 상대가 아니거든."

"휴…… 겨우 2개월 남짓 남았는데…… 조만간 국경에서 슬슬 치고받으면서 명분 쌓기에 들어가겠네. 일단 상황을 보자. 그나저나 우리 대선은 대충 결판났지? 이제 일주일 남았네?"

"응. 승부는 난 거 같아. 대선은 62퍼센트 선에서 결론이 날 거 같고 총선도 지역구 254석 중에 최소한 158석은 확보할 것 같아. 전국구까지 합치면 65퍼센트 이상이니까 이 상태로 굳어져도 군소정당이나 무소속 몇 사람만 흡수하면 개헌까지 가능해. 이번에 오빠가 노벨상 수상하는 것도 이슈가 될 거니까 지지율은 더 올라갈 거야."

대한은 찻잔을 입에 댄 채 소파에 머리를 기댔다. 여기저기 불 지르고 다닌 덕에 시간은 좀 벌었다는 생각, 여전히 마음은 급했지만 그래도 앞뒤를 잴 만한 여유는 챙긴 셈이었다. 대한이 말했다.

"이만하면 국내에서 발목 잡는 사람들은 대충 찍어 눌러 놓은 모양새가 되는데…… 참! 일본은 조용하니?"

"해상자위대만 바쁘게 움직인다고 봐야지. 다음 주에 동해에서 이지스함들이 모두 동원되는 대규모 기동훈련이 계획되어 있어. 주목할 만한 움직임이 있으면 이야기할게."

"그래. 부탁하자. 그나저나 동해에서 기동훈련이라…… 이것들 한국해군은 아예 신경도 안 쓴다는 거네. 제기랄! 머리 아프다. 어디부터 손을 대야 할지도 모르겠고."

조용히 듣기만 하던 유민서가 대한의 등 뒤로 돌아가 어깨를 주무르며 말했다.

"난 전쟁 이야기만 나오면 불안해서 못 견디겠더라. 괜찮을까?"

대한은 고개를 젖혀 유민서의 얼굴을 올려다보며 씩 웃었다.

"힘이 있어야 막지. 민서가 맡은 탄도미사일 프로젝트가 그래서 중요한 거야. 우리도 탄도 미사일이 있으니까 함부로 건드리지 마라. 뭐 이런 이야기거든."

"피. 내가 애야? 그런 이야기 하게?"

"그래. 미안하다. 후후."

"오빠 요즘 힘들어 보여. 좀 쉬어가면서 해요."

대한은 팔을 올려 유민서의 허리를 만지작거리면서 그냥 고개만 끄덕였다. 유민서가 그의 목을 끌어안으며 말했다.

"나 오늘 자고 가도 돼? 안마해줄게."

대한은 대답 대신 유민서의 뺨을 쓰다듬으면서 소파에다 깊숙하게 몸을 묻었다. 머리가 복잡했다. 중국의 의도를 확인한 순간부터 머릿속을 맴도는 고민, 중국군의 공격 수위가 감이 오지를 않았다.

'제한적 국지전이냐 전면전이냐가 문제겠지…….'

일단 중국군의 움직임만으로 보면 단기간에 북한군의 전투력을 괴멸시키는 제한적 국지전의 가능성이 가장 높다. 그러나 문제는 현저히 떨어지는 중국군의 정밀타격 능력과 북한군의 말도 안 되게 강력한 게릴라전 능력에 있다. 이라크 전쟁 같은 사막전이라면 게릴라전이 큰 의미가 없지만 북한 같은 산지에서는 저격수 한 명이 대대의 이동을 며칠씩 가로막을 수도 있다. 넓은 국경을 통해 북한군 특수부대가 중국 내부로 스며드는 것도 중국군으로서는 심각한 문제가 된다. 보나마나 시간이 지나면서 쌍방 모두 대규모 민간인 피해가 속출하게 될 것이고 종국에는 감정적 대립과 무차별 살육에 이은 전면전으로 확산될 가능성이 다분했다. 결국 지상군이 평양으로 진입해서 정식으로 항복을 받아내지 못하면 끝날 전쟁이 아니라는 뜻이었다.

'빌어먹을! 답이 없네.'

말 그대로 답이 없는 상황, 그저 상황에 맞춰 하나씩 해결해가는 수밖에는 도리가 없었다. 그나마 아영의 예측대로라면 전쟁이 터지는 시점이 남한의 정권이 바뀐 뒤라는 것이 유일한 위안거리였다. 대충 머릿속을 털어낸 그가 소파에서 일어나며 유민서의 어깨를 끌어안았다.

"어르신께 전화 드려라. 올라가자."

다음날 아침, 샤워를 마치고 나온 대한은 의외의 상황에 눈을 의심해야 했다. 유민서와 아영이 야한 잠옷 차림으로 나란히 그의 침대에 앉아서 유민서의 화장품 몇 가지를 들고 한창 이야기를 나누고 있던 것이다. 타월로 허리를 감싼 채 엉거주춤 멈춰선 그가 어눌한 말투로 물었다.

"둘이…… 뭐하는 거야?"

최근 들어 아영과 자주 잠자리를 같이 했고 이성 이 회장에게서 이하나를 소개받은 일이 들통나는 바람에 한동안 눈칫밥을 먹은 상황, 두 사람이 같이 앉아 있는 건 아무래도 신경 쓰이는 일이었다. 유민서가 그를 돌아보며 살짝 웃었다.

"응. 아영이가 화장을 전혀 안 하는 것 같아서 화장술 가르치는 중. 왜?"

"자기도 화장 잘 안 하면서 무슨 화장술이야?"

대한은 내심 가슴을 쓸어내리면서 슬그머니 핀잔을 던졌다. 유민서 본인도 거의 화장을 안 하는 편이어서 기초화장품 빼면 아무것도 없는데 누굴 가르친다는 게 말이 되느냐는 이야기였다. 더구나 아영은 화장이 전혀 필요 없었다. 유민서가 혀를 쏙 내밀며 말했다.

"그래도 기초화장은 할 줄 안다. 뭐. 그리고 아영이처럼 아예 안 하는 건 피부에 좋지 않아요. 우리 나이가 벌써 27이라고요. 이 무심한 남정네야. 호호."

"아이고. 알았다. 알았어. 열심히 가르치셔."

대한은 목에 걸쳤던 수건을 유민서에게 던져버리고 옷장에서 대충 꺼낸 옷을 걸쳤다. 평소와 다르지 않은 평범한 청바지에 티셔츠, 대그룹의 회장이라고는 아무도 생각할 수 없는 옷차림이었다. 그가 침대로 돌아오자 유민서가 말했다.

"오빠는 회장이라는 사람이 무슨 옷차림이 그래요? 개선 좀 해요. 그러니까 직원들도 전부 대충이잖아."

"그래서 뭐? 회사 오면 다 작업복으로 갈아입어야 되는데 쓸데없이 비싼 양복에 넥타이는 왜 매? 더구나 우리 옷 스타일도 아니고. 나도 미래 직원들도 이거면 돼. 후후."

옷가지를 툭툭 털어낸 대한은 훌쩍 침대로 뛰어올라 누우면서 두 사람 사이로 파고들어 양쪽으로 허리를 감싸 안았다.

"아영 양! 그래 무슨 일인지 들어볼까? 속옷 바람으로 꼭두새벽 댓바람부터 남녀가 야하게 뒹구는 방에 들이닥치신 이유가 뭐야? 우리 바쁘거든? 아직 모닝 거시기도 못했단 말이야."

대한은 음흉한 표정으로 유민서의 엉덩이를 슬쩍 쓰다듬었다.

"어머? 뭐야!"

유민서가 그의 손바닥을 찰싹 소리가 나도록 때렸지만 대한은 능글맞게 웃을 뿐이었다. 아영이 피식 웃으며 말했다.

"지금 7시 반이 넘었어. 오늘 MDD-21호선 진수식하고 시험 운행하는 날이잖아. 우리 셋 다 참석해야 돼. 게다다 오빠는 북한연락사무소에서 개최하는 대북투자 설명회에도 얼굴을 비쳐야 해. 민서 이야기는 오빠 행방불명된 뒤로는 처음 공식석상에 나가는 거니까 옷 잘 챙겨 입으라는 말이야."

"아! 그런가? 그럼 가야지. 옷들 입어."

나란히 일어난 두 사람이 그의 얼굴을 빤히 내려다보며 말했다.

"눈 감아요."

"싫은데? 좋은 구경을 놓칠 순 없잖아. 흐흐흐."

그가 히죽이 웃자 유민서가 수건으로 그의 얼굴을 덮어버리고 돌아섰다.

"어휴. 저 짐승. 뭐가 좋다고 내가 이러는지. 흥!"

"그건 그래. 사실 오빠 못 말린다. 호호."

콧바람을 날린 두 사람이 키득거리며 옷을 갈아입기 시작하자 대한은 수건 속에서 오늘 할 일을 정리하기 시작했다. 출근 즉시 거제에 내려갔다가 오후엔 종로에 있는 북한연락사무소에 가야 한다. 명실 공히 북한의 2인자인 오형무가 직접 방문한 이벤트성 투자설명회, 총선을 돕기 위한 의도적인 행사다보니 이태식까지 와중에 잠시 짬을 내어 참석하기로 한 상황이다. 귀찮지만 대한 역시 얼굴이라도 내밀어야 했다.

문득 지겹다는 생각이 들었다. 4년을 앞뒤 가리지 않고 죽기 살기로 달려와 이제 겨우 첫 번째 산 정상을 눈앞에 둔 상황, 사채업자들을 손보자고 시작한 작은 손찌검이 물리고 물리고 또 물려서 이 먼 데까지 온 셈이었다. 그런데 그 산 정상너머엔 더 큰 봉우리가 음울하게 웅크리고 앉아 있었다. 그냥 눈을 감은 채 얼마나 더 가야 하나를 짚어보는 사이 유민서가 그의 얼굴에 덮인 수건을 조심스럽게 걷어냈다.

"오빠 자? 가야지."

똑같은 스타일의 미니스커트에 정장 자켓을 걸친 아영과 유민서가 그를 내려다보고 있었다. 밝은 하늘색과 연두색으로 옷 색깔만 다른 얼핏 쌍둥이 같은 모습, 외모에서 풍기는 이미지는 흑과 백의 차이처럼 완전히 달랐지만 대한의 취향이 두 사람의 옷차림만은 비슷하게 만들어놓은 셈이었다. 그가 씩 미소를 짓자 두 사람이 양쪽 어깨를 잡아 밀어 올렸다.

"게으름 피우지 말아요. 안 하던 짓 하면 죽을 때가 된 거라던데 오빠는 할 일이 너무 많아서 죽지도 못하잖아요. 그러니 어리광 피울 생각하지 말고 후딱 움직여욧!"

유민서가 그의 등짝을 펑 소리가 나도록 두들겼다. 대한은 짐짓 아픈척하며 침대 건너편으로 쓰러졌다.

"윽! 알았다. 알았어. 하늘같은 남친을 두들겨 패 죽일 생각이냐?"

"하늘같은 남친은 무슨! 애도 이런 애가 없구만. 일어나욧!"

두 사람의 집중공격에 할 말을 잃은 대한은 얼른 일어나 둘을 한꺼번에 꽉 안아주고는 앞장서서 방을 나섰다. 진수식이 10시이니 사실 서둘러야 할 시간이었다.

바다로 내려온 MDD-2는 부드럽게 남해의 섬들을 빠져나와 공해상에서 속도를 높이기 시작했다. 치우와 비교하면 파도의 영향을 다소 많이 받는 편, 전장 120m에 전폭 20m의 거구였지만 5,000톤급이다보니 아무래도 가벼워 보이는 것이 사실이었다. 그러나 무장만큼은 엄청난 가격 때문에 미국조차도 2척을 만들어 놓고 추가 생산을 포기한 14,000톤급 구축함 줌왈트를 압도했다.

선수와 선미에 장착한 파동포 2문을 비롯해 12발짜리 근접방어 발사대 2대와 대함 수직미사일 발사관 16개, 대공발사관 120개, 장거리 대공방어 시스템, 미사일 형 대잠어뢰 12기 및 대잠헬기 MHS-1 송골매 2기를 탑재해 실질적인 함대 대공방어가 가능한 전투함이었다. 물론 최대한 자동화를 구현해 승조원 수를 90명 선으로 대폭 축소하고 미사일 등 각종 무장을 소형, 경량화 했기 때문에 가능한 무게였다. 일본이나 미국이 디테일 스펙을 알게 되는 날이면 난리가 날 물건이지만 배수량이 원체 작다보니 특별히 경계를 하지는 않는 것 같았다.

"전속 전진!"

대한은 앞이 툭 트인 함교에서 느긋하게 바다를 내려다보면서 가속을 명령했다. 울컥 몸이 물러설 정도로 묵직한 가속감이 느껴졌다. 속도는 순식간에 40노트까지 올라갔다. 5분 이상 강력한 속도감을 마음껏 만끽한 그가 감속과 선회를 잇달아 명령하자 조함통제사의 목소리가 들려왔다.

—예인 소나 이상 무! 가상 기뢰소해 시작합니다. 기뢰 투하승인을 요청합니다.

"실시."

— 실시! 기뢰 투하! 기뢰 투하!

통제사의 힘찬 복창 소리와 함께 나직한 알람이 선내에 울려 퍼졌다. 이어 합참의 협조를 받아 별도로 구매해서 선미에 매달아두었던 구형 부유기뢰가 물보라를 일으키며 시퍼런 바다 속으로 사라졌다. 미사일이 아직 장착되지 않았기 때문에 오늘 시험운행에서 확인할 것은 조함 이상유무와 예인소나, 기뢰소해 능력이 전부였다. 통제사가 다시 보고했다.

— 우현 반타! 선회합니다!

선체는 기뢰가 떨어진 해역을 신속하게 벗어나 크게 선회했다. 부유 기뢰의 위치를 나타내는 붉은 부표는 순식간에 우현 1km쯤으로 멀어졌다.

— 파동포 소해모드! 발사준비 완료!

통제사의 보고와 함께 파동포탑이 가파르게 바다를 조준했다. 그가 낮게 소리쳤다.

"발사!"

퉁!

가벼운 충격파가 발밑을 두들기는 것과 동시에 기뢰부표를 중심으로 폭 200m쯤의 바다가 거짓말처럼 불쑥 일어섰다. 거의 동시에 하얀 포말이 하늘높이 솟구쳤다. 통제실의 보고와 치하가 빠르게 이어졌다.

— 소해 완료! 기뢰 폭파됐습니다! 모드 전환합니다!

"수고했다. 멋지군."

— 감사합니다.

"헬기 대기시켜라. 돌아가겠다. 조함요원들은 부회장을 도와서 최대한 신속하게 선체 문제점을 파악하고 개선하도록!"

— 알겠습니다. 회장님!

통제실의 복창과 함께 선체는 급격하게 선회하기 시작했다.

나름대로 성공적인 시험운행, 조함 시스템이야 아영의 솜씨이니 당연히 의심할 이유가 없지만 선체 결함은 이래저래 제법 신경이 쓰이는 부분이었다. 그런데 전투함 건조에 오랜 노하우를 가진 회사답게 극단적인 조함 상황에서도 선체에서는 특별한 결함이 보이지 않았다. 특히 하프늄 반응로를 동력원으로 쓰는 추진시스템과 파동포는 아주 효율적으로 가동되고 있었다. 물론 자잘한 문제점이 없는 건 아니었으나 당장 납품할 생각도 없으니 나머지는 시간을 가지고 운행하면서 차근차근 해소하면 그만이었다.

서울로 돌아오는 길에 오형무, 이태식과 연달아 통화를 한 대한은 도착 즉시, 효자동 북한 연락사무소로 직행했다. 북한 연락사무소는 중국대사관과 길 하나를 사이에 두고 대각선으로 마주한 새로 지은 건물이었다. 규모로 따지면 중국대사관과 전혀 차이가 없을 정도로 큰 건물, 투자설명회가 개최된 강당과 현관은 기업인과 기자들로 발 디딜 틈 없이 북적대고 있었다. 미래를 포함해 이성, 한대, 한영 등 명실 공히 대한민국의 4대 그룹이 산업 인프라에 대대적인 투자를 결정한 마당이라 중국에서 철수를 고려하던 중소기업들이 앞 다투어 발을 담그는 건 당연한 수순, 기자들까지 덩달아 몰려다니는 통에 안 그래도 복잡한 사무소 건물은 완전히 시장통을 방불케 했다.

대한의 차가 연락사무소에 들어설 무렵, 요행히도 앞서 도착한 이태식이 막 차에서 내리는 모습이 보였다. 거의 동시에 도착한 모양새, 플래시가 일제히 터지고 마이크를 든 기자들이 마구잡이로 차에 달라붙는 통에 연락사무소 직원들과 이태식의 경호원들이 어렵게 기자들을 통제하면서 사무소 현관으로 올라갔다. 오형무는 현관 앞에 서 있었다.

대한은 야구모자를 푹 눌러쓰고 아무도 모르게 차에서 내렸다. 기자들 사이를 어렵게 뚫고 정문에 도착하자 오형무와 이태식이 반갑게 그를 맞이했다.

"어서 오시오. 김대한 회장."

오형무의 입이 열리자마자 엄청난 숫자의 플래시가 그를 향해 집중되었다. 몇 달만에 처음 공식석상에 모습을 드러내는 데다 노벨상 수상이 발표된 바로 다음날이니 기자들의 반응은 당연했다.

"오랜만이군요. 오형무 특별위원님. 이태식 후보님."

"반갑습니다. 김 회장님."

세 사람은 반갑게 수인사를 나누면서 기자들에게 친절하게 포즈를 취해준 뒤 곧장 별도로 마련된 작은 회의실로 자리를 옮겼다. 자리를 잡고 재빨리 찻잔을 가져다놓은 여직원이 방을 나가자 오형무가 껄껄 웃으며 인사말을 건넸다.

"자. 차들 드십세다. 공화국에서 최고로 치는 푸른차(녹차)입네다. 두 분 입맛에 맞았으면 좋겠습네다. 하하. 그리고 어데까지나 여긴 북조선 땅이니끼니 내가 좌장이올시다."

농담 섞인 인사, 외교와 정보를 맡은 사람다운 세련된 매너였다.

이태식이 엷게 미소를 띠우며 말을 받았다.

"직접 와주셔서 감사합니다. 특별위원."

"별말씀을요. 그간 우리 김 회장이 공화국에 힘을 보탠 걸 생각하면 이 정도는 약과입네다. 앞으로 북남간에 긴밀하게 협조해서 잘해 나갔으면 좋겠습네다."

"그래야지요. 21세기는 한반도에 항구적인 평화가 자리 잡도록 노력하십시다."

지극히 형식적인 인사가 대충 끝나자 오형무가 슬슬 본론을 꺼내 들었다.

"사실 내가 굳이 투자설명회 좌장으로 내려온 건 심각한 문제가 있어서입네다."

대한이 말을 받았다.

"그런 것 같았습니다. 말씀하시지요."

"그냥 본론만 이야기하디요. 수풍댐에서 중국군과 충돌이 생길 것 같습네다."

"수풍댐이요?"

"예. 어제 수풍댐에 증파한 우리 저격여단 1개 대대가 댐으로 진입하지 못한 채 남단에서 대기하고 있습네다. 퉁화로 전개되던 190기계화 보병여단 아새끼들이레 수풍댐으로 들어왔더군요. 1개련(연대) 정도의 기계화 부대인데 장갑운병차(장갑차)를 댐 남단까지 줄줄이 깔아놓고서리 출입을 통제해서 댐 관리소 근무원들도 접근이 불가능한 상황입네다."

대한은 미간을 잔뜩 좁혔다. 수풍댐은 기본적으로 북한과 중국이 공동관리 하고 전력은 양국이 나눠 쓰는 형태였다. 북한의 전력난이 심각해지면서 압록강 수로이용권을 중국에 내주는 대신 발전전력을 모두 북한이 사용하기로 했고 그에 따라 댐 관리는 자연스럽게 북한으로 넘어온 정도가 기억의 전부였다. 굳이 중국군이 댐을 장악했다면 뭔가 다른 의미가 있다는 뜻, 이유를 떠올리려는 순간 오형무가 해답을 내놓았다.

"대략은 알고 계시갔디만 현재 국경 20킬로미터 안쪽에 39집단군과 40집단군 주력이 집결되고 있어서리 우린 땅크가 도하할 수 있는 모든 다리에 폭약을 장치했습네다. 어떻게든 개전 초의 대규모 도하는 막을 생각이디요. 그렇디만 수심이 낮은데다 곧 겨울이라 강이 얼어붙게 되면 도하를 막을 방법이 없습네다. 그래서 만일의 경우 수풍댐을 개방해서 압록강 수위를 조절할 요량으로 댐에 수비병력을 증파했는데 중국군이 선수를 친 거디요. 당장 송전도 중단돼서 피해가 큽네다."

원거리 교전을 기본으로 하는 현대전의 개념에서 보면 분명 어이없는 발상이지만 중국 지상군이 필히 압록강을 도하해야 한다는 관점에서 보면 수풍댐은 전술적으로 대단히 중요한 사안이었다. 수풍댐의 엄청난 수량을 단기간에 풀어버리면 압록강 하류의 신속한 도하가 불가능해지는 건 물론이고 하구의 단둥항 역시 만만치 않은 피해를 입게 될 것이었다. 대한이 반문했다.

"그러니까 중국군이 수풍댐을 장악해서 송전도 막았다는 말씀이네요?"

"그렇습네다. 조금 전에 선양 군구 사령부의 공식 성명이 발표되었는데 내용이 웃기지도 않습네다. 그동안 우리 공화국이 수풍댐의 전력을 불법적으로 독점해왔으며 이는 댐 건설 당시에 체결한 양국의 합의를 무시하는 처사로 중국은 더 이상 이런 불법을 좌시하지 않았다. 대략 이런 식입네다. 이건 엄연한 침략이며 절대 좌시할 수 없는 일입네다. 즉각 성명을 내고 수풍댐에 들어온 중국군을 공격해야 하는데……."

"잠깐만요. 위원님."

대한은 이어지는 오형무의 말을 일단 제지하고 복잡한 머릿속을 차근차근 정리했다.

첫 번째 가능성은 며칠 내에 북한에 대한 대대적인 공격을 감행하는 것, 수풍댐을 장악해서 댐 하류의 도하로를 확보하겠다는 뜻일 수 있다. 그러나 이 경우 열악한 통신여건이 발목을 잡는다. 부대이동부터 전선형성, 공중지원 등 정상적인 부대 운용이 거의 불가능하다. 게다가 보통 전쟁을 시작하려면 최소한 마지막 1주일은 엄청난 통신부하가 발생하는데 지금은 그런 조짐이 없다. 당연히 가능성이 떨어진다.

두 번째는 가볍게 잽을 던지면서 상대의 반응을 보는 것, 자잘한 피해를 입혀서 북한정부를 압박하고 북한의 공격을 유도하는 수순이 가능하다. 시간을 두고 명분을 쌓아서 기회가 왔을 때 단번에 전력을 투사하겠다는 의미일 터였다. 어떤 방식이든 공격이 임박한 건 불변의 사실이었다. 크게 심호흡을 한 그가 테이블을 톡톡 두드려 두 사람의 시선을 끌어들였다.

"오 위원님, 이 후보님, 한 가지만 확인하죠. 두 분은 중국과의 무력충돌을 배제한 상태에서 상황을 수습할 수 있다고 생각하십니까?"

"……."

일순 눈을 마주친 이태식과 오형무는 무겁게 고개를 가로저었다. 중국이 독하게 마음먹고 북한을 압박하는 상황, 아무리 생각해도 대안이 마땅치 않았던 것이었다. 대한이 말을 이었다.

"기 거론했듯이 어느 정도의 무력충돌은 감수해야 합니다. 계속 물러서기만 해서는 북조선을 손아귀에 넣으려는 중국의 야욕을 밀어내기 어렵습니다. 냉정하게 이야기해서 우린 작금의 현실처럼 먹이사슬의 맨 끝자락에서 영원히 헤어나지 못할 겁니다. 그래서……."

대한은 말꼬리를 끌면서 두 사람의 얼굴을 번갈아 쳐다보았다. 심각한 표정, 시선은 그에게 고정되어 있었다. 그가 단호한 목소리로 말을 이었다.

"어차피 싸움을 시작해야 한다면 차라리 중국의 준비가 다 끝나지 않은 12월이나 1월 초가 더 나을 것 같습니다."

"예에?"

두 사람이 약속이라도 한 것처럼 비명을 토해냈다. 귀신에라도 홀린 것 같은 얼굴, 그러나 대한은 눈썹 하나 까딱하지 않았다. 그가 또박또박 말을 끊었다.

"물론 양국의 합의를 전제로 한 이야기지만 제 제안은 '선공'입니다."

다시 폭탄선언, 한동안 대한의 눈만 쳐다보던 이태식이 조심스럽게 말을 꺼냈다.

"승산이 있다고 보십니까? 상대는 중국입니다."

"저도 묻고 싶은 이야기입네다. 일시적으로야 승기를 잡을 수 있디만 장기적으로는 공화국이 몰릴 수밖에 없다고 봅네다."

충분히 나올 만한 반응, 대한이 씩 웃었다.

"두 분은 지난 중국의 통신대란이 중국의 주장대로 프랑스 해커가 한 짓으로 생각하십니까?"

"허면? 아니라는 말입니까?"

이태식의 반문에 대한이 못을 박았다.

"일개 해커가 할 수 있는 일이 아닙니다. 오늘 양국의 합의가 된다면 더 큰 규모의 통신대란을 12월 말일을 기해서 다시 한번 보게 될 겁니다. 그걸 전제로 생각하시지요."

"그……그게……."

눈을 휘둥그레 뜬 오형무가 말을 더듬자 그가 재빨리 말을 이었다.

"중국의 통신여건은 최악, 때문에 전쟁은 길어야 2개월의 국지전으로 끝납니다. 39, 40 집단군에 심각한 타격을 입히면 그걸로 전쟁은 끝이라는 이야기입니다. 개전시점은 정권교체가 끝난 1월 중순으로 하고 싸움의 선두엔 저와 제 개인 경호부대가 서겠습니다. 개전과 동시에 대련과 선양, 단동을 선제타격하고 수풍댐을 회복합니다. 북조선 주력부대가 무력해진 39, 40집단군을 밀어내며 단동과 선양으로 진출하고 동시에 북한 특수부대는 동북 3성의 중요도시와 베이징으로 전개합니다. 물론 한국과 미국은 한 발만 걸쳐놓은 상태에서 관망할 수밖에 없습니다. 그러나 전세가 팽팽하게 유지된 상태에서 어느 정도 시간이 흐르면 여론을 업고 자연스럽게 한국이 지원에 나섭니다. 신강엔 이미 반란이 일어났고 티베트도 곧 움직입니다. 뭐 이 정도면 충분히 해볼 만한 싸움 아닌가요?"

"미친척하고 핵공격을 해온다면 어쩌겠소? 중국은 전쟁이 일방적으로 몰리면 얼마든지 극단적인 선택을 할 수 있는 나라요."

"그럴 수 있겠지요. 하지만 중국이 보유한 핵탄두는 대략 250개, 그 중 위협이 되는 ICBM은 기껏해야 30기입니다. 이 후보께서는 대략 아시겠지만 순항미사일에 탑재해서 날아오는 핵탄두는 전량 요격이 가능합니다. 동풍인가 하는 ICBM이 문제될 소지가 있는데……가능하면 제8포병대 미사일 기지들을 해킹하는 선으로 해소하고 그래도 발사되는 물량에 대해서는 따로 방법을 찾아놓겠습니다. 핵공격에 대해서는 걱정하실 필요 없습니다."

"그게 가능합네까?"

대한은 그냥 어깨만 으쓱해 보였고 대답은 이태식이 대신했다.

"믿기 어려우시겠지만 믿으십시오. 야포탄을 요격하는 물건도 만들어내는 사람입니다."

오형무는 깊이를 알 수 없는 이태식의 가라앉은 눈을 빤히 직시하면서 말을 받았다.

"몇 달 후면 대통령이 되실 분께서 그렇게 말씀하시니 믿어야지요. 저도 양키들이 자랑하는 F-35 전투기를 한주먹에 때려눕혔다는 이야기를 듣긴 했습네다. 인터넷에 떠도는 공중전 동영상도 감명 깊게 봤고요."

대한이 정색을 하면서 말을 이었다.

"지금부터 북조선은 최대한 명분을 쌓으십시오. 앞으로 2달 동안 UN을 비롯한 세계 각국에 중국의 도발을 알리는데 모든 외교력을 집중하셔야 합니다. 원자바오 총리 암살 자작극을 비롯해 수풍댐 불법점거, 국경봉쇄 등 무리한 대북 압박으로 북조선을 중국으로 편입하려 하고 있다고 말입니다. 사실이 그러니 증빙자료만 충분하면 얼마든지 설득이 가능합니다. 물론 북조선 편을 들 수는 없겠지만 세계가 동정의 눈으로 북조선을 바라보게 해야 합니다. 우린 살기 위해 어쩔 수 없는 선택을 한 거라는 인식을 심어주는 겁니다."

대한이 잠깐 말을 멈추자 연신 고개를 끄덕이며 긍정을 표하던 오형무가 재빨리 말을 받았다.

"솔직히 나도 전쟁을 피하기는 어렵다고 생각합네다. 하디만 사안이 중한만큼 평양에 돌아가서 국방위원회를 소집해야 하갔습네다. 결정된 사안을 가지고 다시 이야기합세다."

예상보다 빠른 결론, 마음이 급한 대한으로서는 무엇보다 반가운 일이었다.

"그렇게 하시지요. 그러나 시간이 없습니다. 서둘러 결정하시고 그에 맞춰 부대를 전개하십시오. 북한 내의 중국인들을 추방하거나 억류하는 것도 잊지 마십시오."

"알갔소. 내일 돌아가니 모레 통화합세다."

대한은 두 사람과 몇 가지 급한 사안에 대해 이야기를 더 나눈 다음 이태식과 함께 연락사무소를 나섰다. 시간이 없기는 두 사람 다 마찬가지였다.

이태식과 헤어진 대한은 곧장 합참으로 방향을 잡고 최문식에게 전화를 걸었다. 일이 급해졌으니 아예 조기경보기와 구축함 운용요원 파견을 요청할 생각이었다. 차후 인수인계를 위해서도 꼭 필요한 요원, 명령체계만 확실하게 해두면 급한대로 야전에 써먹을 수 있을 터였다.

# 유령

김해공항을 빠져나온 최정용 대령은 함께 전세기를 타고 온 85명의
대원들과 함께 3대의 버스에 나눠 타고 출발을 명령했다. 버스가 움직
이자 차창 밖에다 시선을 고정한 채 내심 한숨을 내쉬었다.

'젠장! 이게 무슨 엿 같은……'

40대 초반의 건장한 체구를 가진 최정용은 현역 해군 중 최고라고
일컬어지는 노련한 전투함 함장이었다. 아직 이름도 정해지지 않은
최신예 구축함 DDG-981의 함장으로 내정되어 발령대기 상태였던
만큼 합참의 출두 명령이 내려올 때만 해도 기분 좋게 서울로 올라왔
다. 새벽부터 서둘러 투표를 마치고 올라왔지만 지루한 기다림의 시
간이 끝난다는 기쁨에 휴일을 빼앗긴 것도 개의치 않았다.

그런데 발령이 엉뚱했다. 전투함의 함장이긴 한데 전혀 다른 배의
함장, 함께 부임할 승조원 전원이 동시에 합참에 출두한 것도 의외였

다. 문제는 승조원 숫자가 너무 적다는 것, 85명이면 분명히 호위함 수준도 안 되는 손바닥만한 작은 함정이었다.

대령이나 되는 사람이 호위함 반쪽짜리 작은 배를 지휘하는 건 자존심이 허락하지 않았다. 그것도 해군사령부가 있는 진해가 아닌 거제도로 내려가라는 명령, 6개월간 외부와의 접촉은 불가하다는 합참의장의 명령서와 함께였다. 당연히 짜증스러울 수밖에 없었고 그의 기분을 읽기라도 했는지 대원들 틈에서도 아주 간간히 투덜거리는 말이 나오고 있었다.

그나마 위안거리는 대잠헬기 조종사 네 사람이 휘하에 있고 전세기까지 동원된 극비 프로젝트라는 것, 그리고 목적지가 다름 아닌 미래조선이라는 것이었다. 전원이 S급 보안 각서에 서명하는 호들갑을 떨었으니 무언가 새로운 걸 보리라는 기대는 있었다. 그런데 명령권자가 김대한이라는 새파란 젊은 친구였다. 미래그룹이라는 걸출한 회사의 회장에다 노벨 물리학상까지 수상하는 마당이니 대단한 친구라는 건 인정하지만 군인이 민간인의 명령을 받은 건 아무래도 껄끄러웠다. 이래저래 기분 나쁜 여행인 셈이었다.

미래조선 정문에서 하차해 안내요원을 따라 도보로 접안시설이 있는 반대편 해안으로 제법 먼 거리를 2열로 행군했다. 언젠가 한 번 와본 곳, 그러나 몇 년 사이에 분위기는 완전히 달라져서 마치 인적 없는 새벽의 해군사령부를 보는 기분이었다. 처음 보는 건물이 해안을 가로막아 접안시설 쪽으로는 접근 자체가 아예 불가능했고 건물 앞에는 희한하게 생긴 설비와 사내용 전기차들이 줄줄이 주차되어 있었다. 처음부터 압도당하는 느낌, 지난 몇 년 세상을 떠들썩하게 한 미래그룹의 위용을 새삼 절감했다.

안내요원을 따라 건물 현관을 통해 접안시설로 들어갔다. 그리고 접안시설에 선체를 기대고 있는 시커먼 놈을 본 순간 온몸을 훑어내리는 날카로운 전율에 몸을 떨어야 했다. 그저 귀가 따갑게 말로만 듣던 스텔스 함, 굳이 최고 수위의 보안각서를 쓰게 한 이유를 이제야 알 것 같았다. 조금 전까지의 불쾌했던 기분은 온데간데없었다.

"정렬 끝났습니다. 대령님."

"응?"

선체에 시선을 뺏긴 그의 팔을 함께 부임한 참모 양사철 소령이 슬쩍 건드렸다. 양사철의 시선은 선체에 걸린 부교를 가리켰다.

"신고해야죠. 합참의장님께서 전입신고부터 예우까지 해군 장성을 대할 때와 똑같이 하라고 하셨지 않습니까."

최정용은 서둘러 부교로 고개를 돌렸다. 부교 위에는 미래그룹 작업복 차림의 낯익은 사내와 엄청난 미인이 나란히 서 있었다. TV만 켜면 나오는 얼굴이어서 알아보기는 어렵지 않았다. 그가 재빨리 복장을 확인하고 대원들 앞으로 돌아섰다.

"부대! 차렷!"

군화 부딪히는 소리, 돌아선 그가 거수경례를 했다.

"대령 최정용 외 85명! 전속을 명받았습니다. 이에 신고합니다!"

"쉬어."

가볍게 답례를 한 대한이 나직하게 말을 이었다.

"내 이름은 김대한이다. 이쪽은 김아영. 기억해라. 지금 이 시간 이후 귀관들에게 명령을 내리는 사람은 여기 있는 두 사람뿐이다. 알았나?"

"네!"

묵직한 복창, 일제히 차려 자세를 취했다가 쉬어자세로 돌아가는 일사분란한 발자국 소리와 함께였다.

"귀관들은 S급 보안각서를 쓰고 이 자리에 왔다. 알겠지만 향후 6개월 동안 외부와의 접촉은 완전히 차단된다. 그것이 싫은 사람은 지금 앞으로 나서라. 6개월 동안 영창에서 생활해야겠지만 다른 신분상의 불이익은 없다."

잠시 말을 끊고 대원들을 돌아본 그가 다시 말을 이어나갔다.

"해군 사령부가 보증하는 해군 최고의 정예가 모였으니 당연히 없겠지. 없는 것으로 알겠다. 눈앞에 보이는 전투함의 이름은 '유령'이다. 보다시피 대한민국이 가진 최고의 기술력이 모두 집대성된 한국 최초의 스텔스 전함이다. 귀관들은 대한민국 최초의 스텔스 함에 최초로 탑승하는 군인으로 기록될 것이다. 함의 개요는 우리 실무진들과 생활하면서 차차 배우게 될 것이고…… 함의 성능에 대해서도 길게 설명하지 않겠다. 간단히 이야기해서 현존 최강의 구축함이라고 선전하는 미국의 줌왈트급 구축함 2대는 5분 안에 수장할 수 있는 전력이다. 함에 무장이 탑재되는 1주일 동안 이 건물에서 생활하면서 구조와 기능을 숙지하고 1개월 동안 공해상에서 실전훈련을 한 뒤 극비 작전에 투입될 것이다. 개인사물은 전부 군복 상의와 함께 선자리에 내려놓도록. 동전 하나도 가지고 들어갈 수 없다. 개인사물은 작전이 끝난 뒤에 돌려줄 것이다. 이상. 질문은 받지 않겠다. 교육진행은 유령의 건조를 처음부터 끝까지 지휘해온 강명훈 이사가 맡을 것이다. 강 이사. 시작하세요."

"네. 회장님."

갑판 안쪽에 서 있던 강명훈이 재빨리 나서 대원들의 사물수거와 작업복 지급을 시작하자 대한은 최정용만 따로 불러올려 간단하게 수인사를 한 뒤 곧장 헬기장으로 이동했다. 벌써 오후 3시, 서둘러야 투표를 할 수 있었다.

서울로 올라와 아슬아슬하게 투표를 마친 대한은 그 길로 미래정밀로 직행해서 무려 200명에 달하는 공군장교들의 신고를 받았다. 풍백 40기와 조기경보기, 탄도요격기에 탑승할 조종사들과 운용 및 정비요원들, 이들 역시 앞으로 6개월 동안은 미래정밀 활주로와 격납고를 벗어나지 못할 운명이었다.

오전에 집결해서 미리 교육을 받았는지 조기경보기에는 아르고스, 탄도요격기에는 치우기蚩尤旗라는 별명을 제멋대로 지어놓고 있었다. 아르고스는 그리스 신화에 나오는 백 개의 눈을 가진 괴수의 이름이고 치우기는 동양천문에서 혜성을 일컫는 말이니 나름대로 그럴 듯한 이름들이었다.

수석장교인 대령 두 사람과 간단하게 이야기를 나눈 뒤, 본관 응접실에서 유민서, 아영과 함께 느긋하게 개표방송을 지켜보았다. 대선은 처음부터 일방적으로 흐르고 있었다. 남부지역에서 일부 불균형을 보였지만 이태식 후보는 꾸준히 60퍼센트대 이상을 유지했고, 박지웅 후보는 30퍼센트대, 기타 군소후보들이 나머지 몇 퍼센트를 차지한 일방적인 판세였다. 국회의원 선거 역시 1달 전 예상치보다도 더 유리한 상황, 조금 더 개표상황을 지켜보아야 할 일이지만 최소한 지역구 254석 중 175석 이상은 확보할 것 같았다.

양쪽에 앉은 두 사람의 허벅지를 툭툭 두드린 대한이 길게 기지개를 켜며 말했다.

"결판난 것 같네. 서울로 올라가자. 가서 축하는 해드려야지. 이제 대통령 당선자다. 후후."

"당사로 직접 가게?"

"그래. 당사에 들러서 이제 신분 바뀌신 이태식 당선자에게 얼굴이나 비춘 다음에 어르신 모시고 간만에 외식하면서 술이라도 한 잔 하자."

의외의 제안, 워낙 바쁘게 돌아치는 와중이라 벌써 몇 달째 외식 같은 건 꿈도 꾸지 못하는 생활이었다. 그런데 대한이 먼저 외식을 입에 올린 것이었다. 유민서가 환하게 웃으며 자리에서 일어섰다.

"요즘 할아버지께 아침식사도 못 챙겨드려서 항상 미안했는데…… 고마워요. 오빠."

"별말씀을. 나도 어르신에게 매일 일 이야기만 해서 낯뜨겁다. 가자."

대한은 헬기를 이용해서 곧장 서울로 돌아와 야당 당사를 찾았다. 압승을 감지한 당사는 이미 잔칫집 분위기였고 당사 안팎으로 기자들이 꽉 들어차 차를 세우기도 쉽지 않았다. 매사 평정심을 잃지 않던 이태식조차 흥분을 감추지 못하는 표정이었다. 얼굴을 마주하자마자 대한이 먼저 손을 내밀었다.

"축하합니다. 당선자님."

"축하해요."

아영과 유민서도 밝게 인사를 건넸고 이태식은 대한의 손을 잡은 채 두 사람에게 목례로 답을 했다.

"감사합니다. 김 회장. 김아영 양. 유민서 양."

마주잡은 손에서 힘이 느껴졌다. 미래그룹을 등에 업고 비교적 순탄하게 당선자 자리에 선 셈이지만 이태식 본인의 정치적 수완과 철저한 자기관리가 없었다면 결코 올라설 수 없는 자리, 다른 말은 굳이 필요 없었다. 이태식이 애써 흥분을 가라앉히며 말했다.

"이제부터 김 회장께서 도와주셔야 할 일이 많습니다. 곧 대통령직 인수위를 구성해야 하는데 그룹에서 몇 사람 지원해주셔야겠고 말이죠."

"필요하시다면 당연히 해야죠. 다만 정경유착이나 내 사람 심기 논란이 불거질 수도 있으니 그건 신경 쓰십시오."

"고맙습니다. 김 회장. 그리고……."

"말씀하십쇼."

"아시다시피 공약으로 내건 것들 중 몇 가지는 전적으로 김 회장의 힘이 필요합니다. 따로 한 번 시간을 내주셨으면 합니다."

애당초 이태식이 선거 공약으로 내놓은 정책은 많지 않았다. 하지만 그 파급효과는 만만치 않은 것들이 대부분이었다. 북한과의 대대적인 경협과 민간인 왕래를 시작으로 지지부진했던 우주개발과 해양개발 프로젝트의 활성화, 방만한 경영으로 줄곧 시민단체의 타겟이 되어온 공기업의 경영 투명화, 250여 개 정부지원 관변단체에 대한 불필요한 지원 중단, 정부가 지배주주인 공중파 방송국의 공영화 확립, 검찰과 각 시도 경찰청장의 임명을 선거제로 변경하는 등 기존 정치권의 입장에서 보면 거의 자살행위에 가까운 무시무시한 공약들이 많았다. 그 중 북한 관련 사안과 우주개발, 해양개발에 관련된 공약은 미래그룹이 손을 대지 않으면 줄줄이 난항을 겪게 될 쉽지 않은 일, 당연히 협의가 필요했다. 대한이 즉시 긍정을 표했다.

"염려 마십시오. 전력을 다해 지원하겠습니다. 오늘은 뒷일 신경 쓰지 마시고 그냥 편안하게 승리를 만끽하십시오. 전 이만 돌아가 보겠습니다."

"바쁘실 텐데 일어서십시오. 따로 통화를 하지요."

대한은 지체 없이 자리를 털고 일어났다. 어차피 워낙 어수선해서 긴 이야기를 나누기는 어려운 상황이었다.

오래간만에 유태현까지 네 사람이 모두 모인 자리, 하지만 시간이 너무 늦어져서 식사라기보다는 밤샘 술자리로 변해가고 있었다. 혼자 남은 주방장이 부지런히 안주거리를 내온 뒤 제자리로 돌아가 끄떡끄떡 졸기 시작했다. 동대문에 있는 유태현의 단골 한식집이어서 차마 내쫓지 못하고 그냥 버티는 모양이었다. 정신없이 조는 주방장의 모습에 쓴웃음을 머금은 유태현이 막 잔을 내려놓는 대한에게 말했다.

"우리가 너무 늦게까지 버티는 게야. 허허."

"어쩔 수 없습니다. 어르신. 정말 오래간만에 같이 식사하는 거 아닙니까? 후후."

"그건 그렇네. 최근엔 국내 여행도 제대로 해본 적도 없는 것 같으이. 정말 바쁘게 살았어."

지나온 4년간에 대한 간단한 술회, 유태현의 표정은 기꺼웠으나 대한은 슬그머니 머리를 긁적였다.

"죄송합니다. 조만간 짧게라도 가족여행의 기회를 만들어보겠습니다."

"예끼. 이 사람아. 그런 입에 발린 소리는 그만두고 증손주나 안겨주게. 그거면 만족이야."

"예? 그……그건……"

대한이 말을 더듬자 유민서가 곱게 눈을 흘겼다.

"할아버지. 그런 이야기는 왜 해요. 바빠서 눈코 뜰 새 없는데……"

대한의 입장을 생각한 이야기, 엷게 미소를 머금은 대한은 테이블 밑에서 유민서의 손을 툭툭 두들겨 그녀의 말을 제지했다.

"어르신께서 날을 잡아주셨으면 좋겠습니다. 민서나 저나 집안어른은 어르신뿐이니 어르신께서 해주셔야지요. 급한 일은 상반기면 모두 끝날 것 같고…… 이후엔 아내를 맞아도 좋을 것 같습니다."

정식으로 식을 올리겠다는 뜻에 유태현이 반색을 했다.

"어이쿠! 이거 듣던 중 반가운 소리일세. 우리 민서 이제 처녀도 아니라 시집보내기 어려울 것 같아서 고민했는데 말이야. 허허허."

"할아버지!!"

얼큰하게 취한 유태현의 농담에 유민서가 뾰족하게 비명을 내질렀다. 유태현이 양손으로 손사래를 치면서 말했다.

"그래. 그래. 미안하다. 미안해. 그리고 고맙네. 대한 군. 말만한 녀석 드디어 치울 수 있게 됐네 그려. 사실 민서 애비 볼 낯이 없어서 죽지도 못했는데 이젠 마음 편하게 갈 수 있게 됐어. 내 날짜를 정해보지. 허허."

농담이었지만 분위기는 갑자기 숙연해졌다. 유민서의 부모님은 그녀가 3살 때 비행기 사고로 세상을 떴고 유태현과 유민서에게는 깊은 상처로 남아 있는 부분이었다. 아차 싶어진 유태현이 다른 이야기로 분위기를 바꾸려 했으나 대한조차도 제대로 말을 받아주지 못했다. 순식간에 어색해져버린 분위기, 그러나 다행스럽게도 유민서는 고개를 푹 숙인 채 다른 이야기에는 전혀 관심을 보이지 않았다. 그녀의 뺨은 잘 익은 사과처럼 붉게 상기되어 있었다. 얼굴조차 기억나지 않는 부모님보다는 처음으로 오간 결혼 이야기가 훨씬 영향력을 발휘하는 모양이었다. 내심 한숨을 돌린 대한은 이번엔 슬그머니 아영의 눈치를 살폈다. 로봇인 건 알지만 막상 결혼 이야기를 꺼내놓고 나니 아영도 신경 쓰였던 것이다. 우려와는 달리 아영의 표정에는 전혀 변화가 없었다.

유태현이 재빨리 일 이야기를 꺼내면서 분위기를 제자리로 돌렸다.

"그나저나 자네 요즘 자금이 어떻게 돌아가는지는 알고 있나?"

아영을 통해서 거의 일주일에 한 번은 자금회전 브리핑을 받는 상황이니 모를 리 없지만 유태현의 입장에서는 신경을 전혀 안 쓴다고 생각하는 모양이었다. 대한이 씩 웃었다.

"어르신께서 깔끔하게 처리하고 계시지 않습니까. 하하. 저야 회계는 잘 모르니 어르신께서 계속 맡아주셔야지요. 후후."

"이런 사람하고는. 이건 손주사위가 아니라 완전히 상전일세 그려. 허허. 일단 여유자금이 제법 있어서 내년 상반기까지는 자금회전에 큰 문제가 없을 게야. 하지만 요즘처럼 무리한 자금집행이 계속되면 하반기에는 문제가 생길 수 있어. 기억해두게."

사실 지난 6개월은 그룹의 월평균 예산집행이 10조에 가까울 정도로 엄청난 자금을 쏟아 붓고 있었다. 물론 각종 수입이 꾸준하고 세금을 무기로 납입하면서 다시 수익을 창출하는 상황이라 큰 문제는 없었다. 그러나 이런 상황이 하반기까지 지속되면 자금유동성에 발목을 잡힐 수 있다는 이야기였다. 하지만 대한의 반응은 천하태평이었다.

"알겠습니다. 어르신. 3월까지만 고생해주시면 이후에는 여유가 생길 겁니다. 너무 걱정 마시고요. 하하."

"하여간 이 친구 배짱은 알아줘야 한다니까. 알겠네. 다 말아먹어도 나는 모르네. 허허."

"어르신이 가져다 쓰시는 거야 제가 어쩌겠습니까. 후후후. 그리고…… 12월 중순부터 내년 3월까지는 저나 아영이나 자리를 지키기 어려울 겁니다. 어르신께서 민서 데리고 그룹운영 전체를 맡아주십시오."

한술 더 뜨는 대한의 주문에 유태현이 아예 졌다는 표정으로 술잔을 들었다.

"이거 부려먹으려고 아예 작정을 했구먼. 겨우 술 한 잔 사고 죽도록 부려먹을 생각인가?"

"하하. 죄송합니다. 상황 아시잖습니까. 그래서 미래포스 전원과 할흐골 파견대 일부를 소집했습니다. 북한을 직접 도울 생각입니다."

"뭐라고? 미래포스를 소집해? 직접 전쟁에 뛰어들겠다는 이야기인가?"

유태현이 화들짝 놀라 상체를 일으키며 반문했다. 유민서의 반응도 마찬가지였다.

"그게 무슨 소리에요? 말도 안 돼요! 오빠가 왜 직접 전쟁터로 들어가요!"

"북한 혼자서는 감당하기 어려운 싸움이란 건 아시지 않습니까? 한국이 개입할 수는 더더구나 없고요. 선택의 여지가 없습니다."

"그렇지만……"

대한은 울상이 되어버린 유민서의 떨리는 손을 꽉 잡아주면서 말을 이었다.

"위험하다 싶은 일은 절대 하지 않을 테니 걱정 마. 승산 없는 싸움이라면 아예 손도 대지 않았어."

착 가라앉은 분위기, 잠시 그의 눈을 건네다본 유태현이 한숨을 내쉬며 말했다.

"휴…… 말린다고 들을 사람이 아니지. 알겠네. 결정했으면 그렇게 해야겠지. 하지만 조심하게나."

"명심하겠습니다. 아주 급한 사안은 아영이에게 메일로 날려주세요. 실시간으로 확인할 수 있도록 시스템을 만들어놨으니 금방 결론을 내릴 수 있을 겁니다."

"허 참. 이거 술 한 잔 얻어먹고 바가지를 써도 단단히 썼군. 허허. 자식 이기는 부모 없으니 내가 질 수밖에 없구먼. 대신 민서 과부되는 꼴은 못 보네. 죽으면 내 지옥까지 따라갈 게야."

대한은 유민서의 손을 놓지 않은 채 깊숙이 머리를 숙였다.

"조심하겠습니다. 그리고 죄송합니다."

가볍게 고개를 끄덕인 유태현이 허리를 쭉 펴본 다음 반쯤 쓰러진

주방장을 가리키며 다시 말했다.

"죄송할 게 무에 있겠나. 자네 몸 하나만 조심만 하면 돼. 이제 일어나세. 피곤해지는구먼. 저 사람도 자야지."

"예. 들어가시죠."

북한에 들어가는 데 있어 가장 큰 장애물 제거작업 성공, 그가 눈물 그렁그렁한 유민서의 눈동자에 시선을 주는 사이 아영이 자리를 털고 일어서는 유태현을 재빨리 부축했다.


이태식의 당선과 야당의 일방적인 압승, 대통령직 인수위구성 등으로 온 세상이 한창 달아오른 12월 12일, 대한은 휴가에서 막 돌아온 미래포스에 전격적인 이동준비를 명령하고는 곧장 미래정밀로 내려왔다.

"준비는?"

프루빙그라운드 뷰포인트에 올라선 대한의 짧은 질문, 유민서가 재빨리 대답했다.

"끝났어요. 카운트다운 들어가요?"

서울에서는 그룹 홍보실장이 인공위성 발사실험 기자회견을 막 시작할 시간, 실험은 탑재된 위성 없이 적도 상공 400km까지 상승한 다음 발사체를 자폭시키는 수순으로 발표될 것이었다.

몇 달을 갇혀 있던 갑갑한 격납고를 벗어난 흑풍은 프루빙그라운드 외곽의 낮은 구릉들 속에서 새파랗게 갠 하늘을 향해 12m짜리 은색 동체를 곧추세우고 있었다. 미국이 자랑하는 미니츠맨 등 신형 ICBM들과 비교하면 반밖에 안 되는 작은 크기지만 사거리나 탄두의 파괴력은 350킬로톤짜리 전술핵탄두의 수준을 간단히 능가했다. 거기다 마음만 먹으면 언제든 메가톤급 전략탄두로 교체할 복안도 가지고 있었다. 망원경을 챙겨든 그가 나직이 말했다.

"시작하자."

"네. 카운트다운 시작!"

유민서의 명령을 엔지니어들이 복창하면서 기계적인 여자의 목소리가 뷰포인트 내부에 울려 퍼졌다.

—발사 1분전.

어수선하게 움직이던 엔지니어들의 움직임이 약속이나 한 것처럼 일제히 멈춰 섰다.

—발사 20초전, 19, 18, 17…….

발사 10초를 남기고 동체 아래에서 하얀 연기가 스멀스멀 피어오르기 시작했다.

—……5, 4, 3, 2, 1 발사.

순간적으로 눈부신 섬광을 뿜어낸 흑풍은 새파란 겨울하늘을 향해 일직선으로 솟구쳤다. 일반적인 탄도미사일 발사 장면에서 보이던 굵직한 연기의 궤적은 보이지 않았다. 보이는 건 오로지 동체 꼬리에 매달린 날카로운 은색 섬광이 전부였다. 그가 중얼거렸다.

"마하 25로 대기권 돌파해서 마리아나 해구까지면…… 대략 2, 3분 기다려야 되나?"

"앞으로 2분 42초야."

아영의 대답, 대한은 가볍게 고개를 끄덕였다. 모니터 화면은 아직도 손톱만한 섬광을 보여주고 있었다. 짧은 기다림이 끝나고 마리아나 해구 목표지점에 대기하던 해양연구소 선박 책임자의 호들갑스런 보고가 들어왔다.

　—목표상공! 시계 내에서 폭발했습니다! 실험성공입니다! 반복합니다! 실험성공!

　예상을 벗어나지 않은 결과지만 성공이란 단어는 언제 들어도 기분은 좋은 말, 대한이 크게 고개를 끄덕였다.

　"수고들 했다. 민서야. 흑풍 개발팀에 보너스 현금으로 내보내고 양산 들어가라. 50기까지만 확보해."

　"넵! 회식비까지 따로 내보낼게요. 호호."

　유민서가 하얗게 웃으며 그의 팔에 매달렸다. 미래정밀의 연봉이 결코 작은 액수가 아니지만 월급쟁이 남편들에게 현금보너스의 의미는 여러모로 이야기가 달랐다. 대한이 다시 말했다.

　"술들은 작작 먹으라고 해라."

　대한은 하룻밤 미래정밀 직원숙소에 머물면서 전용부두로 들어온 6000TEU급 대형 컨테이너선의 개조 상태를 확인한 뒤, 대공미사일과 EMP탄 위주로 보급품 선적까지 지시하고 서울로 돌아왔다. 이젠 인공위성 발사실험에 대한 미국과 일본의 비공식적인 반응을 확인할 시간이었다. 공식적인 반응이야 단순하게 미래의 위성발사가 성공이냐 실패냐를 따지겠지만 비공식적으로는 오만가지 잡동사니를 모조리 검토하고 있을 터였다. 당연히 탄도미사일이 아니냐는 의심의 눈초리, 그러나 일반적인 탄도미사일의 반밖에 안 되는 작은 크기 때문에 결론을 내긴 어려울 것이었다.

"어때?"

대한의 질문, 아영의 대답은 예상대로였다.

"NASA의 내부보고서는 탄도미사일을 의심하고 있어. 미래그룹의 기술수준을 고려하면 인공위성은 어려워도 탄도미사일이라면 가능하다는 판단이고 즉시 한국정부에 정보공개를 요청해야 한다는 초기 보고서가 작성됐어."

"지랄이네. 상부에 보고되고 한국정부에 전달되는 데까지 시간이 얼마나 걸릴까?"

"글쎄. NASA가 자체 수집한 조각 데이터를 모아서 정리하는데 2, 3일 정도는 걸릴 거고 국방성에 보고되고 자체 입장정리에 2, 3일, 대통령에게 보고되고 다시 국무부로 내려오려면 최소 3, 4일 정도를 더 예상해야 되니까 아무리 서두른다고 해도 우리 정부에 정식으로 통보가 되려면 최소 2주는 걸릴 거야."

"인공위성이라는 생각은 아예 못할까?"

"사이즈 때문에 고민은 할 거야."

헷갈리긴 하겠지만 아무래도 장거리 탄도미사일이라고 판단하기가 쉽다는 뜻, 그가 입맛을 다셨다.

"쩝…… 할 수 없지. 증거도 없으니까 그냥 오리발 내밀면서 정권 바뀔 때까지 버티자. 북한하고 중국 전쟁 터지면 여기다 신경 쓸 놈 하나도 없을 거다. 미래정밀 기획실에다 가짜 자료 만들어놓으라고 지시해라."

"알았어."

"그리고 최근 중국해군하고 공군 동향 좀 정리해줄래?"

"정리해놨어. 지금 프린트해줘?"

"아니. 간단하게 요약해서 들려줘. 볼 시간 없다. 대충이라도 머릿속에 넣어놓아야 마지막 정리를 하지."

아영은 지체 없이 중앙화면에 중국지도를 띄우면서 이야기를 시작했다.

"일단 전체적으로 보면 북양함대와 선양 군구 지상군 지원을 목적으로 전면 재배치가 이루어지고 있어. 공군은 여기 산둥 반도 남서부 주력기지인 지닝에 배치된 J-11 54기하고 여기 대련기지의 J-10 32기, 선양공군기지의 J-10 40기, 하얼빈기지의 J-11 40기 등 6개 기지에 배치된 신형기체가 문제가 돼. 나머지 숫자만 많은 구닥다리 J-7, 8, 9 기종은 북한공군의 동형기체나 MIG-29 40기로 충분히 대적할 수 있어. 북한군 방공망도 만만치 않아서 중국군 공격기는 함부로 북한영공 진입이 어려울 거야."

"선양 군구에 배치된 신형기체수가 생각보다 많네?"

"응. 그리고 베이징 군구하고 8포병대도 고려해야 할 거야. 최소한 텐진, 탕산기지의 신형기체들은 상당히 위험해. 합치면 무려 120기가 넘고 8포병대의 지대지 미사일도 평양을 직접 노릴 수 있어."

"좋아. 텐진, 탕산, 8포병대 주둔지도 1차 선제타격 범위에 넣자. 그리고…… 해군은 잡동사니가 많긴 하지만 텐진과 대련, 칭다오를 선제타격한다고 전제하면 큰 문제가 없을 거고…… 지상군 배치현황만 정확하게 정리하자. 초전에 발사관에 들어간 MEMP-1하고 MAV-1을 한꺼번에 소진하고 재장전할 거니까 필요한 곳을 정확하게 타격해야 돼. 숫자가 모자라면 아예 컨테이너선 갑판에다 발사대를 설치하자."

"현재로선 선제타격용으로 MEMP 44발에 MAV 18발, 핵기지와 해상에 있는 대형함 공격용으로 크루즈미사일 34기가 필요해. 나머지 대지공격은 북한이 보유하고 있는 대포동미사일로도 충분히 위협적이야."

"어차피 치우고 유령 발사관에 있는 EMP만으로는 모자라네. 차라리 MAV하고 EMP는 별도 발사대를 가져가자. 하얼빈하고 텐진, 탕산, 칭다오는 아예 풍백으로 타격하고."

"응. 준비시킬게."

"좋아. 그 정도면 완벽하지는 않아도 일단 초전에 제공권은 장악할 수 있겠고…… 해상세력도 어느 정도는 흔들어놓고 시작하는 건데…… 결국 물속에 있는 애들이 문제네. 하급인지 여름급인지 하는 핵잠수함 그거 지금도 대련에 있니?"

"응. 장비교체작업에 꽤 고전했는데 작업은 며칠 전에 끝났어. 곧 운행에 들어갈 것 같아."

"쩝…… 제일 신경 쓰이는 것들인데…… 이러면 돌고래도 좀 챙겨가야겠다. 백령도까지는 우리 해군이 막아줄 테니까 남포, 안주, 신의주 세 곳만 깔자."

"알았어. 그런데 중국이 남한을 공격하지는 않을까? 후진타오가 바보도 아니고 이 정도로 정밀하게 선제타격을 당했는데 북한의 단독작전이라고 생각할 리가 없잖아. 해상봉쇄라도 하겠다고 설치면 심각해질 수 있어."

실제로 지난 20여 년 동안 줄기차게 대양해군을 지향해온 중국의 해상세력은 결코 만만치 않았다. 기본적으로 하이난 난야기지에 만재수량 55,000톤 급 러시아제 항공모함 바랴크를 중심으로 하는 항모 전단이 배치되어 있고 만재수량 78,000톤급 마오쩌뚱이 칭다오에서 전대를 구성하는 상황이었다. 탑재 기체의 성능은 다소 떨어지지만 위협적인 것이 사실이고 방공구축함 유안왕遠望 등 8척과 구축함 21척, 호위함 43척을 비롯해 일반 초계함까지 따지면 1,000척이 훌쩍 넘어간다. 그나마 북해함대는 남해함대에 비해 낙후한 함정들이 많다는 것이 위안거리였다.

어쨌거나 산술적인 계산으로 한국이 보유한 대함 미사일 전체의 숫자보다 중국 전투함의 숫자가 더 많은 것이 현실, 잠수함은 한 술 더 떠서 원잠 4척을 포함해서 무려 70척이 남중국해와 황해의 바다 속을 누비고 있었다. 만일 중국이 이들 해상세력을 동원해서 남중국해의 해상수송로를 차단한다면 심각한 상황으로 이어지는 건 불을 보듯 뻔했다. 대한이 고개를 끄덕였다.

"그건 당연히 그렇지. 하지만 니미츠급 조지워싱턴이 부산에 있는 이상 선뜻 한국을 공격하거나 해상봉쇄를 선언하지는 못해. 미국해군과 싸우게 되는 건 아무래도 부담스럽거든. 당장 내정도 복잡한데 긁어 부스럼을 만들고 싶지는 않을 거다. 뭐 사실 어디든 공격해주면 고맙긴 하지. 통제가 안 되는 상황도 아니고 자연스럽게 우리가 개입하게 되니까. 그때는 이렇게 숨어서 고생할 필요도 없어. 대놓고 보상을 요구할 수도 있고."

"그래도 만일은 대비해야 돼."

당연한 이야기, 북한 방어에 치중하다가 빈집털이를 당하면 골치 아파질 수 있었다.

"쩝…… 그래. 내일 미래포스 데리고 평양에 갈 거니까 다녀와서 합참의장님하고 상의해보마. 서해안에 돌고래 깔고 서남해안 방공망 강화하도록 조치할게. 우리도 방공망 강화하자. 미래시티 방공망은 치우 격납고에 깔린 것만으로도 문제 없으니까 정밀하고 조선 방공망은 보강시켜라. 그리고……."

대한은 이야기를 하다말고 전화기를 집어 들었다. 비서실의 전화였다.

"무슨 일이야?"

—미국에서 전화입니다. 회장님. 딕 체니 씨입니다. 받으시겠습니까?

미국에서 만났던 전 부통령, 네오콘의 실세이기도 했다. 그가 혀 차는 소리를 내며 말했다.

"쓥…… 귀찮은데…… 연결해봐요."

—알겠습니다. 회장님.

잠시 대기, 비서실 직원의 목소리가 다시 들려왔다.

—말씀하십시오. 회장님.

"김대한입니다. 미스터 체니."

—반갑소. 김 회장. 통화가 어렵군요.

"요즘 좀 바빠서요. 자리에 있는 시간이 많지 않습니다."

—그런 것 같았습니다. 요즘은 완전히 뉴스메이커더군요.

"예?"

—며칠 전에는 노벨상을 간단히 걷어차더니 어제는 인공위성 발

사까지 단독으로 밀어붙이지 않았습니까. 그게 뉴스가 아니면 뭐가 뉴스겠소. 하하.

"아. 그 이야기로군요. 노벨상이야 의무규정이 귀찮아서 받지 않겠다고 한 거고 위성 건은 절반만 성공한 실험이라 거론하고 싶지가 않습니다."

대한은 짐짓 앓는 소리를 했다. 공식적으로는 대기권 이탈과 정지 궤도 도달에 성공했다고 발표했지만 사실은 절반만 성공했다는 식의 뻔한 오리발이었다. 체니가 말을 받았다.

—절반이라…… 인공위성이 아니라 탄도미사일이라는 보고가 있던데요? 제가 보기에도 3, 4천 킬로미터짜리 중장거리 탄도미사일 같고 말입니다. 후후.

은근한 넘겨짚기, 현재 가진 정보로는 절대 확신을 가지지 못했을 테니 십중팔구 반응을 보겠다는 의미이기가 쉬웠다. 그가 소리 내서 웃었다.

"후후. 그럴 리가 있겠습니까. 어쨌거나 전 장사꾼입니다. 돈 안 되는 일에 쓸데없이 투자하지는 않습니다. 그리고 우리 정부에게 탄도미사일이 필요한 건 사실이지만 요즘처럼 민감한 시기에 미사일 사거리 규제를 어겨서 미국과 거리를 두지는 않을 겁니다."

—흠…… 민감한 시기라는 점에 있어서만큼은 동의를 하지요. 하지만 일본 측에서는 난리가 났어요. 일본을 노린 탄도미사일이라는 겁니다. 진상이 확실히 밝혀지지 않으면 핵탄두 제작에 들어가겠다는 비공식적인 의사도 밝혔어요. 아시다시피 일본은 핵탄두 제작 능력을 보유하고 있습니다. 곧 우리 정부에서 공식적인 질의서가 가겠지만

관련 정보를 공개하는 것이 좋을 겁니다. 김 회장도 중국이 북한을 두들길 때 남한으로 불똥이 튀는 건 바라지 않을 테니까 말입니다.

대한이 다시 웃었다.

"일본은 신경 쓰고 싶지 않군요. 핑계 김에 핵탄두 보유를 공식화하고 싶다는 뜻일 텐데…… 저로서는 굳이 장단을 맞출 필요를 못 느끼겠군요. 그냥 하라고 하십시오. 일본이 핵무장을 하면 우리도 하면 그만이니까요."

전화기 건너의 목소리가 갑자기 사라졌다가 한참 뒤에 이어졌다. 아마도 당황했다는 뜻일 터였다.

—핵을 보유할 자신이 있다는 이야기로군요.

"답변은 보류하죠. 하지만 핵탄두는 파괴력에 비해 제작은 비교적 쉽다는 건 아실 겁니다. 인공위성도 쏘려는 판에 핵탄두야 아이들 장난이죠."

—허허. 이거 내가 한 방 맞았군요. 좋습니다. 핵이야 그렇다 치고 중국의 해상봉쇄를 막으려면 미국의 힘이 필요할 겁니다. 어쨌거나 정보는 공개하세요.

"알겠습니다. 하지만 시간이 필요합니다. 전부 공개할 수는 없으니 관련 자료를 편집할 겁니다. 자간을 짚는 건 NASA가 알아서 하십시오."

—알겠소. 일단 그 정도로 만족하지요. 협조 고맙습니다.

"별말씀을. 서울에 한 번 들리십시오. 거하게 대접하겠습니다."

—이런. 고마운 말이로군요. 얼굴도 한 번 봐야 하니 조만간 스케줄을 잡아보겠소.

"기다리겠습니다. 그럼 이만."

짜증스럽게 전화를 끊은 대한은 중앙화면에 띄워 놓은 동아시아지도를 노려보며 말을 이었다.

"시작하기 전에 마지막으로 한 가지만 더 하자. 기왕에 뙤놈들 뺑뺑이 돌리려고 마음을 먹었으면 확실하게 해야지."

야간작업은 예상보다 오래 걸리고 힘이 들었다. 선미에 고정해 놓은 돌고래를 해역에다 그냥 떨어트리면 자동으로 해저에 고정되는 단순한 작업인데도 시간은 한없이 늘어졌다. 저녁 8시부터 시작된 어뢰 투하작업이 밤 10시가 넘어서까지 이어지고 있었다. 핸디사이즈 벌크선을 일부 개조해서 미래포스 전원과 장비를 싣고 돌고래 25기를 별도로 탑재한 상황, 서해 NLL부터 북한해군 초계정들의 집중적인 호위를 받으며 북상했고 광량만 해상에 돌고래를 떨어트리는 작업을 마치면 안주에서 위장용으로 선적한 곡물을 하역하면서 동시에 부대가 상륙할 예정이었다. 상륙작업이 끝나면 수송선은 곧장 서한만 일대에 돌고래를 심고 다시 북상해서 용암포에다 나머지를 떨어트린 다음 돌아갈 것이었다.

선수갑판에 올라선 대한은 멀리 보이는 광량만과 남포의 환한 불빛을 건네다 보았다. 처음 남포항에 치우를 댈 때와는 완전히 다른 분위기, 항구 증축공사 탓인지 밤 10시인데도 항구는 눈부시게 빛을 발하고 있었다. 누군가의 발자국 소리가 파도 소리에 겹쳐졌다.

"북한해군의 호위를 받으니 기분이 묘한데요?"

이연수였다. 대한이 시선을 돌리지 않은 채 말했다.

"생전에 북한군과 합동작전을 하리라고 생각한 사람도 거의 없을 거다. 대원들은?"

"멀미하는 녀석들은 미래포스 자격 없습니다."

"후후. 다행이군. 곧 상륙이다. 상륙하고 나서 부대가 전개될 때까지 북한군과 괜한 트러블을 만드는 놈은 연봉 50퍼센트 삭감이다. 그렇게 전해."

"알겠습니다. 대장. 그런데……."

"그런데 뭐냐?"

"진짜 대원들하고 같이 전투에 참여하실 겁니까?"

정색을 한 질문, 항상 농담을 입에 물고 살던 이연수로서는 드물게 진지한 모습이었다. 대한이 이연수를 돌아보며 말했다.

"내가 실없이 농담 하는 거 봤나?"

"아닙니다."

"그렇다면 그런 거야. 내 동생도 같이 갈 거다."

"부회장님도요? 여자인데 괜찮겠습니까?"

대한이 픽 웃었다.

"자네도 여자야."

"저하곤 다르죠. 전 군인입니다."

"아영이하고 내가 대련하면 내가 일방적으로 깨져. 대답이 됐나?"

"예?"

이연수가 눈을 휘둥그레 뜨자 대한이 그녀의 등판을 펑 쳤다.

"사실이야. 자네는 한주먹 거리도 안 돼. 그렇게 알아둬."

대한은 멍해진 이연수를 갑판에 남겨둔 채 선미 쪽으로 걸음을 옮졌다. 이연수가 뒤늦게 대한을 따라 뛰면서 사실여부를 캐물었다.

"정말입니까? 예?"

그러나 대답은 돌고래를 투하하던 엔지니어가 대신했다.

"작업 완료됐습니다! 회장님!"

"수고했어요. 북상합시다. 함장에게 전달하고 초계정에도 통보하세요."

"예. 회장님."

엔지니어는 곧장 무전기를 빼들고 소리치면서 함교 쪽으로 뛰기 시작했다.


청천강 북쪽으로 상륙한 미래포스는 신속하게 부대를 정비하고 북한군 호송대를 따라 북상하기 시작했다. 미래포스 300명은 전원 MFV-1 현무장갑차 30대에 분승한 상태로 상륙했고 할흐골 파견대 700명은 분대별로 무개전투차량에 승차한 채 미래포스의 뒤를 따라 움직였다.

대한은 대원들이 모두 북상한 뒤에도 아영과 함께 그냥 배에 남아 있다가 미명이 희미하게 동쪽 하늘에 걸리기 시작할 무렵이 되어서야 안주항으로 상륙했다.

안주 청천강 호텔로 직행해 짐을 풀기가 무섭게 보위사령부 고위 장교가 방으로 찾아와 두 사람을 호텔 최상층에 있는 VIP룸으로 안내했다.

"어서 오기요. 김 회장."

낯익은 얼굴, 원용해였다. 가볍게 악수를 나눈 뒤 두 사람이 자리를 잡자 원용해가 테이블에 깔아놓은 10만분의 1 지도를 가리켰다.

"좀 보기요."

지도는 압록강변의 북한군과 중국군의 배치도였다. 수풍댐을 비롯해 10여 군데에는 붉은 깃발이 꽂혀 있었다. 원용해가 심각한 표정으로 말을 이었다.

"12월 들어 벌써 15곳에서 중국군의 도발이 더 있었음메. 주로 심야에 중국군 침투부대가 강을 건너와서 우리 초소나 마을을 공격하고 내빼는 거이다. 옥강에서는 마을 하나가 완전히 사라져버렸고 우리 인민 42명과 하전사 11명이 하루아침에 모두 죽었소. 수풍댐에 있는 간나들은 청수 시내까지 내려와서 무차별로 약탈을 하는 판이고 수풍호에서 고기를 잡는 우리 인민들의 배에다 마구 총을 쏴서리 수십 명이 죽고 고깃배 수십 척이 부서졌소. 고기를 잡아서 먹고사는 인민들인데 이래서는 전부 굶어죽을 판이오. 사진하고 활동사진을 찍어서 계속 각국 대사관이나 유튜브 같은 곳에 올리고는 있는데…… 솔직히 기분이 아주 더러워서리 당장이라도 미사일 부대에 발사명령을 내리고 싶은 심정이오."

"이해합니다. 그러나 아직입니다. 국경에 배치한 미사일 부대에 공격이 있을 때까지 조금만 더 참으십시오."

"미사일 부대에는 김 회장이 도착할 무렵에 이미 공격이 있었소. 공식적으로는 로동1호 10기가 박살난 거이다. 이제 더는 못 참아."

원용해는 입술을 잘근잘근 씹으면서 말을 씹어뱉었다. 의외의 빠른 공격인 셈. 대한은 원용해와 합의해서 신의주 외곽에 사거리 1,000km짜리 로동1호 미사일부대를 비밀리에 전진 배치했었다. 물론 완전히 껍데기뿐인 부대지만 선양과 대련이 미사일사거리 안에 들어오는 셈이라 중국으로서는 무척이나 신경이 쓰이는 일이었다. 이어 원용해는 중국의 도발이 계속될 경우, 미사일을 발사하겠다고 협박을 하며 노골적으로 공격을 유도했고 중국은 기다렸다는 듯 막무가내로 특수부대를 투입, 미사일 기지를 초토화하고 돌아간 것이었다. 원용해가 말을 이었다.

"내레 분통이 터져서리…… 어차피 서방 간나들은 공화국 인민 수만 명이 죽어나가도 눈 하나 꿈쩍 안 할 겁네다. 그런 자들의 동정을 받아야 한다는 게 수치스럽기만 하고 말이오. 이제 그만 시작합세."

"조금만 더 버티십시오. 이제 다 왔습니다. 마지막으로 할 일이 있습니다. 우선 미사일 기지 공격 건부터 대대적으로 홍보를 하세요. 명분은 충분해졌습니다."

"그렇다면 어쩔 수 없디. 간나새끼들! 기다리라우. 내레 수백 수천 배로 갚아주갔어."

"부대 배치는 어떻습니까?"

"다 끝났소. 우리 아이들이레 연료만 있으면 항상 세계 최강이디. 포병대 배치만 문제인데 기것도 연말이면 다 끝날 기요."

"좋군요. 당분간은 관영방송과 외교라인을 총동원해서 중국의 만행을 홍보하십시오. 마지막 작업이 끝나고 때가 되면 즉시 연락을 드리죠. 부위원장께서는 24시간 이내에 반격에 들어갈 수 있도록 만반의 준비를 갖추시고요. 참! 기습부대는 자리를 잡았습니까?"

"기래요. AN-2기는 구창과 의주, 만포 일대에 집결했디. 명령만 떨어지면 당장 요령성으로 날아갈 기야."

한국군이 가장 우려했던 적후방 침투용 기체 AN-2, 북한은 저격 여단 병력 12명씩이 탑승할 수 있는 글라이더 AN-2를 무려 8,000대가 넘게 보유하고 있었다. 이제 기체가 많이 노후 되어 기동에는 다소 문제가 있지만 여전히 5,000대 이상이 하늘을 날 준비가 되어 있었다. 대한이 말했다.

"항구와 교량, 유류저장고 등 주요 기반시설 위주로 파괴하면서 후방교란을 극대화하시되 민간인 피해는 가능하면 줄이셔야 명분을 잃지 않습니다."

"그래야디. 걱정 말기요."

대한은 가방에서 50여 장짜리 보고서 하나를 꺼내 원용해에게 넘겨주며 말을 이었다.

"이건 동북 3성에서 필히 사살해야 할 사람들 명단과 사진입니다. 침투부대원들에게 다시 한 번 주지시켜주십시오."

"알갔소."

"오늘은 같이 식사도 못하겠군요. 미래포스 배치상황을 점검한 뒤에 곧장 서울로 돌아가겠습니다."

"이러지 말기요. 내 직승기를 준비해놨으니끼니 금방 따라잡을 기요. 식사는 같이 합세."

원용해는 막무가내로 대한을 끌어 앉히고는 비서관에게 식사준비를 명령했다.


─이 중령님! 고도 6만, 원저우 상공입니다!

통제관의 보고, 이서린은 깊은 상념에서 깨어났다.

"무장실 보고하라."

―MCM-2, 발사대기 중입니다!

"목표 세팅하라. 동경136도 04분, 북위 20도 25분."

―동경136도 04분, 북위 20도 25분. 세팅완료!

"현재시간 12월 22일 03시 59분, 작전명 '유령' 작전개시. 폭탄창 개방하라."

― 폭탄창 개방!

"투하!"

―투하!

―투하 완료!

명령과 복창이 연달아 이어지고 미약한 진동이 느껴졌다. 1톤짜리 MCM-2가 툭 떨어져나가면서 기체가 불쑥 솟구쳤다. 컨트롤패널 메인 화면에 동체 좌우로 날렵하게 날개를 펴는 MCM-2 미사일의 영상이 떠올랐다. 미사일은 고도 1,000까지 천천히 선회하면서 자유낙하한 다음 부스터를 가동하고 고도 20m 이내로 내려와 목표를 향해 순항할 것이었다.

"투하완료. 돌아간다. 통제실은 미사일의 궤적과 작동통제에 유의하라."

― 알겠습니다.

치우기는 육중한 동체를 비스듬히 틀어 북동으로 방향을 잡고 있었다. 새삼 뿌듯한 기분, 이서린은 한껏 가슴을 폈다. 최신예 탄도요격기를 조종한다는 자부심도 컸지만 무엇보다 기분 좋은 건 군용기를 타고 중국 영공에 멋대로 들어온 것이었다. 아무도 이해하지 못할 가슴 벅찬 느낌, 공군에 몸담은 이래 가장 기분 좋은 날이었다.

신타로는 시뻘겋게 탄 팔뚝을 만지작거리면서 담배를 빼물었다. 도쿄도지사인 아버지 이시하라의 강요에 못 이겨 어쩔 수 없이 오키노토리로 스킨스쿠버 여행을 온 셈이지만 마누라 몰래 태평양 한가운데에서 개인비서와 스킨스쿠버를 즐기는 기분은 나쁘지 않았다.

오키노토리는 도쿄에서부터 남쪽으로 무려 1,740km나 떨어진 작은 환초군이었다. 사실 만조 시 해발 2m도 안 되는 손바닥만한 암초 2개에 800억 엔을 쏟아 부어 콘크리트 구조물을 만들고 파도에 암초가 손상이 가지 않도록 주변에는 티타늄 소파블록과 콘크리트 구조물로 방어벽을 만들었다. 물론 국제법상 인공구조물은 영토로 인정이 안 되지만 구글어스에서 일본의 섬으로 명기한 엄연한 '섬'이었다. 이 섬을 기점으로 해서 무려 40만 평방킬로미터에 달하는 엄청난 해역을 일본의 배타적 경제수역으로 인정해달라고 우기는 마당이라 매스컴의 스포트라이트가 꾸준히 집중되는 곳이었다. 따지고 보면 억지스런 면이 없지 않지만 돈으로 안 되는 것은 없었다.

오키노토리가 중요한 이유는 또 있었다. 수백 킬로미터씩 떨어진 주변 섬들의 200해리 배타적 경제수역을 연결하면 일본열도 남쪽은 거의 완벽하게 일본의 배타적 경제수역으로 둘러쳐지며 따라서 그 내부에 있는 수백만 평방킬로미터는 어렵지 않게 세력권에 집어넣게 된다. 그것으로 일본 본토 넓이의 4배에 달하는 배타적 경제수역을 확정한다는 계산이었다.

문제는 중국, 이 욕심 많은 것들이 뒤늦게 뛰어들어 엄연한 섬을 암초군이라고 우기는 통에 일이 복잡해져버렸다. 최근에는 해군구축함을 오키노토리 근해로 내보내 일본 구축함들과 신경전을 벌이다 돌아가는 일이 부지기수로 벌어지고 있었다. 어제만 해도 공고급 구축함까지 동원해서 중국 함정을 밀어내는 촌극을 두 눈으로 확인해야 했다.

신타로가 걸터앉은 자리는 연구원들이 생활하고 헬기가 착륙할 수 있도록 만든 직사각형의 콘크리트 구조물이었다. 구조물에서 뛰어내리면 바로 연두색 바다였다. 신타로는 담배꽁초를 바닥에 비벼 끄면서 이른 아침부터 들이댄 여자의 카메라에다 손짓을 했다.

"세수도 안 했어. 찍지 마라."

중요한 곳만 아슬아슬하게 가린 비키니 차림, 긴 머리를 바닷바람에 휘날리는 여자는 눈부시게 아름다웠다. 여자가 흐릿하게 웃으며 카메라를 내렸다.

"그래도 우리 자기는 멋져요. 어? 저거 뭐죠?"

여자가 가리키는 곳을 향해 재빨리 고개를 돌렸다. 수평선 위로 뭉게구름이 걸린 푸른 하늘, 뭔가가 은색 섬광을 매단 채 아득하게 솟구치고 있었다. 다음 순간, 정점에 오른 섬광이 기우뚱 궤적을 틀더니 순식간에 하나의 점으로 변해 시야에서 사라져버렸다.

"뭐지?"

아무것도 아닌가 싶어 눈길을 떼려하는 순간, 점은 반짝이는 물체가 되어 일직선으로 그를 향해 내리꽂히기 시작했다. 그야말로 눈 깜짝 할 사이, 기겁을 한 신타로는 무조건 물속으로 뛰어들었다. 겨우 20m, 그가 물속으로 입수하는 순간, 섬광의 주인이 구조물 상단을 강타했다. 신타로는 물속으로 가라앉으면서도 본능적으로 콘크리트 기둥에서 멀어지려고 필사적으로 손발을 놀렸다. 머리 위에서는 무시무시한 빛이 명멸하고 있었다. 다음 순간, 수압에 밀린 몸이 환초 주변을 둘러친 소파블록 쪽으로 쭉 밀려나갔다. 숨이 막힌다는 생각 같은 건 아예 떠오르지 않았다.

스팟!!

한 템포 늦은 엄청난 충격파가 강력하게 가슴을 두들겼고 몸은 잇달아 눈앞을 가로막는 수포들을 뚫고 무언가에 흡수되는 것처럼 불쑥 하늘로 떠올랐다. 그리고 사지를 수십만 개의 바늘로 한꺼번에 찌르는 듯한 엄청난 통증, 그것이 기억의 끝이었다.


크리스마스를 하루 앞둔 동아시아는 무섭게 요동쳤다. 일본우익은 자신들의 영토에 있는 해양연구소를 공격한 중국에 책임을 물어야 한다며 길길이 날뛰었고 중국은 일본의 주장을 헛소리로 치부하면서 단번에 일축해버렸다. 중국네티즌들 사이에서는 흔적도 없이 날아가 버린 암초들이 일본열도의 미래라는 식의 비아냥까지 우후죽순처럼 튀어나왔고 일본 측은 당장 핵무장으로 중국의 야욕을 잠재워야 한다는 등 극단적인 이야기가 봇물 터지듯 터져나왔다. 볼 것도 없이 각국의 외교가는 후끈 달아오르기 시작했다.

그러나 공격하는 일본의 입장은 사실 어정쩡했다. 남중국해 해안에 거주하는 어민들을 비롯해 해상에서 조업하던 어선과 상선의 선원들 다수에 의해 저공비행하던 순항미사일이 목격되긴 했으나 정작 환초대가 있던 해역에서는 아무런 흔적도 찾아낼 수 없었고 당연히 현장 목격자도 없었다. 하프늄 탄두 특유의 엄청난 고열로 인해 수면 위로 고개를 내민 암초 2개는 물론 수억 달러를 쏟아 부어 만든 인공 구조물과 미사일 본체까지 완전히 기화되어 대기 속으로 사라져버린 것, 수백만 평방킬로미터의 배타적 경제수역을 추가로 확보하겠다는 일본의 야심도 한꺼번에 날아간 셈이지만 명확한 증거가 없어서 마땅히 보복조치의 근거를 찾기 어려웠다. 물론 정황상 중국의 행위라는 것에 대해서는 이론의 여지가 없으나 빈약한 근거로 국제적인 압박을 끌어내기에는 역부족이었다.

결국 일본은 일단 외교경로를 총동원해서 중국의 만행을 규탄하는 한편, 만재수량 1만톤 급 이지스 구축함 공고를 중심으로 하는 조사단을 동 해역으로 급파했고 이어 중국과 일본을 비롯한 인근 국가들의 영유권주장이 첨예하게 부딪히는 난사군도에 구축함 2척을 비롯한 전투함 11척을 파견했다. 엉뚱하게 난사군도의 긴장감만 하늘 높은 줄 모르고 치솟는 셈이었다.

메인모니터에 올라온 위성사진을 대충 훑어본 대한이 실실 웃으며 아영에게 물었다.

"결국 여기로 다 모였네?"

"응. 일본은 공고급 기리시마와 묘코 2척에다 제3, 제4 호위대군을 전부 붙여서 파견했고 중국은 하이난의 항모전단을 통째로 난사군도로 이동시켰어. 지금은 난사군도를 중심으로 약 40킬로미터 정도 떨어져서 서로 잡아먹을 것처럼 대치하는 상황이야. 그리고 베트남과 필리핀도 나름대로 전투함을 내보내서 만일의 사태에 대비한다는 발표를 했어."

중일 양국의 대형 전투함만 40여 척이 줄줄이 늘어서서 대치하고 있다는 뜻, 외교전과는 별도로 재미 쏠쏠한 구경거리가 생긴 셈이었다.

"흐흐흐. 후진타오가 머리 좀 아프겠네."

"애당초 미사일 순항경로 잡을 때 어선이나 상선들이 많은 곳을 통과시켜서 목격자는 상당히 많아. 중국의 입장이 상당히 곤혹스러울 거야."

"후후. 일단 여기까지! 준비는 대충 끝났다. 대통령 취임식만 보고 나면 행동개시다. 유령하고 보급선 북상시켜라. 서한만에 대기시켜."

"오케이. 알았어."

아영이 컴퓨터 앞으로 돌아앉자 느긋하게 자리에서 일어선 대한은 가볍게 몸을 풀면서 창가로 걸음을 옮겼다. 눈앞은 하루가 다르게 변모하는 이백만 평 미래시티, 적절하게 조화된 날렵한 건물과 푸른 녹지가 발아래에서부터 멀리 한탄강까지 끝없이 이어졌다. 그가 다시 말했다.

"오늘 저녁은 다들 모여서 먹자. 어르신하고 민서에게 연락해라."

## 개전 開戰

대통령 이취임식은 이례적으로 북한의 부위원장 두 사람이 모두 참석한 가운데 화려하게 거행되었다. 신년 연휴기간 중임에도 불구하고 주변 4강 중 미국, 일본, 중국의 외교부 수장이 모두 참석했으며 러시아는 메드베데프 대통령이 직접 참석했다. 몽골 역시 남바린 대통령이 직접 한국으로 날아왔고 유럽과 동남아시아 각국의 수상이나 대통령들이 줄줄이 참석했다. 그간 달라진 한국의 위상을 적나라하게 보여주는 셈이었다.

재미있는 건 미국특사 일행에 딕 체니 전 부통령이 끼어 있다는 것이었다. 체니는 전임 대통령 환송이 끝나고 신임 대통령 행진이 시작되기가 무섭게 외빈석을 벗어나 대한과 유민서가 나란히 앉아있는 기업인들 좌석으로 건너왔다. 체니는 곧장 대한에게 다가와 비어 있는 앞자리에 걸터앉으며 그에게 손을 내밀었다.

"오래간만이지요?"

대한이 자연스럽게 손을 맞잡으며 말했다.

"정말 오셨군요. 지나가는 농담이었는데. 후후."

농담 반 진담 반의 대꾸, 체니가 농으로 말을 받았다.

"이런. 그런 거요? 그럼 술 한 잔도 물 건너간 겁니까?"

"그럴 리가요. 공식 행사가 끝나면 잠시 뵙지요."

"그럽시다. 솔직히 난 한국에서 제일 아름답다는 미래시티 구경하러 온 겁니다. 취임식이야 얼굴도장 찍으면 그만이니까 말이오. 이따가 근처에서 전화를 드리지요."

체니는 의미심장한 말을 남기고 비척비척 제자리로 돌아갔다. 회사로 찾아오겠다는 뜻일 터였다. 그가 유민서에게 말했다.

"귀찮게 됐군. 그럼 우린 오찬에 참석하지 말고 그냥 회사로 들어가자. 할 일 장난 아니다."

대한은 청와대에 박성렬 등 요인 몇 사람을 뺏기는 통에 지난 며칠 꽤나 고전하고 있었다. 당장 해야 할 일이 턱없이 쌓인 셈, 유민서의 입장도 크게 다르지 않아서 금방 수긍하고 자리에서 일어났다.

"응. 가요."

즉시 자리를 뜬 대한은 여의도에서 간단하게 점심을 때우고 유민서를 미래정밀로 돌려보낸 다음 회사로 돌아와 치우 격납고부터 찾았다. 아영은 격납고 내부에서 흑풍 6기를 치우에 탑재하고 희한한 물건 몇 개를 장착하는 마지막 작업에 여념이 없었다. 그가 도착하자 작업을 지휘하던 아영이 재빨리 뛰어왔다.

"오늘 중으로 마무리 돼."

"이제 드디어 치우 발사관이 전부 채워진 거네?"

"응. 몇 가지 자잘한 새 물건도 더 탑재했어. 나중에 가면서 이야기할게."

"수고했다. 여기 있어야 되니?"

"응. 2시간은 더 걸려."

"알았다. 끝내고 사무실로 건너와라. 먼저 갈게. 조금 있으면 체니가 나타날 거다."

아니나 다를까 체니는 벌써 응접실에서 기다리고 있었다. 대한이 응접실에 들어서자 창가에 붙어서 있던 체니가 가볍게 손을 들어 보이며 소파로 돌아와 털썩 주저앉았다.

"내가 한국에 와본 것이 8년 전인데…… 정말 많이 변했군요. 특히 서울 북쪽에 이런 멋진 곳이 생겼다는 게 믿어지지 않아요."

체니의 감탄사, 대한이 건너편으로 돌아가 앉으며 말했다.

"냉전 이데올로기의 마지막 잔재가 사라진 덕이겠죠. 사실 냉전에 종지부를 찍는 부분에 있어서는 미국의 힘이 컸습니다."

김정일의 죽음과 사회주의 러시아의 몰락을 지칭하는 말, 체니가 눈웃음을 치면서 말을 받았다.

"한국에서 그걸 인정하시는 사람을 만나니 즐겁군요."

"글쎄요. 러시아가 무너진 후에는 무리수가 너무 많았죠. 미국이라는 나라에 대한 신뢰는 심각하게 훼손되어 있습니다. 기억해두세요."

"그만한 불협화음은 어쩔 수 없지요. 인류의 역사는 남의 것을 빼앗는 것에서 시작해서 빼앗는 것으로 끝났습니다. 앞으로도 영원히 그럴 것이고요."

한 치의 양보도 없는 설전, 대한은 습관적으로 씩 웃었다.

"실없는 입씨름을 하러 오신 것은 아닐 테고…… 본론으로 넘어가시지요."

"아! 이런. 토론이 시작되면 본능적으로 이기려고 기를 쓴다니까요. 미안합니다. 김 회장."

"괜찮습니다. 저도 괜한 말을 꺼냈습니다. 시작하시지요."

"그러십시다. 사실 내가 한국까지 날아온 건 두 가지 이야기를 나누고 싶어서였어요."

"듣겠습니다."

"솔직히 지난 선거에서 럼스펠트 후보가 낙선하는 통에 일이 복잡해졌어요. 그런데 가만히 돌아보니 김 회장이 막후에서 마구 칼을 휘둘렀더군요."

"오배년 대통령 측을 지원했다는 건 부인하지 않겠습니다. 하지만 공화당에도 1,200만 달러 이상을 현금으로 지원했습니다. 기업하는 사람으로선 결코 적지 않은 액수입니다."

"알아요. 하지만 유리하던 판세를 뒤집은 결정타는 미래그룹의 대미투자와 기술협력 건이었소. 아닌가요?"

너 때문에 졌다는 식의 이야기, 대한은 슬며시 고개를 가로저었다.

"사실 타미플루가 아니었다면 박빙이었을 겁니다. 결점이 있는 사람을 후보로 올린 것이 패착이지 양쪽 모두에게 손을 내민 제 잘못은 아닙니다. 저로서는 미국 대통령과 척을 지는 도박을 할 수 없으니 무조건 양쪽 모두에게 손을 내밀 수밖에 없었습니다. 그리고 일개 외국 기업인의 힘이 미국의 대통령 선거를 좌지우지한다고 말씀하실 수는 없을 텐데요?"

"후후. 말을 꺼낸 내가 잘못이지. 설사 그렇다 해도 내 입으로 그렇다고 이야기할 수는 없지요. 뭐 어쨌든 이미 지나간 일이니 왈가왈부해봐야 소용없는 일이고…… 자…… 이젠 공적인 이야기로 넘어가십시다."

"공적인 이야기요? 체니 회장께서 대통령의 전언을 가져왔다는 이야기입니까?"

"왜요? 이상합니까?"

전직 부통령이긴 하지만 오배년 현 대통령과는 분명히 길을 달리하는 사람, 심하게 이야기하면 정적이라고 해도 무방한 체니에게 공적인 사안을 맡긴다는 건 어딘지 이상할 수밖에 없었다. 체니가 의뭉스럽게 웃으며 말을 이었다.

"오배년 대통령이 날 보냈을 때는 다 이유가 있는 거지요. 경기가 워낙 안 좋으니 뭘 좀 만들어오라는 뜻 아니겠습니까?"

"무슨 말씀이신지?"

"알면서 뭘 물어보십니까. 김 회장이 지난 대선에서 네오콘을 물먹였으니 내가 와서 손을 벌리면 이야기가 더 쉽다는 뜻이지요. 우리 쪽에서 김 회장을 만나는 편이 이야기가 더 쉽지 않겠느냐고 대통령께 먼저 제안을 했어요."

"흠…… 적과의 동침이라고 해야 하나요? 어쨌든 재미있군요. 그럼 이제 뱀다리는 빼고 단도직입적으로 이야기하시지요."

"좋습니다. 요즘 동북아시아 정세가 심상치 않다는 건 누구보다 잘 아실 테고…… 저희 판단으로는 곧 중국이 북한을 공격할 것 같던데요? 무력도발도 이건 뭐 선을 넘은지 한참이고 말입니다."

"그런 셈이죠. 북한에 대규모 투자가 계속되고 있다보니 무척 신경 쓰이는 부분입니다."

"맞아요. 중국의 공격이 임박했는데 미래그룹이 북한에 그렇게 많은 투자를 강행할 이유가 없지 않겠습니까? 그래서 묻는 겁니다. 한국은 그냥 있을 거냐는 거지요."

대한은 미간을 좁혔다. 역시 세계 최강을 자랑하는 미국의 정보력, 한국과 북한이 가까워진 만큼 북중 분쟁에 한국이 개입할 가능성이 높고 보유 무장의 대부분을 미국과 공유하는 한국의 무력개입은 무기판매의 폭발적인 증가를 의미했다. 그리고 종국에는 필연적으로 미군의 개입을 불러올 터였다. 무기를 팔아먹는 것이 주업인 네오콘에게는 사실상 이라크 전쟁 이후 최대의 돈벌이를 의미하기도 했다.

물론 지난 30년을 죽기 살기로 군비증강을 계속한 중국군이라면 미군과 대등한 싸움을 전개할 수 있을 것이며 이에 따라 미국이 군사적 개입을 꺼려할 것이라는 막연한 생각을 떠올릴 수도 있다. 그러나 그건 심각한 착각이다. 해상에서의 재래식 전투는 말 그대로 아이들 손목 비틀기에 불과했고 미국 본토까지 전투력을 투사할 수 없는 중국으로서는 오로지 ICBM만이 미국을 견제할 수 있는 유일한 무기였다.

그런데 중국이 가진 달랑 30기의 ICBM으로는 5,000발 이상의 핵탄두를 가진 미국을 위협할 수 없었다. ICBM의 절대 숫자에서도 형편없이 밀리는 중국이 함부로 핵탄두 발사를 결정할 수 없는 가장 큰 이유, 더구나 미사일디펜스가 거의 마무리된 미국에게 중국이 보유한 ICBM 30기는 결코 위협이 될 수 없었다. 결국 한국이 전쟁에 개입하면 미국은 적당한 선에서 생색을 내면서 한국으로부터 챙길 것을 챙기겠다는 의미였다. 그리고 눈앞의 사내는 보나마나 한국의 개입을 원하고 있었다.

잠시 체니의 주름잡힌 얼굴을 물끄러미 쳐다본 대한이 천천히 말했다.

"한국이 개입하는 일은 없을 겁니다. 이웃과 싸워서 좋을 일은 없지요."

"이런. 벌써 정치인이 다 되셨나? 그런 교과서 같은 이야기는 빼고 합시다. 누가 봐도 뻔한 이야기 아닙니까. 귀하는 미래그룹 회장이오. 복안이 있으니 북한에 과감한 투자를 계속하지 않겠소? 난 김 회장과 한국정부의 생각을 듣고 싶어요."

역시나 늙은 여우, 대한이 어깨를 으쓱 해보이며 말을 이었다.

"글쎄요. 한국정부의 생각이라면 잘 모르겠고 미래그룹의 입장을 묻는 거라면 대답은 '가능하면 피하지만 필요하면 개입한다.' 정도가 되겠지요."

원론적인 대답, 체니의 얼굴에 희미하게 미소가 피어올랐다.

"그럼 아프가니스탄 파병 문제는 거론할 필요도 없겠군. 본토 북쪽에 전쟁이 났는데 한가하게 파병할 대통령은 없을 테니까 말이오."

대한이 고개를 끄덕였다.

"라이자 장관이 대통령께 파병문제를 거론할 생각이었던 모양이군요."

"그래요. 전투부대 파병을 건의할 겁니다. 상황이 이러면 헛손질이 되겠지만 말이오. 자아…… 그럼 진짜 묻고 싶은 이야기를 해야겠군요. 군비는 한국정부가 냅니까?"

다시 제자리로 돌아온 질문, 대한은 이번엔 고개를 가로저으며 말을 잘랐다.

"다시 말하지만 한국정부와는 상관없습니다. 개입을 한다면 미래가 할 겁니다."

체니가 웃었다.

"대통령이 미래그룹 사람인데 한국정부가 상관없다고? 지나가는 개가 웃겠소."

"믿거나 말거나입니다. 한국정부의 개입은 없습니다."

"뭐 좋소. 중국의 내정이 엄청나게 복잡하고 일본과도 시비가 붙었으니 저쪽에서도 전면전은 피하려 하겠지요. 하지만 중국의 입장에서는 북한으로부터 전비배상을 뜯어낼 수 있어서 마음 놓고 전력을 투입할 겁니다. 만만치 않은 싸움이 되겠지요. 더 솔직히 이야기하면 한국의 개입이 없으면 북한은 한주먹에 나가떨어진다는 계산이 나옵니다."

"다 아는 이야기는 그만하시지요. 오배년 대통령의 전언이 정확히 뭡니까?"

"하하. 이런 때는 우리 요원들의 평가하고 같군요. 좋습니다. 지금 전하지요. 오배년 대통령의 전언은 간단합니다. 미국은 중국과 북한의 분쟁에 있어서 엄정한 중립을 지키되 한국이 개입하는 경우 각종 미사일 등 필요한 모든 물자를 제공한다. 또한 한국 본토가 공격당하는 경우 미국은 한미동맹 규약에 따라 자동 개입할 것이다. 단 그에 상응하는 모든 비용은 한국정부가 부담하는 것을 전제로 한다. 이상입니다."

크게 새로울 것도 없는 이야기, 그러나 한미동맹을 강조한 부분에 있어서만큼은 나름대로 오배년의 배려가 느껴졌다. 그가 물었다.

"이태식 대통령께도 같은 메시지가 전달되나요?"

"내일 전달될 겁니다. 물론 김 회장과 막후협상이 잘 끝나야겠지요."

대한이 고개를 갸웃했다.

"막후협상이라고 할 것까지는 없을 텐데요? 전 한국 대통령이 아니라 일개 기업인일 뿐입니다."

"물론이지요. 하지만 어느 나라든 정치와 경제가 따로 노는 나라는 없습니다. 돈은 곧 권력이고 권력이 곧 돈입니다. 정치가 멀리 보고 나라를 경영하려면 경제의 시각으로 세상을 보지 않을 수 없으니까요. 사실 한국 정치의 맹점은 선거 결과에 따라 이합집산이 너무나 심하다는 겁니다. 그래서는 절대 길게 보고 정책을 내놓을 수 없어요. '정경유착'이라는 단어는 원래 비리를 뜻하지 않습니다."

"어떤 제도든 사람이 문제겠지요. 이제 선문답은 그만하시고 하고 싶은 말씀을 꺼내시죠. 대체 무슨 말씀을 하시고 싶은 겁니까?"

"간단합니다. 한국이 북중간의 분쟁에 개입할 경우 발생하는 모든 수입물량을 미국으로 돌리라는 이야기입니다."

대한은 말을 삼킨 채 눈을 가늘게 떴다. 상대는 노골적으로 전쟁을 논하고 있다. 간접적으로 중국의 능력을 확인하면서 자칫 돈을 들여 폐기해야 할지도 모르는 재래식 무기를 발 빠르게 한국에다 처분하겠다는 뜻, 이용당하는 건 사양이었다. 그의 표정이 뜨악해지자 체니가 재빨리 말을 더했다.

"제가 보기에 이 전쟁은 피할 수 없습니다. 북한이 모든 걸 양보하더라도 중국은 북한을 침공할 겁니다. 그리고 북한이 중국군에게 공격당하는 상황에서는 남한의 개입이 당연하다고 판단하는 거지요. 아닌가요?"

"그래서요?"

"일단 개전 초에 항공세력과 미사일 전력을 전면적으로 투사하고 나면 쌍방 모두 지상군을 투입한 전면전으로 이어질 겁니다. 인명피해도 그때부터 기하급수적으로 불어나겠지요. 물론 미국은 전쟁발발 즉시 휴전을 중재할 겁니다. 그러나 휴전이 거론될 시점이면 이미 상당한 사상자가 발생한 마당이라 절대 쉽게 가라앉지 않을 겁니다. 한국이 개입하지 않을 경우 1주, 한국이 개입한 경우에는 개전 후 3주가 고비가 되겠지요. 고비를 넘기고 전쟁을 승리로 이끌어가려면 미국의 지원이 절대적으로 필요할 겁니다. 사실 어떤 상황이 되던 국제사회의 협조를 끌어내려면 미국의 지지가 필수라는 건 누구나 아는……"

대한은 끝없이 이어지는 체니의 장황한 이야기를 귓등으로 들으면서 부지런히 머릿속을 정리했다. 일단 어떤 방식이든 전쟁을 끝내려면 미국의 지지는 필수적인 요건이다. 그리고 미군의 물건을 구매하는 것도 대부분의 무장을 미군과 공유하는 한국군의 입장에서는 선택의 여지가 거의 없다. 그렇다면 굳이 장황하게 한국을 배려한다는 이야기를 떠들어댈 이유가 없다. 결국 다른 뜻이 있다는 의미였다. 체니의 이야기는 여전히 이어지고 있었다.

"어떤 경우에도 미국은 기본적으로 한국의 입장을 지지하며……."

"미래그룹에 원하는 게 있습니까?"

대한이 툭 말을 자르자 체니가 빙그레 웃었다.

"솔직히 이야기하죠. 우라늄 광산입니다."

"우라늄 광산? 강계에 있는 것 말입니까?"

"그렇습니다. 강계광산의 지분을 주시오. 6:4 정도로 만족입니다."

대한은 다시 한번 미간을 좁혔다. 눈앞의 상대는 세계 최대라고 알려진 북한의 우라늄 광산을 원하고 있었다. 새로운 개념의 연료들이 우후죽순처럼 연이어 개발되고 있지만 우라늄은 여전히 전세계가 눈에 불을 켜고 찾아다니는 고가의 전략물자였다. 당연히 다른 나라가 선점하지 못하도록 감시하겠다는 뜻도 포함되어 있을 터였다. 대한이 입술을 비틀며 말했다.

"한국정부와 미래그룹을 동일 선상에 놓고 생각하지 마십시오. 그리고 아직은 투자가 필요한 상황입니다."

"압니다. 그러니 함께 투자 하자는 이야기지요."

대한은 잠시 말을 끊고 체니의 짙은 회색 눈동자를 뚫어져라 노려보았다. 짜증스런 요구지만 전후처리를 위해서는 미국의 협조가 절대적, 어느 정도의 양보는 어쩔 수 없이 감수해야만 했다. 대한이 가라앉은 목소리로 말했다.

"미래가 북한에 투자한 자금이 얼마나 된다고 생각하십니까?"

"글쎄요. 달러화로 10억 단위는 넘겠지요."

"0하나는 더 붙이셔야 합니다. 그만한 돈을 쏟아 붓고 얻은 권리입니다. 맨입에 삼키시기는 어려울 겁니다."

"물론 조건이야 상의를 해야겠지요."

"그럼 좋습니다. 한국이 북중 분쟁에 개입할 경우에 미국의 전방위 협조를 전제로 광산의 일부 지분을 넘기는 조건으로 검토하겠습니다. 2주 정도 시간 여유를 주십시오."

"좋습니다. 주먹구구가 되지 않으려면 그 정도 여유는 있어야지요."

대한은 흔쾌하게 웃는 체니의 얼굴을 마주보며 흐릿하게 미소를 지었다. 미국의 뜻대로 되지는 않겠지만 일단 이걸로 마지막 교통정리는 끝났다. 이제 정말 시작이었다.

새로운 내각이 들어서고 국회 원 구성까지 안팎으로 정신없이 바쁜 정치일정이 이어지는 동안 대한은 그룹사 전 직원에게 한 번 더 만만치 않은 액수의 보너스를 내보냈다. 물론 야근수당과는 별도, 연말연시에도 휴일 없이 라인을 밤샘 가동한 대가이자 앞으로 있을 강행군에 대비한 사기진작 차원이었다.

그리고 한국군 전시작전권 이양식이 전격적으로 거행된 1월 7일, 대한은 행사가 끝나자마자 이태식, 최문식 두 사람과 모여앉아 장시간의 회동을 가졌다. 자신의 계획을 대통령과 합참에 전달하고 만일의 사태에 대비하도록 하기 위함이었다. 두 사람 역시 북한 사태의 심각성을 충분히 인식한 탓인지 이야기는 어렵지 않게 풀렸고 군에 진돗개 3을 선포하는 선으로 1차적인 대안을 결정했다.

회의종료와 함께 모든 준비가 끝났다고 판단한 대한은 그날 밤으로 치우와 보급함 2척을 끌고 서해 NLL을 넘었다. 깃발은 구축함 유령과 마찬가지로 태극기 대신 미래그룹의 상징인 치우천왕기를 마스트에 새겨 넣었다. 한국정부의 개입은 배제하고 미래그룹 단독으로 북한 내에 산재한 그룹의 재산을 지키겠다는 대외적인 공표인 셈이었다.

이동하는 동안 줄곧 함교 통제실에서 선제타격계획을 훑어보던 대한이 중앙모니터를 다운시키며 아영에게 물었다.

"치우에 배당된 북한 호위함대는 어디 있니?"

"대화도 북쪽 해상에서 대기 중이야. 25분 후에 동 해상에 도착."

"좋아. 그럼 일단 합류한 다음에 평양으로 가자. 평양에 통보하고 운사 대기시켜."

"응."

캄캄한 바다를 일직선으로 가로지른 치우는 얼마 지나지 않아 대화도 북쪽에서 속도를 줄였다. 해안선이 복잡하고 대공방어도 상당히 조밀해서 중국의 잠수함 세력만 조심하면 제법 안전한 해역, 원래부터 다사리에 주둔하던 12전대와 백령도 대안 사곶의 8전대를 전부 북상시켜 상당한 숫자의 전투함을 집결시킨 모습이었다. 낙후한 무장의 골동품 전투함이지만 나진급 프리킷 2척과 소주급 고속정 10여 척을 모아놓았으니 북한해군으로서는 전력의 1/3 이상을 한 곳에 모은 셈이었다.

그가 전대 기함 나진을 호출하자 걸쭉한 목소리가 무전기에서 흘러나왔다.

—어서 오시라요. 김대한 회장. 내레 12전대장 장필상 대좌입네다.

"반갑습니다. 장 대좌. 잘 부탁합니다."

— 이대로 접안시설로 들어가시겠습네까?

"아닙니다. 오늘은 이대로 바다에서 숙영할 예정입니다. 보급함만 먼저 접안시설로 인도해주십시오."

— 알갔습네다.

"상부의 명령은 받으셨겠지만 대공방어는 본 함에 맡기시고 전대의 모든 전력을 대잠방어에 투입하셔야 합니다. 전 헬기로 평양에 좀 다녀오겠습니다."

— 예. 맡겨 놓고 마음 편히 다녀오시라요.

선선히 대답한 장필상은 곧장 보급함 유도를 명령하고 이어 대잠방어 명령까지 전대에 내리고 있었다. 사실 전대에서 가장 큰 배수량 1,500톤짜리 기함 나진의 보유 무장이 사거리 24km짜리 낡아빠진 스틱스 대함미사일 2기가 전부여서 연안초계와 대잠 작전 이외에는 전혀 쓸모없는 배였다. 대공방어는커녕 중거리 함대전투도 제대로 수행할 수 없는 전력, 미래포스의 대공방어를 위해 치우를 전선 가까이 전진 배치한 것이지만 함대방공 역시 온전히 치우의 몫이었다.

스캐너를 통해 대충 전대의 숫자와 무장 상태를 파악한 대한은 즉시 운사를 타고 평양 남산으로 직행했다. 평양에 도착한 것이 새벽 2시, 원용해는 지하벙커 상황실에서 반갑게 두 사람을 맞아들였다.

"어서 와요. 김 회장. 아영 아가씨. 많이 기다렸소."

상황실은 미래그룹이 넘겨준 최신 통제시스템으로 깔끔하게 정리되어 10명의 통제요원이 나란히 앉아 아르고스를 비롯한 전선통제기가 보낸 자료를 정리하고 있었다. 중앙의 대형 모니터에는 국경 인근의 부대배치가 기록된 작전지도가 올라와 있었다. 가벼운 목례로 인사를 대신한 대한은 곧장 본론으로 들어갔다.

"준비 상황은 어떠십니까?"

"마지막 점검 중이오. 솔직히 걱정은 제공권뿐이다."

"제공권과 방공망은 초전에 확실히 제압하겠습니다. 걱정 마시고 개전 이틀 후부터 공격기를 북상시켜서 공항들을 초토화하십시오. 만일을 대비해서 풍백이 공격기 편대의 호위를 맡겠지만 어차피 중국 전투기는 전투지역 상공에 출몰하지 못할 겁니다."

"알갔소. 어차피 이젠 돌이키지도 못해."

"잠시 후 한국시간 새벽 4시부터 본격적인 통신대란이 시작될 겁니다. 혼란이 최악으로 치달을 밤 10시를 기해 중국에 선전포고를 하십시오. 동시에 선제타격이 시작될 겁니다. 그에 맞춰 침투부대를 북상시키고 장사정 포병을 총동원해서 어제 넘겨드린 좌표들을 타격하십시오. 이후의 지상군 작전은 부위원장께 맡기겠습니다."

"수풍댐은 김 회장이 직접 갈 기요?"

"그렇습니다. 수풍댐이 폭파되기라도 하면 이래저래 작전에 문제가 생깁니다. 확실하게 해둘 필요가 있습니다. 일단 수풍댐을 탈환하고 나면 그대로 북상해서 인근에 전개된 190기계화 보병여단을 쓸어내고 선양으로 전개되는 아군 기갑부대를 따라 올라가겠습니다. 군구사령부를 청소해 놓고 베이징을 압박하는 쪽을 택하는 게 좋을 것 같습니다."

"알갔소. 앞으로 18시간 남은 거로구만."

"그렇습니다. 지금부터 밤까지는 뙤놈들 놀란 쌍판들 구경하시면서 느긋하게 긴장을 푸십시오. 전 대원들과 합류하겠습니다."

자리에서 일어서며 크게 고개를 끄덕인 원용해가 선뜻 손을 내밀었다.

"우리 민족의 미래가 걸린 일이오. 가열찬 의지로 뙤놈들을 쓸어냅세다."

"최선을 다하지요. 행운을 빕니다."

힘주어 손을 맞잡은 그는 환하게 미소를 내보이고 몸을 돌렸다. 의도적인 웃음, 혼자는 감당하기 힘든 엄청난 싸움을 코앞에 두었으니 억지로라도 자신감을 보여줘야 했다.

새벽 3시가 넘어가면서 베이징은 다시 한번 짜증스런 악몽에 시달렸다. 1차 통신대란 때와는 완전히 차원이 다른 시스템 파괴의 시작이었다. 최초로 영향을 받기 시작한 건 80여 개에 달하는 중국의 인공위성이었다. 아영이 준비해둔 백도어를 통해 군사위성은 물론이고 민간위성까지 단숨에 침투한 MR바이러스는 차근차근 중국의 모든 전산망과 통신시스템을 무력화시키기 시작했다.

그리고 후진타오가 침실에서 뛰쳐나온 건 거의 모든 통신시스템이 마비된 새벽 5시가 조금 넘어서였다.

"이런 빌어먹을! 도대체 뭣들하고 자빠진 거야!! 내각이고 군사위원회고 모조리 다 들어오라고 해!!"

길길이 뛰는 후진타오를 보좌관들이 겨우 끌어 앉힌 직후, 역시 통신마비 소식을 들은 쉬차이허우가 급히 집무실로 뛰어 들어왔다.

"주석동지!"

"도대체 뭣들 한 게야! 어째서 또 문제가 생겨!"

"역시 외부 해커의 공격입니다. 현상은 지난 번 통신대란 때와 다를 게 없습니다. 하지만 지난 통신대란 이후 만일을 대비해 유선 경비회선과 예비용 시스템을 따로 확보해 놓았고 군은 상당수가 독립 시스템으로 운영됩니다. 그리고 러시아위성을 쓰는 회선도 상당히 많아서 최악의 상황은 면할 겁니다."

아직 두 사람은 모르지만 순식간에 중국 전역의 도시로 확대된 통신대란은 말 그대로 심각했다. 베이징의 상황은 조금 나을지 몰라도 해안을 따라 들불처럼 번지고 있는 시스템 파괴는 두 사람이 상상 가능한 범위를 완전히 벗어나 있었다. 특히 금융가의 타격은 정말 심각해서 상하이, 항저우의 외환시장은 벌써부터 회복불능의 타격을 입고 있었다. 그나마 대부분의 시스템을 별도로 사용하는 홍콩만이 어느 정도 영향권을 벗어난 모양새였다. 후진타오가 씩씩거리며 소리쳤다.

"지금 그게 문제가 아니잖아!! 이래서야 어떻게 북조선을 응징하고 일본의 도발을 분쇄하느냐 말이야!!"

"……."

움찔 물러선 쉬차이허우가 입을 다물자 후진타오는 크게 심호흡을 몇 번 하고는 조금 가라앉은 어조로 말을 이었다.

"전력은 어떤가. 주석궁도 한바탕 정전 소동을 거치고 나서야 회복되는 것 같던데."

"좋지는 않습니다. 하지만 지난 대란을 거치면서 대비를 많이 해서 베이징의 경우 도시가 마비될 수준은 아닙니다. 그리고…… 북조선 건은 왕시상장이 알아서 잘 대처할 겁니다. 베이징의 상황을 예상할 테니 조금 더 강경한 자세를 취할 겁니다."

"됐어. 지금은 북조선이 문제가 아니야. 베이징의 회복이 우선일 세. 연결가능한 모든 부대에 비상을 걸고 시스템 복구에 모든 역량을 결집하게. 서둘러."

"예! 주석동지."

서둘러 몸을 돌리는 쉬차이허우의 등 뒤에다 후진타오가 고함을 질렀다.

"프랑스와 일본, 북조선, 한국대사관은 외부와 완전히 차단하고 출입을 봉쇄해버려! 범인은 그 중 하나야!"


베이징이 불난 호떡집이 되어버린 1월 8일 오후, 삭주에서 미래포스와 합류한 대한은 전투차량 안에서 짧은 휴식을 취하고 점심까지 든든하게 먹어둔 다음 부대를 점검했다. 미래포스 250명과 할흐골 파견대 병력 711명, 이미 수풍으로 전개된 미래포스 일부를 제외한 전원이 천마산 산기슭의 널찍한 개활지에 집결해 있었다. 오전에 살짝 내린 눈과 회색으로 변해버린 대원들의 카멜레온 전투복이 절묘하게 어울린 기묘한 풍경, MFV-1 현무장갑차 25대는 부대 앞에 2열로 정렬되었고 부대 좌우는 기동준비를 마친 전투차량과 보급트럭 100여 대가 가로막았다. 사상 처음으로 실전에 투입될 운사 무인기체 4기는 장갑차 뒤쪽에 조용하게 내려앉아 있었다. 웬만한 기갑여단은 간단하게 찜 쪄 먹을 무시무시한 무력, 엄청난 유지비를 잡아먹는 사설부대지만 볼수록 흐뭇한 것만은 사실이었다.

가볍게 장갑차 위로 뛰어오른 대한은 자유롭게 흩어져 있는 대원들을 빠르게 훑어본 다음 목소리를 높였다.

"쉰 채로 주목!! 대장이다!"

장갑차 앞에 정렬한 팀장들은 물론이고 흩어져 있던 대원들의 시선도 일제히 그를 향해 돌아왔다.

"구구절절한 이야기는 덧붙이지 않겠다! 오늘 우린 다 함께 압록강을 건너 생사를 약속할 수 없는 동토의 땅으로 간다! 어떤가? 겁나나?"

대원들의 입에서는 대답 대신 왁자한 웃음이 흘러나왔다. 대부분이 이라크와 동남아시아를 누비며 수없는 전투를 치른 최고의 정예들이지만 진짜 정규군대와의 실전은 처음일 터, 긴장되지 않는다면 거짓말일 것이었다. 그러나 대원들의 얼굴에서는 공포나 긴장감 같은 건 전혀 읽혀지지 않았다. 대한도 웃음을 흘렸다.

"후후. 대답이 마음에 든다! 역시 제군들은 대한민국 최고의 전사들이다! 이대로 만주를 휘젓는 거다! 가자! 미래!"

"하!"

짧은 함성이 눈 덮인 천마산 자락을 묵직하게 흔들어 깨웠다. 대한이 웃음기를 지우지 않은 채 정렬한 팀장들에게 시선을 돌렸다.

"수풍으로 전개한 별동대는 나와 부대장이 직접 지휘할 것이다. 귀관들은 이연수 중령의 지휘 아래 하류의 태평만 댐을 장악하고 별동대가 합류할 때까지 압록강 이북 지역을 소개하라. 부대 도하가 끝나면 댐은 북한 보위부 병력이 인수할 것이다. 작전시간은 22시 정각이다. 2140까지 부대 전개를 끝내고 현지에서 대기하라. 이상. 해산!"

태평만댐은 수풍댐 하류의 소형 댐으로 중국이 건설, 관리하는 댐이었다. 북한의 영토지만 중국이 장기 임대해 사용하는 치외법권 지역으로 중국군 국경수비대가 상시 주둔하는 압록강의 요충 중의 요충, 개전과 동시에 수풍과 태평 두 댐을 한꺼번에 탈환하고 북상하는 것이 대한의 1차적인 목표였다.

"충!"

나직한 복창을 남긴 팀장들이 돌아서자 대한은 즉시 장갑차에서 뛰어내려 운사를 향해 부지런히 걸음을 옮겼다. 이제 수풍댐으로 건너가서 선전포고를 기다려야 했다.

관제탑 난간에 기대선 유민서는 새카만 밤하늘로 떠오르는 20기의 풍백을 올려다보며 필사적으로 심호흡을 했다. 한반도와 민족의 미래를 한꺼번에 걸어놓은 운명의 일전, 팽팽한 긴장감에 휩싸인 관제탑은 바늘 떨어지는 소리까지 들릴 것 같이 조용했다.

─비천대대 이륙 끝! 전투지역으로 전개한다.

비천대대는 1시간 전에 대지무장으로 먼저 출격한 승천대대와는 달리 모든 기체가 대공무장이었다. 돌아오는 부대를 엄호하고 이미 출격해 있는 중국군 초계기들을 전투지역 상공에서 쓸어내기 위해서였다. 일단 출격하고 나면 조종사가 먼저 접촉해오지 않는 한 위치를 확인하기 어려운 스텔스 기체들, 작전을 마치고 돌아올 때까지 관제탑의 역할은 끝이었다. 정확한 위치파악은 기체들의 초저주파 신호를 인지하는 치우를 통해서만 가능했다.

통제관의 시선이 돌아오자 유민서가 고개를 끄덕였다. 통제관이 빠르게 말했다.

"무운을 빈다. 아웃!"

회답은 없었다. 대신 교차 출격하는 아르고스와 치우기가 이륙을 요청해왔다. 개전 후 12시간은 먼저 출격한 2기와 동시에 떠 있을 예정이었다.

─아르고스 3호기, 2번 활주로에서 대기. 이륙 요청.

"아르고스 3. 이륙을 허가한다. 수고해라."

─치우기 2호기, 1번 활주로. 이륙요청.

"치우기 2 이륙을 허가한다. 무운을 빈다."

이륙허가와 함께 묵직하게 활주로를 가로지른 2대의 9시리즈 기체가 밤하늘을 뚫고 사라지자 유민서가 통제실 중앙으로 돌아와 앉으며 말했다.

"이제 위성티브이 켜 봐요. 북한중앙방송 확인하죠."

"네."

통제관이 몇 번 키보드를 두드리자 중앙모니터에 조금은 어눌한 색조의 중앙방송 화면이 떠올랐다. 밤 9시 51분, 화면은 앵커의 격앙된 비난의 목소리와 함께 중국군의 공격으로 불타고 있는 북한군 미사일 기지와 민간 마을들을 비춰주고 있었다. 잠시 시간이 흐르자 화면이 바뀌면서 인민복 차림의 오형무가 모습을 드러냈다. 유민서도 한 번 만난 적이 있어서 낯익은 얼굴, 오형무는 곧장 준비된 원고를 읽기 시작했다.

─우리 공화국은 후안무치한 후진타오 일당의 수없는 도발에도 불구하고 민족 특유의 참을성을 발휘하여 끝없이 관용하고 용서했지만 이제 그 한도를 넘어섰다. 자기 비행기를 자기가 폭파하는 자작극

을 통해 정적을 제거하고는 공화국에 덮어씌워 생트집을 잡는가 하면, 수풍댐을 불법적으로 점거하고 우리 군대의 미사일 기지를 공격해서 수백 명의 인민과 군인을 죽이고 달아났다. 이는 공화국의 존립을 위협하는 엄중한 사태이다. 공화국은 치졸한 자작극을 통해 공화국을 손에 넣으려는 후진타오 일당의 무도한 행태를 더는 용납할 수 없으며 이에 따라 가능한 모든 수단을 동원하여 후진타오 일당을 공격할 것이다. 더불어 이번 사태의 모든 책임은 중국정부와 후진타오에게 있음을 분명히 한다. 또한……

성명은 한참을 더 이어졌으나 특별히 기억할 만한 내용은 더 없었다. 특기할 만한 것은 선전포고의 와중에 후진타오의 음모를 강조하는 원용해의 정치적 감각이었다. 중국이 아닌 후진타오의 음모가 북한의 반발을 불렀다는 것을 강조하는 모양새였다.

'이제 정말 전쟁인가?'

서늘한 오한이 등을 훑어 내렸다. 대한의 말대로라면 적어도 수만 명은 죽어나갈 격렬한 싸움, 갑자기 대한의 얼굴이 보고 싶어졌다.


두터운 외투를 걸쳤지만 얼음장처럼 차가운 바닷바람은 사정없이 옷깃을 파고들었다. 남상천은 연신 손바닥을 비비며 시간을 확인했다. 22시 03분, 다시리 접안시설에 선체를 기댄 보급선 북양호의 갑판 위에서 일주일 넘게 잠자고 있던 미사일 발사대의 위장포를 걷어냈다. 무려 128발의 레이더킬러 도요를 발사관에 품은 8대의 발사대는 벌써 차가운 밤하늘을 향해 고개를 쳐들고 있었다.

"젠장. 여기서 담배 피우다간 발가락 한 개도 못 찾는 수가 있지."

남상천은 작업복 주머니를 뒤져 담배를 꺼내려다 말고 입맛을 다셨다. 워낙 담배를 좋아해서 편안한 연구직을 포기하고 필드실험에서 14년째 박박 기는 베테랑이었다. 미래그룹이 대선정밀을 인수한 직후, 폭발물을 다루는 탁월한 솜씨를 인정받아 4년만에 과장에서 부장까지 고속 승진을 계속했고 이젠 미사일부문 실험이사 자리까지 바라볼 수 있는 위치에 올라왔다. 물론 회사가 고속으로 팽창하는 통에 얻은 반사이익이었다.

담배를 포기하고 시선을 밤하늘로 돌렸다. 전투기 4대가 후미등을 반짝이면서 발해만으로 빠져나가고 있었다. 풍백은 외부등 자체가 아예 없으니 북한 공군기가 분명했다. 아마도 잠자고 있는 중국군 레이더기지들을 깨우러 나가는 것일 터였다. 미사일 발사시간까지는 겨우 1분이 남아 있었다. 싣고 온 다른 보급품은 대부분 미래포스가 인수해갔으니 발사와 동시에 북한 경비정을 따라 남쪽으로 내려가면 첫날의 임무는 끝이었다. 배는 이미 출항준비까지 모두 끝내놓은 상태였다. 그가 헤드셋을 톡톡 두들기며 말했다.

"전원 발사대기. 발사 1분 전!"

임시로 만들어 놓은 발사대여서 각각 수동으로 대상 지역을 입력하고 발사스위치를 눌러야 했다. 20발은 대련, 40발은 선양과 장춘, 40발은 단둥과 안산, 퉁화로 나눠지고 나머지 28발은 옌타이와 칭다오로 배정되어 있었다. 무려 24시간 동안 체공한 상태로 해당 지역을 선회하다가 EMP에 살아남은 레이더가 가동되면 즉시 공격을 시작할 것이었다. 가까이 흩어져 오돌오돌 떨고 있던 직원들이 후다닥 자리를 찾아 달라붙는 것이 보였다.

안쪽 선착장에 접안한 미래소재 소속 남선호는 더 바빴다. 5분 정도 시차를 두고 발사될 예정이라 시간여유는 좀 있지만 전투비행단이 있는 공항과 항구, 1차 교전지역으로 날아갈 MEMP 44발에다 각 전투비행단에 떨어질 MAV 18발, 핵기지와 대형함 공격용 크루즈미사일 34기가 한꺼번에 장전되다보니 선착장까지 발사대가 내려가 있었다. 그가 다시 헤드셋을 눌렀다.

"카운트다운 시작! 발사 10초 전!"

직원들의 대답이 곧바로 돌아왔다.

─발사 10초 전! 1번 발사대 발사대기!

영하 7도를 오가는 한겨울 바닷가의 매서운 날씨지만 손바닥은 축축했다. 중국을 공격하는 최초의 한국인이 군인도 아닌 자신이라는 생각, 안 그래도 덜덜 떨리던 턱이 이젠 사정없이 부딪히고 있었다.

'젠장! 이러다 전범 되는 거 아닌가 몰라. X팔! 될대로 되라지. 무조건 회장한테 충성이다.'

있는 힘껏 숨을 들이마시고는 아예 숫자를 건너뛰면서 잽싸게 카운트다운을 끝내버렸다.

"7, 5, 3, 1! 발사!"

─1번 발사대 발사!

푸시식하는 거친 소음과 함께 오렌지색 섬광을 매단 16발의 도요가 차례차례 낮게 가라앉아 별빛조차 보이지 않는 새카만 밤하늘로 솟구쳤다.

─2번 발사대 발사!

─3번 발사대 발사! 4번……

직원들의 보고가 이어지고 불꽃놀이를 방불케 하는 눈부신 섬광의 향연이 수십 초 동안 시야를 붙들고 늘어졌다. 귀청이 멍할 정도의 발사소음은 현란한 불꽃에 완전히 파묻혀버렸다. 1분이 채 안 되는 짧은 시간, 발사가 끝난 갑판 위에 남은 건 희미한 연기의 흔적뿐이었다. 밤하늘 속으로 솟구친 128발의 도요가 시야에서 사라지자 남상천은 재빨리 담배를 빼물며 잇달아 명령을 내렸다.

"출항한다! 발사대 고정하고 위장포 작업해! 집에 가자!"

불과 2, 3분, 그가 빼문 담배에 불을 붙이기도 전에 배는 움직이기 시작했다. 이놈의 살벌한 바닷바람 때문에 라이터에 불이 붙지를 않았다.

'제기랄!'

젖은 필터 끝이 입술에 달라붙어 주륵 찢어져버렸다. 포기, 난간 너머 검은 바다에다 신경질적으로 장초를 집어던지는 그의 등 뒤에서 수십 개의 오렌지색 섬광이 무시무시하게 솟구쳤다.

슈슈슈슉!!

빛은 느릿하게 접안시설을 벗어나는 북양호의 함교에서 산산이 부서져나갔다.


"어이 꽁지벌레."

―왜 그러슈. 논네.

언제나처럼 장난스럽게 돌아오는 강상민 소령의 회답, 한영직은 캐노피 너머 희미한 지평선 경계를 노려보며 픽 웃었다. 발아래는 칭다오와 함께 중국 동해안 최대의 군항인 대련이었다. 과거 러일전쟁

당시 러시아 태평양함대가 수장된 곳이자 중국 북해함대의 무덤이 될 자리였다. 그가 말했다.

"안 좋았냐?"

—어이구. 아무리 재미없는 작전이라도 조종간 잡고 졸지는 않수. 논네 편대나 챙기죠.

퉁명스런 대답. 요즘은 공중전이라고 해도 멀리서 미사일 몇 방 쏘고 튀는 재미없는 작전이 대부분이지만 그 중에서도 가장 재미없는 작전은 야간의 대지나 대함 작전이었다. 아무것도 보이지 않는 맨땅에다 미사일 몇 개 날리고 돌아가는 것으로 끝이니 강상민처럼 개싸움을 좋아하는 놈에게는 지루할 수밖에 없는 작전이었다. 그가 웃음기를 흘리면서 말을 받았다.

"그래. 알았다. 이놈아. 그럼 꽁지벌레 편대가 KJ2000인가 공경空警2000인가하는 짝퉁 조기경보기나 잡고 가라. 10시 방향 80킬로미터, 고도 15,000이다."

—오케이. 그거 듣던 중 반가운 말이올시다. 꽁지벌레 로저. 지금 사라집니다.

한때 한영직의 윙맨이었던 콜사인 꽁지벌레 강상민은 이제 따로 편대를 가진 편대장이지만 성격만은 여전했다. 놈의 목표는 텐진항과 탕산 공군기지, 남는 시간에 조기경보기라도 하나 잡으면 기분이 좀 풀릴 것이었다. 강상민이 제깍 기체를 들어올리자 한영직은 희미하게 웃으면서 편대 무선을 개방했다.

"후후. 편대. 미사일 러시가 끝나는 대로 중국 방공망 안으로 들어간다. 목표만 잡으면 곧장 사라진다. 계획대로 대머리독수리는 지닝을 두들겨라. 피닉스는 대련공항."

─ 대머리독수리 로저.

─ 피닉스 로저.

"미친개는 나와 같이 대련군항을 친다. 다른 건 몰라도 대련에 남아 있는 하급 원잠 한 척은 무슨 일이 있어도 잡아야 한다. 기억해둬라 미친개."

─ 미친개 로저.

"고도를 8천까지 낮춘다."

대련에서 수리를 받던 하급 원자력잠수함 두 척 중 한 척은 바다 속으로 사라져버렸지만 한 척은 아직 작업이 끝나지 않았는지 대련항에 남아 있었다. 이번 작전 목표 리스트의 맨 위에 올라와 있는 놈, 구축함 6척은 그저 양념이었다.

고도를 낮추면서 몇 분 선회하자 새카맣게 가라앉은 지상에서 십여 개의 날카로운 섬광이 느껴졌다. 동시에 헬멧 디스플레이에 문자 몇 개가 올라왔다. 아르고스가 전송한 정보였다.

「목표타격 완료. 진입.」

내용을 확인한 한영직은 지체 없이 조종간을 밀어내면서 편대무전을 개방했다.

"진입한다. 야간 디스플레이 가동."

─ 미친개 로저.

일직선으로 하강한 한영직은 눈앞에 떠오르는 지형자료에서 색깔이 다른 목표들을 쉽게 찾아냈다. 그가 나직하게 말했다.

"거리 120, 목표 1, 2 락온. 폭탄창 개방.

연달아 토해낸 그의 명령에 따라 디스플레이의 원잠과 구축함의 색깔이 붉은색으로 바뀌면서 미사일 표시가 점멸했다.

"발사."

기체에서 무언가가 퉁하며 떨어져나갔다. F-16 같으면 벌써 미사일 알람이 비명을 내지를 거리. 하지만 광범위한 EMP공격까지 얻어 맞은 중국군 방공망은 쥐 죽은 듯이 조용했다. 미친개가 연달아 미사일을 발사했다.

—목표 5, 6 락온. 발사.

"목표 3, 4 락온. 발사. 폭탄창 폐쇄."

—목표 7, 8 락온. 발사. 폭탄창 폐쇄.

"오케이. 작전 종료. 대머리독수리와 피닉스가 합류하면 즉시 귀환한다. 고도 2만까지 올린다."

—미친개 로저.

한영직은 부드럽게 가속하며 조종간을 잡아당겼다. 묵직한 중력가속도를 온몸으로 느끼면서 아무것도 없는 밤하늘을 향해 일직선으로 솟구쳤다. 말 그대로 '파이어 앤 포겟'. 종말유도는 물론 결과확인까지 아르고스가 알아서 마무리할 터였다. 물론 원잠이 멀쩡하다면 꽁지 빠지게 되돌아와야겠지만 완전히 무방비 상태로 물위에 나와 있는 잠수함을 놓칠 일은 절대 없었다. 기지로 돌아가 차가운 맥주 한 잔 마시고 대공무장으로 다시 나오면 그만이었다. 이제 웬만한 지상공격은 북한공군의 몫이었다.

# 재림, 치우천왕

장슈안은 꽁꽁 숨겨놨던 시마담배 한 가치를 꺼내 조심스럽게 불을 붙이고는 장갑차 밖으로 기어나왔다.

"염병. 재수 없게스리 하필 이런 더러운 날 당직이야."

부실한 겨울 전투복 때문에 아무리 두껍게 입어도 댐 위에 서면 완전히 얼어 죽을 지경, 전기까지 나가버리는 통에 아까운 기름때면서 장갑차 히터를 틀어버렸지만 춥기는 마찬가지였다. 길게 한 모금을 빨아들이고 몇 발자국 걸어 수풍댐이 만들어 놓은 거대한 호수를 내려다보았다. 수면은 완전히 얼어붙어서 탄극이나 장갑운병차 정도를 제외하면 웬만한 중량차량은 전부 도하할 수 있을 것 같았다. 담배를 문 채 콩콩 제자리를 뛰었다.

"어 춥다. 추운 거만 빼면 만고에 걱정이 없는데 말이야. 젠장."

이름만 거창한 북한의 저격여단이 호시탐탐 댐을 노리고 있지만 댐 남단에 장갑차만 무려 12대를 배치했고 국경마을로 이어지는 지류의 다리까지 중대병력을 내려보낸 상태여서 특별히 걱정할 일은 없었다. 댐으로 올라오는 긴 진입로는 오늘도 완벽한 어둠 속에 묻혀 있었다.

"후……."

하류 쪽으로 걸어오면서 다시 한 모금을 깊이 빨아들였다가 내뿜었다. 연기와 입김이 구분 없이 강풍에 휩쓸려 사라졌다. 순간 까마득한 댐 아래에서 시커먼 그림자가 불쑥 솟아올라왔다.

"으허허……!"

바람 빠지는 소리가 목구멍을 비집었다. 분명히 귀신이었다. 온통 새카만 면상에서 당장이라도 불을 내뿜을 것 같은 두 눈이 시뻘겋게 타올랐다. 움찔 뒤로 물러섰지만 시뻘건 눈동자는 이미 코앞, 뭔가가 목젖을 틀어막은 듯 숨을 들이쉴 수가 없었다. 필사적으로 사지를 버둥거렸으나 발끝은 이미 허공에 있었다.

기괴하게 목이 꺾인 중국군 장교의 시체를 난간 그늘에다 던져버린 대한은 댐 초입에 서 있는 장갑차로 힐끗 시선을 돌렸다. 장갑차 테일게이트에서 아영이 상체를 내밀었다.

—상황 끝.

고개를 슬쩍 끄덕여 보인 대한은 지체 없이 탄띠에 매달린 레일건을 빼들었다. 대량살상 무기라는 생각에 치우에서 단 한번도 꺼내보지 않았던 탐사선의 개인화기, 그러나 본격적인 전쟁을 치르겠다고 마음먹은 이상 사용할 수 있는 패는 모두 사용할 생각이었다. 300발탄창과 하프늄 원자로를 포함한 총기무게가 무려 6Kg이 넘는 통에 치우비를 입지 않은 상태에서는 다소 부담스러웠지만 제대로 된 레일건답게 탄피가 없고 파괴력도 상상을 초월했다. 총구 사출속도가 마하5씩이나 돼서 중국군 장갑차의 부실한 측면 장갑 정도는 단번에 관통하는 무시무시한 놈이었다. 물론 새로 제작하려면 실탄 강도를 확보하기 위해 단조와 표면처리에 적지 않은 돈이 들어가지만 문제는 없었다.

대한이 댐 북쪽을 향해 유령처럼 달리며 낮게 소리쳤다.

"작전개시."

— 하나다섯!

달리는 대한과 아영의 좌우에서 강력한 회오리바람이 일어났다. 야산을 넘어온 운사였다. 야산 정상을 타넘는 즉시 댐이 내려다보이는 봉우리 정상에 있는 중국군 대공포부대에다 서너 발의 레일건 포탄을 날려버리고는 기수를 앞으로 푹 꺾었다.

쾅! 콰콰콰!

순간적으로 천지를 뒤엎을 듯한 굉음이 밤하늘을 뒤흔들었다. 마치 봉우리가 한꺼번에 터져나가는 느낌, 화약에 유폭이 일어난 대공포부대는 삽시간에 치솟는 검붉은 화염과 연기에 휩싸여버렸다.

"초소!"

그의 말이 떨어지기가 무섭게 운사가 일직선으로 댐을 가로지르며 댐 건너편 경비 초소와 모래주머니 기관총좌에다 수백 발의 예광탄을 줄기줄기 퍼부었다.

우두두두!

불과 2, 3초, 기관총좌는 흔적을 찾아보기 어려울 정도로 산산조각으로 터져나가버렸다. 일단 댐 상부는 상황종료, 계곡 아래의 포장도로로 이어진 터널의 안전만 확보하면 끝이었다. 터널은 장갑차 한대가 아슬아슬하게 통과할 만큼 상당히 비좁았고 경사까지 제법 심해서 이 터널로 장갑차가 올라왔다는 것이 믿어지지 않을 정도였다.

그가 상황을 살피는 잠깐 사이, 남쪽 진입로에 늘어선 중국군 장갑차들이 연신 굉음을 토해내며 도로에서 튕겨져 나가기 시작했다. 하류 쪽으로 접근한 운사 2호기였다. 레일건이 토해낸 고속탄환은 도로변에 늘어선 장갑차들을 줄줄이 박살내면서 아예 도로 밖으로 날려버리고 있었다.

그가 댐 건너편에 도착하기도 전에 10여 대가 넘는 중국군 장갑차들은 모조리 도로 위에서 사라져버렸고 곧바로 현무장갑차 3대가 진입로에 모습을 드러냈다. 뒤늦게 잠에서 깨어난 중국군들이 도로가의 건물에서 소총을 쏘며 저항했지만 현무의 레일건 몇 방에 금방 잦아들었다. 한방이면 건물이 통째로 날아가버리는 판이니 대책이 없을 터였다. 미래포스 대원들이 진입하면 댐 남쪽은 금방 정리될 것이었다.

그가 중국군이 세워놓은 바리케이트를 건너뛰며 소리쳤다.

"터널! 운사로 아래쪽 입구 확보해!"

"응!"

뿌얀 모래먼지 속을 달리면서 관리실 건물에서 뛰어나오는 몇 놈에게 총탄을 날렸다. 대여섯이 한꺼번에 쓰러지고 시체를 그대로 관통한 총탄은 건물 벽에서 콘크리트 가루를 수북이 뜯어냈다. 시체들이 즐비한 초소를 성큼성큼 건너뛴 그가 터널 쪽으로 발을 뗴는 순간, 베타 팀 지휘관 성창모 대위의 목소리가 들려왔다.

—클리어! 1분대 댐으로 전개하고 현무는 북안의 장갑차들을 타격합니다! 이상!

그는 무전기 자리를 툭툭 두들겨 대답을 대신했다. 곧장 터널입구로 뛰어내리면서 아영에게 터널 내부 스캔을 명령했다.

"스캔! 폭약이나 적!"

빛이 전혀 없는 터널의 길이는 거의 100m에 가까워 보였다.

"11시 방향 초입에 대인지뢰 여섯, 활성화되지 않았음. 반대쪽 출구에 생체반응 열아홉, 무장병력. 터널로 진입하고 있음."

"그냥 밀어붙이자. 가자!"

비좁은 터널을 미끄러지듯 달리면서 짧게 레일건을 긁어버렸다. 딱 한 번 방아쇠를 당겼다 놓는 동안 대략 20여 발, 그로테스크한 비명이 순간적으로 터널을 쥐어짰다.

"크아아악……."

어두운데다 총성도 거의 없어서 당하는 놈들 입장에서는 완전히 날벼락일 터였다.

카가캉!

마구잡이 응사가 돌아왔다. 당연히 의미 없는 저항, 위험하지도 않건만 유령처럼 앞으로 빠져나간 아영이 무섭게 방아쇠를 당겼다.

투두둑!

레일건이 내뿜는 가벼운 마찰음과 동시에 새된 비명이 다시 터널에 울려 퍼졌다. 총성은 금방 사라져버렸다. 신속하게 거리를 좁히면서 주춤주춤 물러서는 두 놈을 더 쓰러트리는 것으로 상황 끝, 부상자들은 뒤따라 진입할 대원들이 해결할 것이었다. 시체들 사이를 번개같이 건너뛰어 터널 밖으로 빠져나왔다.

쾅! 콰쾅!

터널을 나선 두 사람을 맞은 건 화려한 불꽃놀이였다. 도로변에 길게 정렬해 있는 장갑차들이 거짓말처럼 터져나가면서 허공으로 튀어오르고 있었다. 삽시간에 20여 대의 장갑차들이 연속해서 폭발하고 나자 강변에 있는 3층 건물에서 총구화염이 보이기 시작했다. 그가 진입로 옆의 숲으로 뛰어들며 소리쳤다.

"아영아! 건물!"

"응!"

대답과 동시에 댐 아래를 선회하던 운사의 레일건 포구가 돌아왔고 순간적으로 건물 외벽이 퍽퍽 터져나갔다. 단 두 발, 건물은 통째로 무너져버렸다. 건물을 무너트리며 완전히 관통한 포탄은 도로까지 쥐어뜯어 흙먼지를 비산시키며 시야에서 사라졌다. 숲을 통해 몇 걸음을 옮기는 사이 터널 입구에 아군의 모습이 보였다. 그가 말했다.

"1시 방향 숲! 이동!"

─하나다섯!

대원들이 신속하게 숲으로 뛰어들기 시작하자 두 사람은 다시 전진했다. 이젠 강을 따라 직선으로 내려가는 외길이었다. 간간이 총탄이 날아왔지만 위협적이지는 못했고 목을 내민 중기관총이나 대전차 무기는 운사와 현무의 무서울 정도로 정확한 원거리 사격에 아예 힘을 쓰지 못했다. 전투가 시작된 지 불과 5분, 살아남은 중국군은 허겁지겁 강을 따라 후퇴하기 시작했다.

터널에서부터 500여 미터를 신속하게 이동했지만 더 이상의 저항은 없었다. 불길에 타닥거리는 가로수와 검은 연기를 내뿜는 장갑차의 잔해들만 을씨년스럽게 제자리를 지켰다.

같은 시간, 압록강 하구 단동 일대는 북한군 장사정포에 완전히 초토화되고 있었다. 쟝리예 대교는 하늘이 무너질 것처럼 무섭게 쏟아지던 집중포화가 잦아들자 멀쩡한 지프 하나를 잡아타고 다급하게 단동항을 벗어났다. 초계함들이 접안한 군항구역은 이미 대낮처럼 환하게 불타고 있었다. 어찌된 일인지 휴대전화를 비롯한 전자제품이란 전자제품은 모조리 먹통이어서 조직적인 저항은 커녕 외부에 도움을 청하는 것도 불가능했다. 사실 야포탄 수백 발이 떨어진 집중포화 속에서 목숨을 건진 것만도 천행이었다. 그의 휘하에 있던 초계함들은 이미 반 이상 물속에 잠긴 채 시커먼 연기만 토해내고 있었다.

포격의 영향으로 여기저기 막힌 도로를 어렵게 뚫고 항구를 벗어난 쟝리예는 단동 국경수비대 주둔지가 내려다보이는 진입로 고개에서 어쩔 수 없이 차를 세웠다.

"빌어먹을! 이런 겁대가리 없는 새끼들이 감히…… 다들 뒈지려고 작정을 한 건가?"

손이 부들부들 떨려왔다. 고개 너머 국경수비대 주둔지는 항구보다 더한 불바다였던 것이다. 오늘 낮까지만 해도 39집단군 21경보사단 병력까지 집결해서 병사들로 바글바글하던 곳, 그런데 지금은 살아 움직이는 병력이 거의 보이지 않았다. 보이는 건 그저 깡그리 무너진 건물의 잔해가 내뿜는 시커먼 연기뿐이었다.

뜨악한 얼굴로 남쪽을 돌아본 쟝리예는 다시 한번 두 눈을 부릅떴다. 멀리 보이는 압록강 대교 위로 강을 건너는 수십 대의 전차가 눈에 들어왔다.

"타……탄극? 이럴 리가 없는데?"

절대 있을 수 없는 일, 60년 동안 줄곧 발바닥을 핥아대던 강아지 새끼가 느닷없이 발목을 문 꼴이었다. 사실 상당기간 북조선의 반발을 기대하며 아군부대들이 수없이 국경을 넘나들었으니 반발을 예상하지 못한 것은 아니다. 그러나 북한군 전차가 압록강을 도하한다는 건 문제가 달라도 한참 달랐다. 지상군의 전개는 멀리서 상대의 군사시설만을 타격하는 제한적 국지전이 아니라 전면전을 의미했다.

"제기랄! 일단 살고 봐야겠네."

물론 무모한 도박을 강행한 북조선은 며칠 내로 쓴맛을 보게 되겠지만 당장은 목숨을 부지하는 것이 급했다. 무슨 짓을 해서든 당장 단동을 빠져나가는 것이 급선무, 그는 단동 북쪽 외곽도로를 통해 북상하기로 마음먹고 즉시 차를 돌렸다. 아직 본격적인 피난길이 시작되지 않아서인지 차는 막히지 않았다. 신속하게 대로에 차를 올리는 순간 건너편 산기슭에서 무언가가 반짝였다.

'응?'

퍽!

순간적으로 트럭 앞 유리창에 굵은 거미줄이 생겼다는 생각을 떠올렸다. 가슴 한복판에 강력한 펀치를 얻어맞은 듯한 지독하게 답답한 느낌, 입안 가득히 피냄새가 몰려왔다.

리진핑은 필사적으로 조종간을 틀었다. 단둥 인근을 선회할 때 MIG-29로 보이는 4개의 목표를 확인하고 사령부에 공격여부를 문의하는 사이, 머리 위에서 느닷없는 미사일 세례가 쏟아졌다. 엄청난 속도, 회피기동을 시작하기도 전에 기체 한복판에 정통으로 미사일을 얻어맞은 2기가 그 자리에서 공중폭발 해버렸고 1기는 오른쪽 날개를 잃어버린 채 나선을 그리며 시커먼 어둠 속으로 가라앉아버렸다. 공격은 생각해보지도 못하고 회피기동에 정신을 빼앗긴 상황, 미사일 알람은 계속해서 껌뻑이고 있었다. 뒷자리 부조종사의 욕설이 캐노피를 가득 채웠다.

"사령부!! 공격당하고 있다! 대답해!! X팔!! 이게 무슨 개 같은!"

통신이 완전히 먹통이었다. 공격 받는다고 수없이 고함을 질렀건만 대련의 공군사령부는 물론이고 조기경보기까지 회답이 없었다. 헬멧에 가득한 건 오로지 추락한다는 3호기 조종사의 비명뿐이었다.

"빌어먹을! 이놈의 미사일은 어디서 날아온 거야!!"

동북아 최강의 기체라고 큰소리치던 최신형 제공기 J-10인데도 중장거리 대공미사일 앞에서는 완전히 속수무책이었다. 북조선이 보유한 대공미사일은 PL-7이나 8같은 구닥다리 단거리 미사일뿐이니 이건 무조건 한국이 지원한 물건이었다. 한국이 북한을 지원한다는 사실을 알리기 위해서라도 어떻게든 살아남아야 했다. 리진핑은 조종간을 잡아당기며 악을 썼다.

"상승한다! 미사일 위치 확인해!"

육안으로 미사일 위치를 확인하기 위한 고육지책, 그러나 미사일은 보이지 않았다.

"젠장! 안 보여!! 바로 뒤야! 꺾어!"

좌우에 없다면 바로 뒤, 요행히 1차 공격은 피했지만 미사일은 추력을 잃지 않고 따라붙었다는 뜻이었다.

"제기랄!!"

리진핑은 다시 급격하게 조종간을 틀었다. 그러나 이미 후미익 바로 뒤까지 따라붙은 MSM의 탄두는 폭발하고 있었다. 폭발과 동시에 탄두에서 튀어나온 수백 개의 자탄이 엔진 사출구와 후미익을 일순간에 걸레 조각으로 만들어버렸고 순간적으로 유폭된 불길은 음속에 가까운 기체의 속도를 이기며 앞으로, 앞으로 연쇄폭발을 일으켰다. 급기야 동체 중간이 폭발하면서 완전히 토막이 나버린 동체는 수백 개의 기체파편과 함께 시커먼 어둠 속으로 쏟아져 내렸다.

뒤늦게 탈출이라는 단어가 떠올랐다. 그런데 동체에서 이탈되어야 할 캐노피가 꿈쩍도 하지 않았다. 아마도 중국 리버스 엔지니어링의 한계일 것이었다. 그러나 그런 걸 생각할 여유는 없었다. 캐노피가 기체에서 이탈되지 않는다면 남은 방법은 하나, 그대로 탈출레버를 당겨버렸다. 그러나 탈출레버도 기대를 따라오지 못했다. 윈드쉴드 고정부 폭발은 중간에서 끊어져버렸고 시트 사출과 함께 캐노피에 정통으로 머리를 들이받은 리진핑은 그대로 정신을 잃어버렸다. 차라리 이 편이 나을 거라는 허튼 생각을 하면서…… 탈출에 성공하더라도 어차피 이 엄동설한의 바다에서 살아남을 방법은 없었다.


미래포스는 단동에서 북쪽으로 80Km 남짓 떨어진 작은 도시에서 부대를 정비하기로 하고 인근에서 가장 넓은 장소인 시 정부 청사로 진입했다. 청사를 장악한 북한군 보병 군관은 대한이 탄 장갑차가 청사 안으로 들어서자마자 기다렸다는 듯 재빨리 다가와 거수경례를 붙였다. 일선 전투부대에 연대단위로 나눠준 전투용 PDA로 통보가 된 모양이었다.

"어서 오시라이요. 김 회장 동지."

"수고하십니다. 최전선까지는 거리가 얼마나 남았습니까?"

"30킬로미터 정도입네다. 번시 남쪽에서 39집단군 7사단과 교전 중인데 815 기갑 동무들이 일방적으로 몰아붙이니끼니 오늘 중으로 번시는 접수할 겁네다."

번시는 선양에서 불과 50km밖에 떨어지지 않은 도시, 번시를 장악하면 선양은 반 이상 넘어왔다고 보아도 크게 틀리지 않았다. 하룻밤 전격전의 결과로는 썩 괜찮은 상황, 애당초 통신망은 거의 붕괴된 데다 지난밤의 미사일 러시와 저격여단의 무차별 후방교란까지 이어지면서 조직적인 저항은 사실상 물 건너간 모양새였다.

그러나 전쟁은 이제 겨우 시작이었다. 요동반도의 16집단군과 번시, 단동 일대의 39집단군은 괴멸적인 타격을 입은 채 지리멸렬 무너지고 있으나 군구휘하의 40집단군은 비교적 멀쩡한 전력을 유지한 채 선양을 중심으로 뭉쳐 있었다. 물론 통신두절과 타 붙은 전자장비의 영향 때문에 제대로 된 전투를 수행하는 건 절대 불가능하겠지만 10만이나 되는 지상군이 좁은 지역에 몰려 있는 만큼 쉬운 싸움은 절대 아닐 터였다. 가볍게 고개를 끄덕인 그가 다시 말했다.

"알겠습니다. 부대가 정비되는 대로 다시 북상할 테니 잠시 청사주변에 중국인들의 접근을 막아주십시오."

위낙 전격적인 공세에다 신속한 부대전개여서 진격로를 벗어난 독립부대의 경우 상당수가 후퇴하지 못하고 고립되어 후위로 전개되는 경보여단에 의해 각개격파되고 있었다. 덕분에 소화기로 무장한 낙오병들은 여기저기 숫하게 널린 상황, 항상 신경을 써야 했다.

"알갰습네다."

북한 군관이 거수경례를 하고는 부대원을 불러내 시청사 밖으로 내보내기 시작하자 부대진입을 지휘하던 이연수가 재빨리 다가왔다. 대한이 물었다.

"부상자는?"

"무릎 까진 수준 몇 명 있습니다. 그것도 보안시스템 병력이고요."

자신만만한 대답, 사실 실제 전투부대는 미래포스 300명이고 나머지 할흐골 파견대 병력은 실전에 투입되지 않는 근거리 지원부대의 성격이 강했다. 전위의 미래포스에 화력을 지원하고 보급품을 챙기는 부대인 셈이었다. 따라서 미래포스에 사상자가 없다면 전체 사상자는 없는 것이 정답이었다. 그가 말했다.

"오늘 오후는 진짜 전투다. 신속하게 보급과 아침식사를 마치고 휴식을 취하도록. 현재시간 06:15분, 09시에 이동하겠다."

"예. 대장."

이연수가 들어오는 후위부대 쪽으로 돌아서고 운사가 줄줄이 내려앉자 대한은 즉시 아영에게 상황보고를 요구했다.

"전체적으로 정리해보자. 해상부터 정리해줘."

"일단 서해상에 나온 대형 전투함은 대부분 격침됐어. 문제는 닝보에 있는 동해함대인데 거리가 너무 멀어서 북한공군은 전개가 어려위. 일단 오늘 오후면 소식이 전해질 거고 즉시 출항준비를 한다고 생각하면 이틀 이내로 주력이 북상하지 싶어."

"이틀이라…… 그럼 11일 오후면 서해상으로 들어온다는 이야기네."

"응. 대책을 세워야 할 거야."

"알았다. 그쪽은 일단 유령에게 맡기자. 사실 진짜 문제는 잠수함들인데…… 잠수함들은 몇 척이나 잡은 거니?"

사실 중국해군 수상함은 숫자만 무시무시했지 제압에는 별 문제가 없었다. 그러나 수면 아래에 가라앉아 있는 잠수함 세력은 처음부터 신경이 쓰이는 부분이었다. 1995년 이후에 진수한 현대식 디젤 잠수함만 해도 송宋급 4척, 유안元급 2척, 킬로급 8척 등 총 14척이었고 원자력 잠수함은 다소 노후한 한漢급과 하夏급 4척을 제외하고도 만재수량 8,000톤짜리 상商급과 12,000톤짜리 진秦급 신형 전략핵잠수함 6척이 모조리 서해와 남중국해에 나와 있었다. 물론 수중 성능면에서는 특별히 위력적이지 않지만 핵탄두를 탑재했다는 것만으로도 무척이나 신경이 쓰이는 물건들이었다. 아영이 지체없이 대답했다.

"칭다오와 대련에 정박 중이던 디젤 잠수함 5척, 원잠은 전부 4척이었어. 전부 치명적인 타격을 입었고. 화면 식별 데이터로는 하급 2척, 상급 1척, 진급 1척이야."

"흠…… 그럼 하급 2척과 상급 하나, 진급 셋이 아직 물속에 있다는 이야기네?"

"응. 상급하고 하급 1척은 남중국해에 있고 나머지 하급 하나는 서해, 진급 셋은 동중국해와 타이완해협, 오키노토리 근해에 하나씩 나가 있어."

"확인돼?"

"응. 어젯밤에 정기 장파신호가 잡혔어."

"좋아. 그럼 당장은 하급 한 놈하고 진급 한 놈의 처리가 급하네?"

"그런 셈이야."

"알았다. 일단 합참에 통보해서 우리 잠수함들에게 견제하던지 가능하면 잡아보라고 하자. 공군은?"

"일단 초계기로 나왔던 전투기들은 대부분 격추됐고 칭다오 이북의 공군기지는 대부분 사용불능이야. 활주로를 못 쓰는데다 새벽에 북한 공군이 26차례 출격하면서 거의 초토화됐거든. 푸저우와 하이난 기지의 전투기들이 올라오더라도 민간공항을 써야 하니까 당장 충분한 무장을 확보하긴 어려울 거야. 미사일 기지는 산둥 반도 동북부 펑라이에 있는 S-300 지대공 미사일 기지만 문제야. 대형 원자력 발전소가 바로 옆에 있어서 EMP탄을 쓰지 못했고 도요로 레이더만 잡았는데 예비용 레이더나 이동발사대 레이더가 가동되면 당장 문제될 소지가 있어."

대한은 무겁게 고개를 주억거렸다. 요동에서 원전 사고가 터지는 건 무조건 피해야 할 상황, 민간인의 피해도 피해지만 점령군의 진입도 완전히 불가능하게 될 터였다. 때문에 지난 며칠 강행했던 무차별 해킹에서도 핵발전소만큼은 손을 대지 않았는데 이제 와서 내 손으로 사고를 만들 수는 없었다.

"어쩔 수 없지. 저격여단으로 안 되면 곧 전개될 북한군 425기갑에게 거기부터 장악하라고 명령하는 수밖에. 지상군 상태는 어때?"

"베이징 군구는 아직 이렇다 할 움직임이 없고 선양 군구는 엉망이야. 워낙 EMP탄 집중타를 맞은데다 스커드 미사일 140발 정도가 단동과 대련, 번시를 타격했거든. 오빠가 선양 공격은 자제하라고 원용해 부위원장한테 부탁하는 통에 선양은 비교적 피해가 적지만 피난은 벌써 시작됐어."

선양의 분위기는 흉흉했다. 지난밤 AN-2기로 선양과 장춘, 대련 일대에 투입된 저격여단 병력이 철도와 송전소 등을 마구잡이로 폭파하면서 엄청난 혼란을 야기했고 거기에 현지에 침투한 대외연락부 요원들이 제몫을 하면서 혼란은 상승작용을 일으켰다. 조선족과 만주족을 점령군 정부관리로 등용하는 한편 한족은 모조리 학살하기로 했다는 극단적인 헛소문이 퍼진 것이었다.

대한과 아영이 만들어 놓은 시나리오에다 원용해의 탁월한 역공작 감각이 더해진 작품, 소문은 순식간에 꼬리에 꼬리를 물고 확대되어 한족을 죽이기 위해 특별히 제작된 화학탄까지 거론되면서 진저우와 푸진, 퉁라우 등지로 향하는 도로는 순식간에 피난민으로 들어차버렸다. 덕분에 베이징 군구의 지상군 지원만 당분간 힘들어진 셈이었다. 아영이 말을 이었다.

"베이징은 아직도 상황을 제대로 파악하지 못한 것이 분명해. 정황상 북한의 선전포고는 접수한 것 같고…… 잘해야 텐진과 탕산의 군사시설이 정교한 미사일 공격을 당했다는 것 정도가 전부인 것 같아."

"일단 절반의 성공이다. 대련과 선양만 장악하면 동북3성은 확실히 고립되는 거니까 낙오된 부대만 차근차근 쓸어내면 되겠네."

"응. 1차적인 목표는 달성되는 거야."

"좋아. 민서한테 대련 쪽 항공지원 확실하게 하라고 해라. 대련을 확실히 장악해야 베이징이 제대로 위협을 느낄 거야. 여의치 않으면 치우에서 직접이라도 쏴주고."

"알았어. 그런데 선양은 직접 손을 댈 거야?"

"그건 상황을 좀 보자. 나도 당장은 결정을 못하겠다. 일단 주 방어선을 돌파하고 나면 선양을 장악하는 건 원용해 부위원장에게 맡겨도 충분한데…… 문제가 좀 있어."

"독립시키는 거 때문에?"

"그래. 사실 최종목표인 동북3성을 독립시키려면 시간이 상당히 걸린다고 봐야 되는데 내가 계속 붙어 있을 수는 없잖아. 거기다 자금은 물론 인력도 엄청나게 투입되어야 하는데 북한만으로는 어림도 없어. 한국군의 개입과 한국기업의 진출은 필수가 되지."

"그런데?"

"상황이 그렇게 전개되면 남중국해 항로가 엄청나게 불안해질 거야. 중국이 바보도 아니고 남중국해를 지나는 한국국적 선박을 그냥둘 리가 없잖아. 종국에는 푸저우와 하이난의 중국해군과 공군을 쓸어내야 편해질 거야. 조만간 내려가봐야 할 것 같아서 말이야."

대한이 입맛을 다시자 아영이 괜한 고민을 한다는 투로 말을 받았다.

"오빠. 오빠 말대로 중국은 바보가 아니야. 어차피 중국은 한국을 주범으로 몰고 갈 거야. 그럴 바에는 대놓고 북한을 지원하는 편이 나아. 차라리 잠깐 시간을 내서 남해함대를 공격하고 돌아오는 게 낫지. 남해함대만 궤멸시키면 대양으로 나올 만한 함대는 없어."

'젠장! 생각이 짧았다.'

대한은 말없이 담배를 빼물었다. 아영의 이야기는 틀리지 않았다. 제아무리 오리발을 내민다고 해도 중국은 당연히 한국을 지목할 터였다. 유엔 안전보장이사회의 상임이사국이자 동북아 최강의 군사대국 중국을 상대로 전쟁을 선포하는 건 여러모로 위험부담이 크지만 따지고 보면 정해진 수순이나 마찬가지였다. 그 시점이 언제냐만 문제일 따름이었다. 어차피 가야 할 길이라면 한 발이라도 빨리 유리한 고지를 선점하는 편이 나았다.

한동안 머릿속을 정리한 그가 길게 담배연기를 내뿜으며 말했다.

"X팔! 가는 데까지 가는 거다. 아영아. 이태식 대통령 연결해."

"응."

우릉!

아영의 대답과 동시에 머리 위에서 묵직한 굉음이 터졌다. 뿌옇게 밝아오는 하늘, 북한공군의 수호이-25 공격기 4대가 하얀 꼬리를 끌며 빠르게 북상하고 있었다.


기자회견을 앞둔 이태식은 고심에 고심을 거듭하고 있었다. 새벽녘에 대한과 통화를 한 뒤부터 생긴 심각한 고민, 대한은 마지막 판단을 대통령의 몫으로 남겨놓고 위성전화를 끊었다. 그러나 선택의 여지는 별로 없다. 대통령 취임과 조각이 끝난 지 불과 일주일만에 나라와 국민을 전쟁에 끌어다 넣는 엄청난 결정을 내려야 하는 상황, 이태식의 입장은 곤혹스러울 수밖에 없었다.

북한과 중국의 분쟁소식은 이미 전파를 탔고 전세계의 눈은 중국과 한국을 향해 집중되어 있었다. 국제사회로부터 고립된 북한의 소

식을 들을 방법은 한국뿐이니 당연한 현상, 기자회견장에는 수백이
넘는 외신기자들이 진을 쳤고 마주앉은 합참의장과 국정원장은 이태
식의 입술을 주시한 채 그의 결정을 기다렸다.

'젠장!'

외로운 자리라는 건 익히 알고 있었지만 중차대한 결정의 순간을
앞에 두고 보니 등골이 서늘할 정도로 실감이 났다. 내심 욕설을 내
뱉는 순간 박기철이 더 참지 못하고 채근했다.

"각하. 시간이 별로 없습니다."

퍼뜩 정신을 차린 이태식은 팔짱을 풀며 자세를 바로잡았다.

"마지막으로 정리하십시다. 국정원장의 의견은 어떻습니까?"

박기철이 고개를 가로저으며 대답했다.

"솔직히 믿어지지 않지만 상황은 김대한 회장의 손을 들어주고 있
습니다. 아시다시피 통신과 전산시스템이 마비된 중국은 정상적인
전력이 아닙니다. 물론 베이징 군구와 선양 군구도 정상이 아니고요.
거의 무방비 상태라고 봐도 무방합니다. 하지만 장기전이 될 경우는
문제가 다릅니다. 중국의 저력은 절대 무시할 수 없으니까요. 따라서
한 달 이내의 단기전으로 항복을 받아낼 수 있다는 전제가 되어야만
가능하다는 판단입니다."

"합참은?"

최문식이 차분하게 말을 받았다.

"저는 김대한 회장을 믿고 싶습니다. 어차피 김 회장이 아니면 불
가능한 일들의 연속입니다. 북한군은 이미 파죽지세로 선양과 대련
을 향해 진격하고 중국군은 무력하기만 합니다. 우리 공군 경보기의

보고대로라면 북한군은 늦어도 오늘 밤이면 대련을 장악하고 내일 새벽에는 번시를 돌파, 선양으로 들어갈 것 같습니다. 대통령께서 김 회장과 나누신 이야기와 크게 다르지 않죠. 위성사진 등 입수된 자료들을 더 면밀하게 분석해봐야겠지만 베이징과 선양 군구의 공군이 무력화되고 서해상의 중국해군이 괴멸된 것은 사실로 보입니다. 중국군은 단기간에 회복하기 어려운 치명적인 타격을 입었다는 이야기입니다."

일단 긍정적인 반응, 이태식이 코끝을 쓰다듬으며 반문했다.

"승패가 보이는 전쟁이니 개입해서 이권을 챙기자?"

"그렇습니다. 물론 합참은 대통령께서 어떤 결정을 하시든 따를 것입니다. 그러나 김 회장의 이야기대로 중국의 핵공격을 차단할 수 있다는 전제가 되면 무조건 개입해야 합니다. 장기전으로 가면 아무리 미래그룹이라도 한계가 있습니다. 북한의 고전이 눈에 보인다는 뜻이죠. 예상하고 계시겠지만 적당한 선에서의 휴전은 절대 이루어지지 않습니다. 국제적인 압력이 가해진다고 해도 자존심에 커다란 상처를 입은 중국이 그냥 있지 않을 테니까요."

"결국 북한이 질 것이다?"

"확률이 높다는 겁니다. 거기에 다른 문제도 있습니다."

"다른 문제?"

"예. 일단 미래그룹이 개입된 이상 중국은 당연히 우리를 적으로 간주하게 될 것이고 군사, 외교적으로 강력한 압박이 들어올 겁니다. 만일 제가 후진타오라면 거액의 손해배상은 물론이고 미래그룹의 공중분해와 김 회장의 신병인도를 요구할 겁니다."

"들어줄 수 없는 이야기지."

"물론입니다. 김 회장의 존재가치를 부인할 수 없는 우리는 당연히 거부할 테고 그때는 불리한 전쟁을 새로 시작해야 한다는 결론이 나옵니다. 그러느니 김 회장의 제안대로 전면적인 개입을 통해 중국의 항복을 받아내는 쪽을 택하겠습니다. 따지고 보면 중국은 언젠가는 부딪혀야 할 상대니까요. 전 김 회장의 선택을 존중하고 싶습니다."

최문식의 어조는 조금씩 달아오르고 있었다. 잠시 열변을 토하는 최문식의 얼굴을 건네다본 이태식은 느릿하게 고개를 끄덕였다. 틀린 이야기는 분명 아니다. 신속하게 휴전이 이뤄진다고 해도 한국은 자연스럽게 타겟이 되어 시달릴 것이다. 만일 북한이 패전이라도 한다면 북한은 중국의 일개 성으로 흡수 병합되는 최악의 상황으로 치닫게 된다. 이 경우, 한국의 곤혹스런 입장은 더 말할 필요도 없다. 절대 생각하고 싶지 않은 시나리오, 선택의 여지는 없었다. 그러나 대통령이 되어 처음 하는 기자회견이 전쟁선포가 되는 것은 피하고 싶었다. 그가 다시 물었다.

"승산은 있는 겁니까?"

"김 회장의 의도는 단기간에 중국의 무조건 항복을 받아내고 그 대가로 동북3성과 독립을 원하는 소수민족을 중국에서 분리해내는 겁니다. 무장 제한이 된다면 더 좋겠지요."

"그건 내 생각도 같아요. 개입을 한다면 그게 최선이겠지."

"초전에 불과하지만 현재까지 미래그룹과 북한군은 압도적인 화력으로 전격전에 성공했다고 볼 수 있습니다. 선양은 무난하게 장악할 것으로 보입니다. 그런데 미국이 비공식으로라도 우리를 지지하겠다는 선언을 했습니다. 그렇다면 가능성은 충분합니다. 전후처리 과정에서 미국에 어느 정도 이권을 내주는 불이익은 감수해야 하겠지만요."

"안타깝지만 그래야겠지. 그럼 짚어봅시다. 우리가 개입한다면 선행해야 할 조치는?"

이태식이 박기철을 돌아보자 그가 재빨리 말을 받았다.

"남북한 군사동맹을 체결해서 명분을 쌓아두는 것이 최우선입니다. 일단 북한의 입장을 지지한다는 성명을 발표하고 동시에 군사동맹을 체결하면서 중국에 체류하는 한국인의 소개와 한국에 거주하는 중국인을 추방할 시간을 벌었으면 싶습니다. 물론 체결일을 일이주일 소급 적용하는 것이 좋겠지요. 이후 북한과 동북삼성에 거주하는 한국인의 안전을 확보한다는 명분으로 파병하는 수순을 밟는 것이 좋을 것 같습니다."

"중국체류 한국인이 얼마나 되지요?"

"생각보다 많지 않습니다. 상당기간 한중 양국의 분위기가 좋지 않았고 대북 투자가 활성화되면서 중국 체류 한국인이 많이 줄어들었기 때문입니다. 최근엔 양국 모두 비자발급까지 거의 중단돼서 현재 동북3성을 제외한 중국체류 한국인은 잘해야 2,000명 안쪽입니다. 다만 우리 대사관이 폐쇄되어 있어서 소개작업을 한다면 국정원 요원만으로 일을 추진해야 하는 어려움 있습니다. 시간이 다소 걸릴 것 같습니다. 반면 한국에 체류 중인 중국인은 대략 7,000명 남짓으로 경찰력을 동원한다는 전제로 일주일이면 대부분 추방하거나 억류할 수 있습니다."

"조선족과 만주족을 제외하면?"

"만주족은 구분하기 어렵습니다. 원하신다면 일단 조선족만 분리하고 추후에 신분확인을 하는 쪽을 택해야 합니다. 조선족만 제외해도 국내 거주 중국인은 대략 3,000명 이내로 줄어듭니다. 사흘이면 충분합니다."

"좋습니다. 그럼 선행조치부터 들어가십시다. 국정원은 즉시 외교통상부와 상의해서 재중 한국인 소개 작업을 시작하고 국내 체류 중국인은 최대한 추방하거나 억류하세요."

"알겠습니다."

"군은 준비가 어느 정도 진행된 상황이지요?"

이태식의 시선이 돌아오는 즉시 최문식이 말을 받았다.

"그렇습니다. 어젯밤 자정을 기해서 데프콘 2를 발령했으니까요. 대북지원 체계 및 지상군 전개 계획, 남해와 서해의 해역소개, 중국 해안 군사기지와 중요 인프라 타격 계획까지 상세하게 수립되어 있습니다."

"김 회장과 이야기를 많이 나눈 모양이로군. 남은 건 선전포고뿐인가요?"

"……."

두 사람은 마른 침을 삼켰다. 국가안보회의 의결이 남아 있긴 하지만 형식적인 절차일 뿐, 세 사람이 내린 결정에 영향을 미치기 어렵다. 결국 지금 대통령의 입에서 나오는 말 한 마디가 대한민국의 내일을 결정하게 된다는 뜻이었다. 굳게 입을 다문 채 다시 한참을 회의실 벽에 걸린 동북아시아 지도에 시선을 던진 이태식이 단호한 목소리로 입을 열었다.

"국정원장은 오늘 중으로 북한에 다녀오세요."

"네. 각하."

"오늘밤 자정을 기해 군에 데프콘 1을 선포합니다. 잠시 후 있을 기자회견은 북한의 입장을 지지한다는 내용으로 간단히 마무리할 겁니다. 실질적인 군사력 전개 발표는 내일 아침 10시 정각으로 합니다. 국정원은 국내에 거주하는 중국인을 신속하게 구금하고 중국 내에 거주하는 한국인들을 소개하는 데 전력을 투입하세요. 가능한 모든 자원을 활용하시되 최대한 많이 데려와야 합니다."

하루만에 드넓은 대륙에 퍼져 있는 한국인을 모두 소개한다는 건 사실상 불가능한 일, 그러나 초전에 확실히 기선을 제압하려면 시간이 생명이었다. 어영부영 시간을 보내다가 해상 수송로라도 막히면 자칫 심각한 타격을 입을 수도 있었다. 어쩔 수 없는 선택, 박기철이 무겁게 고개를 숙였다.

"최선을 다하겠습니다."

"합참의장은 함께 기자회견장으로 나가십시다. 국방부장관은 벌써 나와 있을 겁니다."

자리를 털고 일어선 이태식과 최문식은 곧장 청와대 기자회견장으로 향했다. 09시 정각, 기자회견장은 평소 청와대를 드나들던 기자들의 얼굴을 찾아내기 힘들 정도로 북적였다. 방송국 카메라만 30대가 넘어 보였고 뒤쪽 비좁은 복도까지 내외신 기자들로 북새통을 이루고 있었다.

"대한민국 대통령이십니다."

비서실장의 소개, 이태식은 크게 심호흡을 하고 쪽문을 나서 단상으로 올라갔다. 장내는 순식간에 조용해졌다.

그가 마이크를 톡톡 건드린 다음 자신의 손으로 고친 원고를 펴놓고 차분하게 입을 열었다.

"존경하는 국민여러분. 어젯밤 밤잠을 설친 분이 많으리라 생각합니다. 어젯밤, 그러니까 단기 4345년 1월 8일 밤 10시를 기해 조선인민민주주의 공화국은 중국에 선전포고를 하고 즉각적인 군사행동에 들어갔습니다. 이는 국제사회의 만류에도 불구하고 지난 몇 달 동안 끊임없이 행해진 중국의 군사적 도발과 만행에 대한 대응조치로 판단하고 있습니다. 물론 중국의 만행은 조선은 물론 대한민국의 존립까지 위협하는 파렴치한 행위였습니다. 현재 군사작전은 전면전으로 이행되고 있으며 조선 육군은 중국군의 저항을 물리치며 꾸준히 북상하고 있습니다. 또한 정부는 작금의 사태를 면밀하게 주시하고 있으며 조선과 중국에 거주하는 우리 국민의 안전 확보에 최선을 다하고 있습니다. 이는 생명과 직결된 일로서 중국에 거주하는 우리 국민은 최대한 빨리 귀국하거나 안전한 지역으로 대피하시기를 권고합니다."

말을 끊은 이태식은 잠시 기자들의 면면을 훑어보며 목을 축였다. 긴장된 표정, 기자들은 한 자도 놓치지 않겠다는 자세로 그의 입술에 시선을 집중하고 있었다.

"우리 정부는 '동맹국'인 조선인민민주주 공화국의 입장을 지지하며 이에 따라 아래와 같은 공식입장을 천명한다."

이태식은 의도적으로 동맹국이라는 단어를 강조했다. 미리 길을 닦아놓자는 의미, 일순 기자들의 표정이 바뀌었지만 무시했다.

"북조선의 군사행동은 생존을 위한 최후의 선택이라고 판단하며 대한민국은 이를 지지한다. 중국은 국제사회의 일원답게 그간의 만행에 대해 즉시 사과하고 응분의 책임을 지는 전향적인 태도를 보여야 할 것이다. 또한 중국의 무조건적인 사과를 전제로 휴전을 제안한다."

말을 끊고 자연스럽게 원고를 챙겨 안주머니에 넣은 이태식은 다시 한 번 장내를 돌아보았다. 노트북 위에서 정신없이 움직이는 손들만 눈에 들어왔다.

'특종이니 당분간 신문판매는 늘어나겠군.'

와중에 허튼 생각을 한 다음 어조를 바꿔 다시 말했다.

"정부는 우리 국민의 생명과 재산을 지키기 위해 최선을 다할 것이니 국민여러분은 정부를 믿고 생업에 충실하시길 바랍니다. 이상 기자회견을 마칩니다. 질문은 홍보실장이 받을 겁니다. 감사합니다."

이태식은 기자들의 카메라를 향해 포즈를 한 번 취해준 다음 최대한 밝은 얼굴로 회견장을 나섰다. 연신 터지는 기자들의 셔터 소리가 곧 들려올 중국대사의 발악처럼 줄기차게 발자국을 따라왔다.


오후 1시가 조금 넘어서야 대한은 최전방이라고 할 수 있는 번시 남쪽 3Km까지 진출했다. 곳곳에서 전투가 벌어져 산악지역 도로의 상태가 썩 좋지 않고 이동 중에 점심식사까지 해결하느라 다소 늦어진 셈이었다.

번시 일대의 전선은 비좁았다. 기본이 산지의 계곡에 자리 잡은 도시여서 10여 킬로미터의 좁은 지역에서 사단규모의 병력이 뒤엉킨 난타전의 형국이었다. 주공은 당연히 단동에서 번시로 이어지는 고속도로, 사기가 바닥을 친 중국군이지만 나름 쓸 만한 지휘관이 있는지 시내 초입 계곡의 주택가에다 비교적 강력한 방어선을 구축하고 끈질기게 저항을 계속했다.

고속도로와 국도가 교차되는 좁은 계곡에다 대전차 장애물을 무너트려 놓았고 인근 산지의 능선마다 기관총좌와 저격병을 배치해 보병의 접근을 막았다. EMP탄이 난무한 탓에 사용할 수 있는 중화기는 거의 없지만 잔뜩 배치된 RPG발사기로 북한군 전차의 진입을 견제하는 절묘한 방어선이었다. 단동의 패잔병을 포함해서 잘해야 보병 2개 대대병력, 북한군 최정예 기갑부대인 815기갑 주공과의 정면충돌인데도 전혀 밀리지 않는 괴력을 보여주고 있었다.

도착 즉시 전선의 상황을 대충 파악한 대한이 군단본부에 들어서는 순간, 참모들 모두가 지켜보는 앞에서 군단장 양용수 대장이 선봉 8사단장 김철명 중장의 따귀를 올려붙였다.

"종간나새끼! 대포도 없고 땅크도 없는 알보병하고 몇 시간째 뭐하는 수작이네! 저격여단 아새끼들 지원까지 받으면서 뭐네! 당신 중공군 첩자네!!"

"……"

지난 친위 쿠데타에서 특별한 역할을 수행하지 못했던 양용수는 어떻게든 공을 세워 원용해의 눈에 들 생각으로 자진해서 선봉을 맡은 다혈질의 사내였다. 때문에 당연히 진격을 서둘렀는데 엉뚱한 곳에서 발목을 잡힌 셈이었다. 군모가 날아갈 정도로 얻어맞았건만 김철명은 찍소리도 하지 못했다.

"쌍! 425기갑 아새끼들은 벌써 대련까지 다 갔단 말이다! 이래가지고서리 내레 부위원장 동지 얼굴을 어케 보네!! 염병!! 해떨어지기 전에 선양에 못 들어가면 동무는 총살이야! 총살! 알간!!"

양용수의 손이 다시 올라가려는 순간 대한이 슬쩍 끼어들었다.

"저…… 군단장님."

"뉘기야!! 아!"

뒤늦게 대한을 알아본 양용수가 급히 손을 내리고 돌아섰다.

"이거 미안하게 됐슴메. 군단장 양용수요."

"수고하십니다. 군단장님."

그저 인사말만 건넸는데도 양용수는 서둘러 전황 이야기를 꺼냈다.

"생각보다 시간이 좀 걸렸디만 곧 전진할 기요. 걱정 말기요."

대한이 씩 웃었다.

"압니다. 하지만 괜한 피해를 늘릴 필요는 없습니다. 제게 30분만 시간을 주시면 안 될까요? 길을 트겠습니다."

"가능하겠슴메?"

"사실 지금 길을 트지 못하면 오늘 선양으로 들어가는 건 포기해야 합니다. 길만 트고 후위로 빠질 테니 다음부터는 군단장께서 처리하십시오."

양용수의 입장을 고려한 대답, 양용수로서는 반대할 이유가 없었다.

"그러면 좋디. 어떻게 도와주면 되갔소?"

"길만 내주십시오. 우리 장갑차 몇 대가 전위로 나가겠습니다. 8사단을 대기시켰다가 도로가 뚫리고 나면 즉시 투입하시고 저격여단 산악전 부대를 지금부터 전개시켜서 좌우 산지의 저격수와 기관총좌 잔병을 제압하십시오. 일단 여기만 돌파되면 선양까지는 거의 군단장께서 좋아하시는 개활지입니다. 5킬로미터만 더 가면 구릉지역이고 다시 몇 킬로미터면 평원이니까요. 일사천리로 선양까지 밀어붙이십시오."

"그거야 당연하디. 알갔슴메."

대한은 가볍게 목례만하고 즉시 돌아와 부대에 합류했다. 김철명이 황급히 뒤를 따랐지만 특별히 말을 건네지는 않았다.

일단 이연수에게 대공방어용 파동포가 장착된 현무 2대와 레일건 달린 일반 현무 5대를 차출하도록 지시한 대한은 운사 2기까지 별도로 출격시키고 나서 고속도로를 따라 신속하게 전방으로 움직였다.

길게 늘어선 북한군 보급차량들을 뚫고 10여 분을 달려 제법 경사가 심한 고개 하나를 넘자 긴 내리막이 끝나는 곳쯤에 대전차 장애물이 눈에 들어왔다. 치우 탐사기체가 전송한 화면으로 본 것과 크게 다르지 않은 상황, 좌우 산지에 깔린 수십 개의 기관총좌가 먼저 신경을 건드렸고 폐허가 되다시피 한 도로 좌우의 민가들도 대부분 보병들의 은신처로 사용되고 있었다. 장갑차를 고개 위에 올린 대한은 미래포스 헬멧을 벗어 장갑차 안에다 던져놓고 테일게이트로 장갑차를 빠져나왔다. 따르는 아영에게 그가 짧게 물었다.

"저격수는?"

"산지 쪽에 저격위치를 잡은 사람은 전부 19명이야. 위치는 운사에 전송했어. 명령이 떨어지면 기관총좌들까지 가장 먼저 제거할 거야."

"좋아. 그럼 이제부터 쇼를 좀 해볼까?"

"쇼?"

"그래. 싸가지 없는 뙤놈들 겁도 좀 주고 북한군 사기도 좀 올려줄 생각이야. 이름 해서 '치우천왕의 재림' 이다. 크흐."

비릿한 웃음, 아영이 고개를 갸웃했지만 대한은 모른 척하고 그냥 이연수를 호출했다.

"이 중령!"

—예! 대장!

"그거 보내라."

—넵!

"지상군 하차시키고 깃발 올려라."

—넵! 하차! 깃발 올려!

이연수의 대답과 명령이 이어지고 미래포스 대원 둘이 붉은 천이 둘둘 감긴 묵직한 장대를 들고 그에게 달려왔다. 길이 4m의 장대, 한쪽 끝은 금색 국기봉이었고 반대쪽은 창처럼 날카롭게 벼려져 있었다.

"좋아. 멋지네."

혼잣말을 중얼거리며 장대를 받아든 대한은 말려 있는 천을 가볍게 털어내면서 바닥에다 쿡 꽂았다. 아스팔트에 간단하게 박혀버린 장대에서는 피처럼 붉은 귀면鬼面 깃발이 풀려나와 매서운 강풍에 휘날리기 시작했다. 한쪽 길이가 3m나 되는 대형 깃발 '치우천왕', 일곱 대의 현무에서도 작은 천왕기가 고정 안테나를 타고 일제히 올라갔다. 대한이 씩 웃으며 깃발을 뽑아들었다.

"자. 이제 시작해볼까?"

아영은 고개만 까딱해 보이고는 재빨리 장갑차 그늘을 빠져나와 대한의 뒤를 따라 경사로를 걸었다. 작은 능선, 일단 걸음을 멈춘 대한이 아영에게 윙크를 했다.

"치우비온라인."

아영도 지체 없이 치우비를 가동했다. 대한은 치우비가 고정되는 낮은 소음을 확인하면서 손짓으로 장갑차 뒤에 정렬한 대원들과 장갑차를 따르도록 명령했다.

폭 20m가 넘는 넓은 고속도로, 느긋한 걸음으로 능선을 넘자 시야가 확 트였다. 멀리 대전차장애물과 무너진 민가들이 한눈에 들어왔다. 이 비좁은 계곡에 2개 대대 병력이면 공격하는 기갑부대 입장에서는 절대 쉬운 싸움이 아니었다.

깃발을 한손에 움켜쥔 대한은 걸음에 조금씩 속도를 붙였다. 2열 횡대로 늘어선 현무도 그와 보조를 맞춰가며 차츰 속도를 높였고 머리 위에서는 하늘색으로 변해버린 운사가 낮게 호버링을 시작했다. 매서운 북풍을 타고 아득하게 화약냄새가 느껴졌다. 이제 시작, 나직하게 중얼거린 대한이 부대 전체 무선망과 북한군 무선망까지 한꺼번에 개방하며 목소리를 높였다.

"여긴 만주다! 우리 선조들의 피와 한이 서린 대지! 잊혀진 대 고구려의 땅, 만주다! 우리는 오늘! 그간 자행된 지나의 잔혹한 횡포에 맞서 이 땅 위에 섰다! 누군가는! 아니! 나 자신조차 오늘 해지기 전에 이 차가운 동토의 대지 위에 몸을 눕힐지 모른다! 그러나! 그대들 무덤 앞에 한 가지는 약속하겠다! 오늘 이후 다시는!! 다시는 우리 아내와 자식들이 저들의 총구 앞에 머리 숙이지 않을 것이다! 하늘이 묻거든 대답하라! 자유를 위해 싸웠노라고! 그리고 조국을 위해 얼어붙은 만주의 흙바람 속에 몸을 눕혔다고!! 가자! 전신 치우의 후예들이여! 사내로 죽자!!"

"하!!"

1천여 대원들의 사력을 다한 함성이 잔설 쌓인 비좁은 계곡에 쩌렁쩌렁 울려 퍼졌다. 1Km 이상 떨어진 곳에서 외치는 함성, 그러나 마른 가지를 뒤흔드는 썰늘한 메아리는 소름끼칠 정도로 가까이 느껴졌다. 그가 다시 소리쳤다.

"시속 30! 이동 중 파동포는 RPG요격대기! 레일건은 대전차장애물을 날린다! 부대! 돌격 앞으로!!"

그르릉!

무겁게 으르렁거린 현무의 무한궤도가 가장 먼저 얼어붙은 대지를 쥐어뜯었다. 깃발의 각도를 전진형태로 비스듬히 죽인 대한은 거의 전속력으로 내리막을 달렸다.

쾅! 콰쾅!

매서운 겨울바람이 코끝을 스쳤다. 동시에 5대의 레일건이 일제히 내뿜는 소닉붐이 귀청을 두들겼고 무너진 대전차장애물 덩어리들이 산산조각으로 터져나가 사방으로 비산했다.

장애물과의 거리는 순식간에 줄어들었다. 거리 300m 지점을 통과하자 총탄이 비 오듯 쏟아졌다. 중국군의 응사, 저격수는 물론이고 수십 개에 달하는 산지의 기관총좌들까지 줄줄이 불을 뿜어댄 것이었다. 서너 차례 뜨끔한 느낌이 있었지만 무시, 깃발을 휘날리며 일직선으로 장애물을 향해 달렸다. 거리 100m, 레일건 탄환 수십 발을 얻어맞은 장애물들은 겨우 30여 초만에 납작한 돌무더기로 변해버렸다.

그를 향해 집중적으로 쏟아지던 총탄은 운사의 무시무시한 체인건 난사로 차근차근 줄어들었고 장애물 건너에 밀집되어 있던 RPG부대

역시 장애물을 관통해 쇄도하는 레일건 탄환과 콘크리트 덩어리에
의해 삽시간에 풍비박산이 되어가고 있었다. 불과 60여 초, 장애물의
잔해를 서너 걸음에 건너뛴 대한은 도로 한복판에다 깊숙하게 깃발
을 꽂아버렸다. 아영이 옆으로 내려서기가 무섭게 악을 쓰면서 무릎
을 꿇었다.

"쓸어버려!!"

살아남은 중국군은 놀란 메뚜기 떼처럼 사방으로 달아났다. 자연
스럽게 레일건을 뽑아든 그는 잔해 속에서 저항하는 일부 중국군들
을 향해 사정없이 난사했다. 두 사람에게 집중되던 총탄은 어느새 뜸
해지고 있었다.


대책 없는 혼란 속에서 요행히 목숨을 건진 치엔푸 대좌는 정신없
이 중얼거리며 시내 골목을 달렸다.

"으허허…… 귀신……이야……."

꼭 귀신에 홀린 것 같았다. 중기관총탄이 비 오듯 쏟아지는 도로
한복판을 거침없이 달려와 도로 한복판에다 시뻘건 깃발을 꽂은 귀
면탈, 분명히 언젠가 책에서 보았던 북방의 전신이었다. 예광탄 수십
발이 가슴에 꽂히는 걸 분명히 봤는데 놈은 신경도 쓰지 않았다. 가
까운 거리에서 쏘는 중기관총은 방탄복으로 절대 막을 수 없다. 그런
데 놈은 장난치듯 아군진영으로 뛰어들어 깃발을 꽂고 무지막지하게
자동화기를 휘둘렀다. 절대 안전할 것 같던 대전차 장애물은 단 몇
초 만에 산산조각이 되어 터져나갔고 그 몇 초에 수백 명이 전사했
다. 상식적으로 절대 있을 수 없는 일, 놈은 분명히 귀신이었다.

옥쇄를 각오하고 몇 대 안 되는 멀쩡한 트럭들까지 모두 강 건너로 올려 보낸 것이 뒤늦게 후회가 됐다. 싸울 상대가 아니니 무조건 퇴각해야 하는데 당장 차가 없었다.

'네미럴!'

마구잡이로 욕설을 내뱉는 순간 누군가의 목소리가 귓전을 때렸다.

"대좌동무! 번시대교를 폭파해야 합니다!"

'교량! !'

뒤따라 달려온 젊은 군관이었다. 치엔푸는 퍼뜩 정신이 돌아왔다. 탄극이 무리 없이 건널 수 있는 다리는 번시에 단 하나, 무슨 일이 있어도 폭파해야 했다. 그래야 그 빌어먹을 놈의 귀면탈을 강 남쪽에다 따돌리고 살아남을 수 있었다. 치엔푸가 소리쳤다.

"젠장! 가자!"

치엔푸는 군관을 데리고 골목을 빠져나와 달아나는 병사들 틈에 끼어 결사적으로 대로를 뛰기 시작했다. 폭파준비는 미리 지시해놓았으니 무조건 도착해서 터트리기만 하면 그만이었다.

우릉!

몇 십 미터쯤 뛰었다 싶은 순간, 강력한 회오리바람이 모래먼지를 끌어올렸다. 반사적으로 자세를 낮추며 고개를 들었다. 조금 전 보았던 적의 직승기, 순간적으로 수백 발의 총탄이 난무하고 함께 달리던 수십 명이 픽픽 나자빠졌다. 일렬로 인도를 후벼판 돌가루 행렬이 눈 깜짝할 사이에 병사들을 훑고 지나갔다. 치엔푸는 허겁지겁 골목으로 몸을 던졌다.

"개새끼들! !"

철모까지 집어던지고 되는대로 하늘을 향해 총을 겨눴다. 그러나 직승기는 이미 시야에서 사라진 뒤였다. 살았다 싶었으나 그건 희망 사항일 뿐이었다. 비칠거리며 몸을 일으키는 순간, 꿈에도 보기 싫은 귀면탈이 불쑥 눈앞에 나타난 것이었다.

'으헉!'

비명을 삼키는 순간 날카로운 통증이 아랫배를 파고들었다. 털썩 무릎을 꿇었다. 아랫도리가 축축해진 느낌, 온몸의 힘이 한꺼번에 빠져나가고 있었다. 비스듬히 쓰러져 차가운 돌바닥에 머리를 대는 그의 귓전에 뜻을 알 수 없는 조선어가 들려왔다.

"쇼는 이 정도 하고 우린 빠지자. 할 일이 있어."

"응?"

"대통령이 회답을 보냈으니 나도 약속한 걸 처리해야지."

이미 흐릿해져버린 망막 위로 등을 보인 귀면탈과 붉은 깃발이 기괴하게 겹쳐졌다.

# 버릴 수 있는 것

"아직도 전황파악이 안 된다는 게 말이 되나?!"

후진타오의 노성이 집무실 복도까지 거칠게 터져나왔다. 서둘러 걸음을 옮기던 쉬차이허우와 궈보슝은 움찔 발길을 멈췄다. 오후 7시, 톈진과 대련항이 공격당한 지 21시간이 지났는데도 베이징이 확인한 거라고는 북조선의 겁없는 선전포고와 단동과 선양이 공격받았다는 간단한 보고뿐이었다. 지금 들어가면 안 그래도 엉망인 분위기에 기름을 붓는 꼴이 될 것 같았다. 하지만 피할 방법도 없었다. 약속이라도 한 것처럼 난감한 눈빛을 주고받은 두 사람은 조용히 한숨을 내쉬며 집무실로 들어섰다. 험악한 고함소리가 돌아왔다.

"뭐야!!"

두 사람에게 시선이 돌아오자 쉬차이허우가 자세를 바로잡으며 말했다.

"상황이 좋지 않습니다. 주석동지."

"좋지 않다? 웃기는군. 전국의 통신망에 전산망까지 모조리 다운되고 톈진과 칭다오, 대련이 공격당했어. 여기서 더 좋지 않을 일이 있나?"

"죄송합니다."

"말해봐."

"북조선 지상군이 대련을 공격하고 있습니다. 번시도 이미 놈들의 수중에 들어갔고요."

"뭐? 다시 말해봐. 대련, 번시가 어떻다고?"

후진타오의 눈동자가 순간적으로 희번득 흰자위를 내보였다. 입술이 떨리는 것이 눈에 보일 정도, 후진타오의 노화는 하늘을 찌르고 있었다. 쉬차이허우가 아주 조심스럽게 말을 이었다.

"지난 4시의 상황이었으니 대련은 오늘 중으로 북조선의 수중에 떨어질 겁니다. 선양도 위험하고요. 왕시가 결사항전을 외치고 있지만 공중지원도 전무한 마당에 통신까지 거의 두절이니 보병만으로 버티기는 어려울 겁니다."

"도대체 뭐가 어떻게 돌아가는 거야? 200만 인민해방군이 겨우 북조선 잡동사니 군대에 일방적으로 밀릴 정도로 부실한 군대라는 이야기인가? 더구나 지상군이?"

"그건 아닙니다. 원인이야 여러 가지지만 가장 치명적인 건 통신과 무장통제 시스템입니다. 거기다 상당수 주력부대의 주둔지가 강력한 자기장 공격을 받은 것으로 판단됩니다. 결론적으로 말씀드리면 북조선군 단독작전이 아니라는 겁니다."

"단독작전이 아니다?"

"우리 참모들은 톈진과 대련에서 일어난 강력한 자기폭풍의 원인을 미제국주의자들이 자랑하는 EMP탄으로 잠정 결론을 내리고 있습니다."

"미국이라…… 확실한가?"

"최소한 무기라도 지원했을 겁니다. 북조선이 개발할 수 있는 수준의 물건이 아닙니다."

"EMP라…… 일리는 있는 말이야. 하지만 소형 핵폭발로 광범위한 자기폭풍을 만들 수 있다는 건 널리 알려진 이야기 아닌가. 북조선의 핵기술이 만만한 것도 아니고."

쉬차이허우가 미간을 좁히며 조심스럽게 말을 받았다.

"제 개인적인 소견을 말씀드려도 될까요?"

"말해보게."

"EMP탄은 정교한 유도기술과 폭발범위 설정 등 한 단계 앞선 기술이 필요한 물건입니다. 더구나 전투비행단 주둔지 활주로를 스펀지로 만들어버린 화학탄 같은 것은 절대 북한 혼자서 개발할 수 있는 물건이 아닙니다. 당연히 미국이나 한국이 개입됐다고 보아야 합니다. 또 하나 염두에 두어야 할 것은 미래그룹이 북한을 지원한다는 소문입니다. 김대한이라는 자가 직접 번시전선에 나타났다는 이야기도 들리니까 사실일 가능성이 높습니다."

"그 미래그룹 회장이라는 자 말인가?"

"그렇습니다. 치우천왕이 돌아왔다는 헛소문도 함께 돌아서 인민들이 크게 동요하고 있습니다."

"치우천왕?"

"예. 고대의 오래된 신화지만 북방 기마민족의 왕으로 불리던 인물이죠. 한족의 기록에는 헌원황제가 마지막 전투에서 죽였다고 나오지만 정말 죽였다고 생각하는 학자는 없습니다. 한국인들의 신화에는 오히려 치우가 헌원을 사로잡아 신하를 삼았다고 나오죠."

"웃기는군."

"저들의 이야기가 맞을 수도 있습니다. 수천 년 역사를 통틀어 한족의 통일왕조는 불과 몇 백 년 되지 않습니다."

"한漢과 명明뿐이긴 하지. 하지만 나머지 왕조도 분명히 중국의 역사야."

"압니다. 하지만 치우천왕은 대대로 한족에겐 공포의 대상이었습니다. 북방의 소수민족들에겐 그들의 왕이 돌아왔다고 생각할 수 있는 상황입니다."

후진타오가 픽 웃었다.

"말도 안 되는 소리 그만하게. 요즘 세상에 그 따위 헛소리를 믿는 사람이 어디 있나?"

"중국인민의 수준이 많이 올라왔다고는 하지만 베이징 등 대도시에 한정됩니다. 지금은 통신까지 두절된 상황이라 낙후된 동북지역과 자치구들은 크게 흔들릴 수 있습니다."

"농담하지 말게. 500년 전이라면 몰라도 지금은 어림도 없어."

"주석동지. 지난 10년 동안 혐한을 유도해온 건 동지께서 지시한 일입니다. 그 점을 우려해서였지요. 실제 역사를 돌아보아도 땅보다 종교가 죽인 사람의 숫자가 훨씬 더 많습니다. 1, 2차 세계대전도 일본의 멍청한 제국주의를 빼면 사실상 신교와 구교의 전쟁이었습니다. 이대로라면 동북지역은 정말 위태롭습니다."

"젠장. 이젠 별 헛소리를 다 듣겠군. 그만하고 그 김대한이라는 놈에 대해 이야기해보게. 그놈이 북조선을 지원한다는 건가?"

"그렇습니다. 놈이 미국과 합작해서 개발한 무기를 북조선에 판매했다면 하늘에서 뚝 떨어진 것 같은 북조선의 EMP탄과 화학탄이 어느 정도 설명이 됩니다. 그걸 전제로 놓으면 미국은 몰라도 한국의 개입은 확실해집니다. 따라서 우선은 한국에 압박을 가해놓는 것이 순서일 것 같습니다."

"무슨 놈의 압박. 이미 북조선을 지지한다고 성명을 낸 놈들에게 말로만 하는 압박이 통하겠나?"

"겁을 주면서 광저우와 난징 두 군구의 공군을 베이징 인근의 민간 공항으로 이동시키고 닝보의 동해함대를 북상시킬 겁니다. 시간을 벌어야 합니다."

"그건 그렇게 해야겠군. 즉시 시행하게. 그리고 북조선과 한국대사관을 장악해서 모든 자료를 압수하고 대사관 근무자 전원과 그 가족을 억류하도록."

"대사관 진입은 국제법상……."

움찔 놀란 쉬차이허우가 말꼬리를 흐렸으나 후진타오는 신경 쓰지 않았다.

"상관없어. 돈이라면 껌뻑 죽는 서방 놈들의 비난 따위는 아무것도 아냐. 우리와 무역마찰을 감수할 만한 배짱을 가진 것들은 없어. 한국은 더하고. 그냥 밀어붙여."

"알겠습니다."

"그리고 우리 해커들은 어떤가? 공격이 가능한가?"

"한국을 노리시는 겁니까?"

"당연하지. 난 이번 통신대란을 프랑스의 짓이라고 생각하지 않아. 한국일 가능성이 가장 높다는 생각이다. 한국 시스템들을 공격해야겠어."

"해커부대 상황을 보고받고 들어오는 길인데…… 문제가 좀 있다고 들었습니다. 해커부대 시스템은 비교적 양호합니다만 우리 통신 시스템이 거의 붕괴되어서 파고들어갈 경로가 한정되어 있습니다. 천상 러시아 위성을 통해서 한국을 공격해야 하는데 러시아 위성을 해킹하려면 시간이 좀 필요하답니다."

"왜지?"

"애당초 러시아 시스템은 공격목표가 아니었습니다. 최소한 사흘 이상은 시간이 필요하다는 보고입니다."

"할 수 없지. 당장 시작하라고 하게."

"알겠습니다. 그럼 한국 문제는 어쩌시겠습니까. 아예 선전포고를 하시겠습니까?"

"미적거릴 필요는 없겠지. 하지만 당장은 명분이 없으니 한국대사관에다 시빗거리를 만들어놓게. 조작해도 좋아. 내일 아침에 정식으로 경고를 하고 저녁쯤 선전포고를 하는 순서로 진행하지. 그리고 27, 38집단군 중에서 기계화사단들을 소집하는데 얼마나 걸리겠나?"

"이미 소집했습니다. 내일 오후면 친황다오의 6기갑이 이동준비를 마칩니다. 비교적 피해가 적어서 전력은 어느 정도 유지되어 있습니다. 16, 20기갑은 이동하는데 시간이 좀 더 걸릴 겁니다."

"좋아. 6기갑이라도 즉시 선양으로 이동시키게. 6기갑을 선봉으로 하지."

"……네."

쉬차이허우는 피난행렬 때문에 이동이 여의치 않다는 말을 꺼내려다 삼켜버렸다. 굳이 이야기를 꺼내서 성질에 불을 붙일 필요가 없다는 생각, 서두르는 것 이외의 대안은 없었다. 후진타오는 곧장 궈보슝에게 눈을 돌렸다.

"위그르족은 어떻게 된 건가? 아직도 지지부진이야?"

"한겨울인데다 산지로 숨어든 상황이라 진압이 쉽지 않습니다."

후진타오는 지그시 입술을 깨물었다. 집권 10년 이래 최악의 위기, 말 그대로 내우외환의 난감한 지경이었다.

"멍청한…… 좋아. 공군은 물론이고 남해함대, 항모전대까지 모조리 북상시켜라. 한가하게 일본 아이들하고 노닥거릴 여유 없다."

"예. 동지."

"8포병대 기지들 상황은 어떤가?"

"좋지 않습니다. 스촨 분지에 재건한 청두기지만 영향을 받지 않았습니다."

"그나마 다행이군. 핵탄두 탑재하고 연료 주입하라고 하게."

"예?"

"긴 이야기 하지 마라. 이렇게 당하고 가만히 있는 건 치욕이야. 그리고 우리 잠수함들은 어디 있지?"

"04시에 북상하라는 명령을 내렸습니다. 내일 아침이면 옌청 동쪽 해역에 2척이 집결할 겁니다."

"좋아. 오늘 야간 정기접촉 때 쥐랑 발사명령을 내리게. 시간은 새벽 정도가 좋겠지. 우리 땅에다 핵을 쏠 수는 없으니…… 목표는 영변이나 강계의 핵발전소 정도로 하고…… 20킬로톤쯤 되는 전술핵 2기 정도로 하세. 손바닥만한 놈들이 대국을 건드리면 어떻게 된다는 걸 정신이 번쩍 나게 보여주도록. 참! 전투함 몇 척을 남겨서 타이완해협을 봉쇄하고 한국 국적 선박들은 무차별 나포하게. 저항하면 침몰시켜도 좋아."

"동지! 쥐랑은 너무 빠릅니다! 재고하심이……."

쉬차이허우가 다급하게 끼어들었다. 쥐랑은 탄도미사일 둥펑東風을 잠수함에서 발사할 수 있도록 개조한 탄도미사일이었다. 핵을 사용하자는 이야기, 쌍방 모두 선전포고를 한 전면전이긴 하지만 개전 초에 핵을 사용하는 건 정말 위험한 발상이었다. 거기다 한국 선박들까지 공격하면 자칫 한미 군사동맹의 군사개입 조항을 건드려 미국의 참전을 불러올 수도 있었다. 그러나 후진타오는 자신 있는 목소리로 쉬차이허우의 말을 잘랐다.

"자네도 미국의 입장에서 생각해보게. 핵은 엄연히 북조선에 사용하는 거야. 그것도 전술핵 아주 작은 걸로. 그리고 북조선은 미국이나 서방측의 동맹이 아닐세. 만일 자네가 미국 대통령이라면 우리가 북한을 공격한 것과 기껏 한국선박 몇 척 나포한 것 때문에 우리와 분쟁을 일으키고 싶을까? 두 거물이 붙으면 핵전쟁이야. 그걸 감수할까?"

"……."

"그건 절대 아니야. 물론 재래식 무기야 한국에다 열심히 대주겠지. 그게 다 돈이니까."

"국제적 지탄을 받게 될 겁니다."

"됐어. 신경 쓰지 말게. 남의 나라가 얻어맞은 건 일 년도 안 돼서 다들 잊어버린다. 그리고 그것 말고 다른 방법이 있나? 시간을 벌고 국면을 전환할 만한 절묘한 묘수 말이야."

확신에 찬 단언, 쉬차이허우는 입을 다물어버렸다.

"……."

"없으면 닥치고 시행해. 나는 북조선이나 한국 따위에 무너지는 허약한 중국을 약속하지 않았다. 용납할 생각도 없고. 발사 직후에 베이징 군구를 총동원해서 북조선군을 우리 땅에서 밀어내겠다. 나가봐!"

쉬차이허우는 거침없이 결론을 내리고 일어서는 후진타오를 망연자실한 눈으로 올려다보았다. 호전적인 후진타오의 성정 때문에 늘상 우려하던 일, 중국인의 영원한 주석 모택동이 입버릇처럼 말하던 '도광양회韜光養晦'의 지루하고도 긴 시간이 끝나는 순간이었다.

'정말 진정한 실력을 드러낼 시간이 됐을까?'

심호흡을 하는 쉬차이허우의 짙은 갈색 눈동자가 암울하게 가라앉았다.


"어때 좋지 않은가?"

최일성은 백발이 희끗희끗한 이현웅이 펴놓은 한지에 눈을 돌렸다. 한지에는 멋진 붓글씨로 낯익은 한시 한 수가 휘갈겨져 있었다.

북소리 둥둥둥 목숨을 재촉하는데
서풍에 뉘엿뉘엿 해는 지누나.
황천에는 주막도 없다는데
오늘밤엔 뉘 집에서 자고 갈거나.

형장에 끌려가기 직전에 써 내린 성삼문의 시, 이현웅이 어제오늘
계속 읊조리던 시였다. 최일성은 흐릿하게 웃음을 보였다. 마주앉은
이현웅은 나이 70이 가까운 연배의 재중 한국대사고 자신은 대사관
무관 자격으로 중국에 들어온 서른세 살짜리 새파란 국정원 현장요
원. 단둘이 앉아 있기에는 다소 거북스런 직급 차이가 있지만 오늘만
큼은 별로 어려움이 느껴지지 않았다.

"좀 빠르신 거 아닙니까?"

지난 연말에 한국으로 들어간 직원이나 가족들은 다시 중국으로
나오지 못하게 조치했고 나머지 직원과 가족들도 지난 며칠 동안 몇
사람씩 꾸준히 서울로 돌려보냈다. 마지막 남은 20여 명은 오전에 전
원 톈진으로 빼돌려 어선 등 가능한 모든 방법을 동원해 중국을 빠져
나가게 해서 대사관에 남은 건 이현웅과 실무비서 두 사람, 그리고
대사관 무관 8명이 전부였다. 약자와의 대화에서는 국제관례를 완전
히 무시하는 중국의 오만한 작태를 고려한 대응조치, 남은 사람의 각
오는 남달랐지만 그래도 죽음을 거론하기에는 조금 이른 시점이었
다. 이현웅이 동문서답을 했다.

"문서나 컴퓨터 하드는 모두 폐기했지?"

"그렇습니다. 이제 기다리는 일만 남았습니다."

이현웅이 빙그레 웃었다.

"그렇군. 그런데…… 자네는 우리가 왜 이 난리를 치르고 있는지 알겠나?"

"글쎄요. 원으로부터 특별히 훈령을 받은 건 없지만 대략은 알 것 같습니다."

"잘됐군. 아까 직원들을 내보낼 때 대략 이야기 했지만 자네가 생각하는 경우의 수 중에서 최악을 생각해야 할 게야."

"막연하지만 예상은 하고 있습니다. 최근 막나가는 중국의 행태를 보면 무슨 짓을 할지 전혀 모르겠더군요."

"어떤 방식으로든 대사관에 있는 자료를 빼내고 싶어 할 게야."

혼잣말처럼 몇 마디를 중얼거린 이현웅은 천천히 탁자 쪽으로 건너가 정수기에서 따뜻한 물을 조금 따라서 슬쩍 입에다 댔다. 이어 지나가는 말투로 툭 말을 던졌다.

"자네는 밖에 있는 것들이 안으로 들이닥치면 어떻게 했으면 좋겠나?"

"당연히 저지해야겠지요. 여긴 국제법상 한국 땅입니다. 그리고 그 이상은 대사님께서 결정하실 일입니다."

대사관 정문과 후문은 모두 중무장한 중국군 병력이 바리케이트까지 치고 외부와의 접촉을 차단한 상황, 지하실 개보수를 핑계로 외부 연결 통로를 만들어놓지 않았다면 직원들까지 고스란히 억류될 뻔한 모양새였다. 그래도 직원들은 모두 빠져나갔으니 홀가분한 마음으로 앞으로 일어날 상황에 대처할 수 있었다. 그가 종이컵을 내려놓으며 다시 웃었다.

"허허. 그럼 이렇게 이야기해보지. 여기서 다 같이 죽어야 한다면 기꺼이 죽겠나?"

짧은 침묵, 그러나 최일성은 별다른 고민 없이 대답했다.

"대사님. 전 대한민국 육군 대위이자 국정원 현장요원입니다. 도움이 된다면 당연히 그럴 겁니다."

"자넨 아직 젊어."

"죽기에 젊은 나이는 없습니다."

선문답 같은 단답형 질문과 대답들이 지나간 뒤, 이현웅은 조용히 그의 얼굴을 건네다 보며 고개를 끄덕였다.

"오늘 저녁 18:00시부터 대사관 정문과 내부 20여 곳에 설치한 CCTV 데이터가 실시간으로 서울로 전송되고 있네. 전파방해를 고려해서 자체 위성전화와 별도 유선회선 두 가지로 전송하기로 했지."

"무슨 말씀이신지……."

조금은 엉뚱한 이야기, 최일성이 고개를 갸웃하자 이현웅이 다시 웃었다.

"허허. 아직 감이 안 잡히나? 그럼 솔직히 이야기하지. 오늘 오후에 대통령 각하와 보안회선으로 잠시 통화를 했어. 시국에 대해서도 제법 깊은 이야기를 나눴지. 그래서 내린 결론인데…… 대통령께서는 대사관에 난입하는 중국 군인이나 중국 데모대를 촬영한 화면이면 된다고 하셨고 난 그 정도로는 부족하다고 말씀드렸지. 그리고 중국은 적국 대사를 데리고 하는 현대적 의미의 전쟁을 해본 적이 없어서 우리가 먼저 도발을 하면 제법 크게 화를 낼 거라고 말이야."

"대사관 난입을 유도하시겠다는 뜻이십니까?"

최일성의 반문에 이현웅이 엷게 미소를 보였다.

"말귀를 빨리 알아듣는군. 그런 셈이야. 사실 죽으려고 남은 게지. 그래서 자네들에게 미안한 거고 말이야."

같이 죽자는 의미의 말, 그러나 최일성은 놀라는 기색도 없이 하얗게 치열을 드러냈다.

"잃을 것으로 따지면 대사님이 훨씬 더 많을 것 같은데요?"

"허허. 그렇게 되나?"

"전 원래 고아였습니다. 나라가 운영하는 고아원에서 컸고 어찌어찌 고등학교를 졸업해서 자원입대했습니다. 전문대학이나마 졸업한 것도 군에서 혜택을 받은 겁니다."

"그렇군."

"조국을 위해 버릴 수 있는 것이 조국이 준 목숨뿐이니 필요하다면 당연히 버려야죠."

"허허. 이거 자네 같은 젊은이는 오래 살아야 하는데 아쉽게 됐어. 그런데…… 이유는 묻지 않나? 우리가 죽어야 하는 이유 말일세."

"말단 소총수가 많이 알아서 좋을 건 없겠죠. 나라가 원하니 따를 뿐입니다."

"고맙군."

두 사람의 시선이 강렬하게 얽히는 순간, 갑자기 창밖이 어수선해졌다. 재빨리 자리에서 일어난 최일성은 커튼을 살짝 걷고 창밖을 내려다보았다. 정문을 차단했던 바리케이트와 경계병들은 온데간데없이 사라졌고 대신 특수부대로 보이는 시커먼 전투복을 입은 사내들 수십 명이 그의 눈에 들어왔다.

"중국군 특수부대 출현! 시위진압용 장갑차량도 보입니다!"

"일반전화 불통! 무전기도 작동불능입니다! 방해전파 같습니다!"

정문을 맡은 채인수 중사와 비서의 다급한 고함소리, 최일성은 슬그머니 소파 뒤에 세워놓았던 자동소총을 집어 들었다.

"재미있게 됐네요. 일단 저쪽이 선수를 치는데요?"

이현웅은 대답대신 굳은 표정으로 손을 내밀었다.

"편하게 해주는군. 나도 한 자루 주겠나?"

"예?"

"권총 말일세."

"투항하라는 권고부터 할 겁니다. 아직 총이 필요하지는 않으십니다."

"아니. 권고는 없을 걸세. 저쪽 입장에서는 신속하고 조용히 끝내야 할 테니까. 내 명령은 들어볼 필요도 없고."

결연한 대답, 지그시 입술을 깨문 최일성은 탄띠에서 권총을 뽑아 슬라이드를 당겼다 놓은 뒤 손잡이 쪽을 돌려 이현웅의 손에 쥐어주었다.

"함께할 수 있어서 영광입니다. 대사님."

평소 중국 외교부에 극단적인 저자세로 일관하는 이현웅을 좋지 않게 보았던 것이 사실, 대통령이 바뀌었으니 본국의 대 중국 정책도, 중국대사도 바뀌리라는 생각으로 하루하루를 버티던 중이었다. 그런데 오늘, 그런 최일성의 생각이 한순간에 바뀌어버렸다. 낯간지러운 단어지만 눈앞의 백발 희끗한 노인은 애국자라고 불려도 좋을 것 같았다.

'뭐 같이 죽어야 한다는 게 불만이긴 하지. 후후후.'

내심 웃음을 흘리는 사이 중국군은 정문에서 50여 미터 거리까지 접근하고 있었다. 그가 창문을 열고 소리쳤다.

"2차 방어선까지 철수! 지시가 있을 때까지 발포는 금지한다!"

대원들은 신속하게 건물 안으로 들어와 자리를 잡았다. 훈련된 방어계획에 따른 움직임, 망설임 같은 건 전혀 없었다. 다음 순간, 진입로 초입에 서 있던 공안 장갑차량의 전조등이 켜지면서 울컥 앞으로 튀어나왔다.

파캉!

금속과 금속이 부딪히는 강렬한 파열음이 터졌다. 정문을 들이받은 공안 장갑차량이 대사관 안으로 뛰어들고 곧바로 시커먼 특수부대원들이 쏟아져 들어왔다. 그가 창가에 기대선 채 중국어로 악을 썼다.

"여긴 대한민국대사관이다! 더 이상 접근하면 발포하겠다!"

와장창!

대답 대신 날아든 총탄에 유리창이 통째로 터져나갔다. 반사적으로 자세를 낮추면서 창밖을 확인했다. 총탄은 머리를 들기 힘들 정도로 부지기수로 날아드는데 총성이 거의 들리지 않는다. 소음기까지 장착하고 있다는 뜻, 필요한 요건은 모두 갖춰진 셈이었다. 발포를 미룰 이유 따위는 없었다.

"사격개시!!"

드르륵!

그의 고함과 함께 K2의 날카로운 총성이 연달아 터져나왔다. 선두에 선 몇 놈이 쓰러지는 걸 확인하고 깨진 유리창 사이로 총구를 내밀었다.

드륵! 드르륵!

그는 횡으로 돌아선 공안차량 운전석에다 삼점사三點射 두 번을 긁은 다음, 차량 근처에 달라붙은 놈들에게 남은 실탄을 모조리 쏴버리고 돌아앉아 탄창을 바꿔 끼웠다. 이현웅도 창문에 달라붙어 연신 방아쇠를 당기고 있었다.

다시 커튼 사이로 총구를 빼내는 순간 날카로운 예광탄 궤적이 보였다. 정문 바로 앞까지 진입한 군용 장갑차가 건물을 향해 중기관총을 쏘아대고 있었다. 건물 1층 외벽이 통째로 터져나가면서 뿌연 돌가루가 시야를 가렸다. 순식간에 정문을 통과한 장갑차는 곧장 현관을 향해 돌진하고 있었다. 창가에 기대앉은 그의 입에서 욕설이 터져 나왔다.

"X팔! 무식한 새끼들!"

대한은 신의주의 지상군 야전사령부에서 부대전개와 공중지원 시점 등 시급한 전황을 확인한 뒤 밤늦은 시간이 되어서야 치우로 돌아왔다. 온몸이 뻐근한 느낌, 긴장한 채 정신없이 전선을 누비고 다녀서인지 제법 몸이 무거웠다. 몸에 밴 화약 냄새를 지우기 위해 전투복을 벗어던지고 가볍게 샤워부터 했다. 샤워를 끝낸 뒤, 아영에게도 옷을 갈아입으라고 명령한 다음 침대에 벌렁 드러누웠다. 전용 캡슐에 들어가 충전까지 하고 나오려면 20분 이상 시간이 걸리니 머릿속을 정리하기엔 충분한 시간이었다. 그가 팔베개를 하며 말했다.

"전황 지도 좀 띄워줄래?"

―네. 함장님.

아영과 비슷한 목소리지만 치우 메인컴퓨터의 대답은 상당히 딱딱한 어조로 울려나왔다. 중앙 윈드쉴드 화면에 푸른색과 붉은색 기호가 빽빽하게 표시된 동아시아 전체 지도가 올라왔다. 그가 돌아누우며 말했다.

"중국군 현황만 남겨봐."

순간적으로 푸른색 기호가 모두 사라지고 붉은색 기호만 지도에 남았다. 베이징 주변으로 기갑부대와 포병, 보병 기호 100여 개가 남아 있고 북동쪽 장춘 근처에는 보병 기호가 10여 개 보였다. 선양시 내 곳곳에서는 아직도 시가전이 치열하게 전개되고 있지만 사실상 중국군의 남은 전력은 북서쪽으로 밀려난 40집단군 보병사단 기호 하나뿐이었다. 그나마도 EMP공격을 몇 차례 얻어맞아 정상적인 전력은 아니었다. 일단 오늘 밤 안으로 선양 일대는 온전히 북한군의 수중에 떨어지는 모양새. 그러나 전체적으로 보면 아직 남쪽에 몰린 공군과 닝보 인근의 동해함대가 건재했고 서해상과 태평양에 붙은 잠수함 표시 6개는 여전히 신경을 건드렸다.

정확히 24시간 동안 자타공인 군사대국 중국을 두들긴 결과로는 썩 괜찮은 실적이지만 200만 중국 지상군 중 겨우 15만 정도를 무력화시켰을 뿐, 아직도 무려 190만에 달하는 어마어마한 대군이 대륙 곳곳에 흩어져 있었다. 결국 전쟁은 이제부터라는 의미, 아예 덤빌 엄두를 내지 못하도록 확실하게 찍어 누르지 못하면 자칫 발목을 잡힐 수도 있었다. 장기전은 무조건 사양이었다.

"일단 지상군은 며칠 여유가 있는 상황이고…… 해군이 먼저인가?"

그가 중얼거리는 순간 치우의 목소리가 끼어들었다.

─현재시각 22시 02분, 중국 잠수함 정기접촉 신호를 잡았습니다.

잠수함 위치파악을 위해 24시간 유지한 감시체계의 덕을 보는 셈이었다. 그가 재빨리 상체를 일으켰다.

"어디야? 내용은?"

─북위 32.28, 동경 122.69, 옌청 남동쪽 140킬로미터 해상입니다. 2척, 암호해독 중. 5초 후 해독 완료합니다.

─JL-5 발사, 목표는 213과 215, 숫자는 중국해군의 별도 목표 리스트 번호입니다. 해군시스템 자료 확인 중.

"뭐? JL-5? 그거 신형 탄도미사일 아니냐?"

─그렇습니다. 위치확인 완료. 북위 39.71, 동경 125.82 그리고 북위 40.23, 동경 126.1, 영변과 강계 일대입니다.

"X팔! 이것들이 미쳤나? 시작도 하기 전에 핵? 환장하네. 지금 발사하는 거야?"

─아닙니다. 발사 예정시간은 한국시간으로 익일 새벽 04:00입니다. 닝보의 동해함대 구축함 2척이 먼저 북상을 시작했으며 내일 아침에는 함대 전체가 북상합니다. 남해함대와 하이난 항모전대에도 북상명령이 하달됐고 태평양에서 작전중인 나머지 잠수함들에도 1급 비상령이 내려졌습니다. 제주 남쪽 해상으로 진출하라는 명령입니다. 잠수함들의 1차 집결 위치는 북위 33.1, 동경 125.3도, 1월 13일 03:00시까지입니다.

"잠깐! 제주 남쪽?"

─네.

대한은 미간을 잔뜩 좁혔다. 집결지가 제주 남쪽이라면 이 잠수함들의 목표는 한국이나 한국의 해상봉쇄가 될 수도 있다는 이야기였다.

"흠…… 배란 배는 모조리 올려 보내서 제대로 붙어보시겠다?"

대한은 가볍게 스트레칭을 하면서 지도에 시선을 고정했다. 초전에서는 북한 지상군이 기선을 제압했지만 해군이 올라오면 변변한 전투함이 없는 북한해군은 당장 수세에 몰릴 테고 북상한 공격부대의 운신도 그만큼 어려워질 터였다. 거기에 영변과 강계의 핵시설을 타격당하고 나면 초전의 기세가 한풀 꺾이는 것은 물론, 전세가 일거에 뒤집힐 수도 있었다. 어쨌거나 중국의 첫 번째 반응은 분명한 반격의 신호탄이었다.

"어쩌면 차라리 잘됐는지도 모르겠네. 자…… 보자. 탄도미사일이야 두 발뿐이니까 일단 치우기에게 요격하라고 하면 될 거 같고…… 쩝…… 이 빌어먹을 놈의 잠수함들 때문에 영 신경 쓰이네."

그가 혼잣말을 중얼거리며 침대에서 내려올 무렵 충전을 끝낸 아영이 캡슐에서 걸어나오며 불쑥 말을 꺼냈다.

"잘하면 발사할 때 잡을 수 있을 거야. 시간 맞춰 발사수심으로 올라와야 되니까 잠수함들이 신호를 송출한 위치에서 북동쪽 50해리를 기준으로 소노부이(Sonobuoy, 음파탐지기부표) 몇 개 떨어트리고 대기하면 찾아낼 가능성이 높아. 미사일도 가속될 때 레일건으로 잡을 수 있고."

대한은 꿀꺽 침을 삼키면서 얼른 시선을 돌렸다. 옷이라고는 달랑 속옷 한 장만 입고 나와서 눈을 둘 곳이 없었던 것이다.

"야야. 옷부터 입어. 인마."

"치. 한두 번 본 것도 아니면서 순진한 척 하긴. 알았어. 입을게."

아영은 배시시 웃으면서 평소처럼 하늘하늘한 브라우스와 스커트를 챙겨 입었다. 여전히 야한 복장이지만 시선 처리하기는 한결 편했다.

"먼저 잡아놓으면 도움이 되겠지. 지금 이동하자. 혹시 모르니까 민서한테 연락해둬. 서해상에다 치우기 한 대 배치하라고."

"응."

"북한군 사령부에서 요청하는 거 민서 쪽에다 링크하는 건 우리 빠져나가도 가능하지?"

"물론이야. 아르고스가 링크하고 내가 실시간으로 필터링하니까 문제없어. 특기할 만한 사안은 즉시 보고할게."

아영은 이야기를 계속하면서 자연스럽게 침대 옆으로 다가서 가볍게 대한의 어깨를 주물렀다.

"그리고 아무래도 내륙의 미사일 기지 몇 군데는 선제 타격하는 게 좋을 것 같아. 핵기지들이 바이러스에 영향을 얼마나 받았는지는 아직 불투명하고 만에 하나 이동발사대라도 밖으로 나오면 위험부담이 상당히 커져. 어차피 중국군이 핵 사용을 결정한 이상 확실하게 처리하는 편이 나을 거야."

대한은 앉은 자세 그대로 아영에게 어깨를 맡긴 채 허리를 쭉 폈다.

"나도 그게 낫다고 생각하긴 하는데…… 아무래도 대량살상이라 좀 걸린다. 우선 인명 피해가 최소화 될 수 있는 전략목표 10곳만 선정해봐. 미사일 기지나 해군이 집결된 해역이 좋겠지. 우리 정부의 선전포고가 이뤄지면 그때 결정하자. 일단은 잠수함들이 기어나올 것에 대비해서 합참에 잠수함 집결위치만 통보해둬. 위치는 계속 확인하고…… 그리고 합참의장님 연결해라. 이야기 좀 해야겠다."

"응."

통통 튀듯 재빨리 컨트롤패널로 건너간 아영이 곧바로 치우를 가동시켰다. 움찔하는 가속감이 느껴지고 나자 아영이 스피커폰을 개방했다.

"연결됐어. 오빠. 이야기해."

"여보세요. 의장님?"

— 김 회장?

"네. 상황실이십니까?"

— 당연하지. 마지막 점검하느라고 눈코 뜰 새 없다네.

"급히 전해드려야 할 이야기가 있습니다."

— 좋은 일인가 나쁜 일인가?

"양쪽 다입니다. 어느 쪽부터 할까요?"

— 나쁜 쪽부터 하지. 좋은 기분으로 전화를 끊고 싶구만.

"후후. 그럼 최악의 소식부터 시작하죠. 중국이 핵공격을 결정했습니다."

— 뭐? 핵?

펄쩍 뛰는 목소리, 시작도 하기 전에 핵이 발사되는 마당이니 무리도 아니었다. 그가 침착한 목소리로 말을 이었다.

"예. SLBM이고 북한의 영변, 강계를 목표로 내일 새벽에 발사할 것 같습니다."

— 제기랄! 후진타오 그 사람 미친 거 아냐?

"그만큼 절박하다는 의미도 됩니다. 내놓을 카드가 마땅치 않다는 뜻이죠. 좋은 쪽으로 해석하셔도 됩니다."

—그런가? 요격은 가능하고?

"발사 위치를 대충 파악했으니 어렵지 않습니다. 문제는 다른 겁니다."

—또 다른 문제가 있나?

"중국이 우리를 공격하려고 하는 것 같습니다. 제주 남쪽에 핵잠수함 집결 명령을 내렸습니다."

—휴…… 예상하긴 했지만 좀 빠르군.

한숨을 내쉬는 최문식의 목소리가 무겁게 가라앉았다.

"무슨 일이 있었습니까?"

—그래. 조금 전에 중국군이 장갑차까지 동원해서 우리 대사관을 무차별 공격했네. 대사관에 있던 이현웅 주중대사와 무관 등 11명은 전원이 순국했어. 마약과 달러화를 잔뜩 가지고 들어온 것으로 보아 우리 대사관이 마약과 위조지폐를 유통시켰다고 우길 모양이야. 아직은 영상들이 들어오고 있는데…… 곧 끊어질 걸세. 일단 내일 아침에 일반에 공개할 수 있도록 영상을 정리하고 있네.

대사관에 남아 있던 이현웅 등 11명은 마지막 순간까지 저항하다가 전원이 중국군에 의해 사살됐고 중국군은 위조지폐와 양귀비 뭉치를 대사관으로 가지고 들어와 여기저기 깔아놓고 사진을 찍는 등 한바탕 소란을 떨었다. 아무도 믿지 않을 해괴한 짓, 그러나 단순한 중국인들에게 전쟁의 동기를 부여하는 데는 전혀 모자람이 없을 것이었다. 북한대사관 역시 상황은 크게 다르지 않아서 사망자만 무려 50명에 가까운 난전을 치른 뒤였다. 대한의 목소리도 깊이 가라앉았다.

"중국이 더 급하게 움직이는군요."

─ 그런 셈이야. 이젠 돌아갈 길도 없게 됐어. 그리고 한 가지 더, 오늘 주중 일본대사와 중국 외교부장이 베이징 외곽에서 장시간 비밀회담을 가졌다네. 대사관이나 외교부가 아닌 장소에서 2시간 넘게 이야기를 나눴으니 뭔가 작당을 했을 수도 있어. 신경 쓰이더군.

"기억해두죠. 펜 있으십니까?"

─ 있어. 이야기하게.

"중국 핵잠수함 1차 집결지는 북위 33.1, 동경 125.3도, 일시는 1월 13일 03시입니다. 숫자는 4척 정도가 될 것 같습니다. 우리 잠수함과 돌고래 매복 시키시고 대잠헬기와 초계기까지 동원해서 확실히 잡아주십쇼. 알아서 처리하시겠지만 본토방위에 있어서 가장 중요한 일이 될 겁니다."

─ 북위 33.1, 동경 125.3도. 1월 13일 03시, 4척, 맞나?

"맞습니다."

─ 좋아. 즉시 시작하지. 더 있나?

"중국해군과 공군에 총동원령이 내려졌습니다. 동해함대와 남해함대, 하이난의 항모전대까지 북상할 겁니다. 공군 전투기들도 북쪽 민간공항으로 이동할 거고요."

─ 이제 진짜 전쟁이로군.

"그런 셈입니다. 일단 새벽에 미사일을 발사하는 핵잠 2척은 잡아보겠습니다. 미사일 요격도 병행하죠."

─ 부탁하지. 좋은 일은 뭔가?

"잠수함을 제외한 중국 동남해안에 있는 해상세력은 제가 맡겠다는 이야기입니다."

―뭐?

놀란 목소리, 허풍처럼 들릴지도 모른다는 생각이 들었다.

"농담 아니니까 염려하지 마세요. 의장님은 본토수비에 치중하시면서 지난번에 말씀드린 대로 지린성과 흑룡강성을 장악하고 장춘 일대에 남은 중국군의 무장해제하는데 전력을 기울이십시오. 시간이 걸리는 일이니 차근차근 하셔야 할 겁니다."

―정말 가능하겠나? 대양함대일세. 항모도 있고.

"압니다. 그래서 서해상으로 올라오기 전에 끝내겠다는 겁니다. 해상 수송로는 확보해야죠. 그리고 선전포고와 동시에 중국 내 전략목표를 몇 개 비핵 탄도미사일로 타격하겠습니다. 대통령께 보고해주십시오."

말이 갑자기 뚝 끊어졌다. 탄도미사일이라는 단어 때문일 터, 아니나 다를까 최문식은 몇 초 침묵을 지키고 나서야 길게 한숨을 내쉬면서 입을 열었다.

―휴…… 도대체 자넨 어디까지가 끝인지 알 수가 없구만. 이번엔 탄도미사일인가?

"나중에 세금으로 다 제할 겁니다. 그 점도 대통령께 보고해주세요. 후후."

―허허. 이거 한 10년쯤 세금 안 내겠다는 소리로 들리는구만.

그가 씩 웃었다.

"비슷합니다. 명색이 장사꾼인데 손해 보는 장사는 하지 말아야지요. 후후. 어쨌든 지금부터는 저하고 대통령 각하, 국정원장, 의장님 이렇게 네 사람의 손발이 제대로 맞아야 됩니다. 내일부터 저희 조기경보기 데이터도 합참으로 링크하겠습니다."

— 알겠네. 자주 통화하지.

"수고하십시오."

전화를 끊은 대한은 중앙화면에 올라와 있는 지도를 한번 노려보고는 다시 침대에 누웠다. 하루 이틀 정도는 자지 않아도 얼마든지 버틸 수 있지만 시간 날 때 조금씩 자두는 건 꼭 필요했다. 그가 눈을 감자 아영의 고개가 돌아왔다.

"마사지해줄까?"

"고맙지."

대한은 자연스럽게 돌아누웠다.

# 서해해전

서해의 새벽은 매서운 강풍과 함께 시작되었다. 몇 미터는 간단히 넘는 거대한 너울들이 불쑥불쑥 시야를 가렸고 하늘은 별 하나도 보이지 않을 만큼 지독하게 검었다.

"수면이 너무 시끄러워서 필터링에 다소 문제가 있어. 소노부이를 수심 30미터까지 가라앉힐게."

아영의 보고에 대한은 고개만 끄덕였다.

"현재시각 12일 03시 45분, 소노부이 2호기부터 7호기까지 수심 30으로 하향조정."

대한은 치우의 기계적인 보고를 들으면서 해역 지도를 다시 확인했다. 소노부이는 치우가 호버링하는 곳에서부터 20km 이상 남쪽이었고 중국 동해함대 선발대로 보이는 구축함 2척과 프리깃(호위함) 3척은 60km 남쪽에서 꾸준히 북상 중이었다. 몇 분 후면 핵탄두를 탑재한 탄도미사일이 발사되는 마당이니 당연히 긴장해야 했지만 생각보다 마음은 편했다. 이어 부딪히게 될 동해함대를 생각하면 이건 적당히 몸 푸는 정도라는 생각, 따지고 보면 상당히 골치 아플 것들이 절묘하게 떨어져 나와 준 셈이었다.

북해나 남해함대에 비해 전력은 상대적으로 빈약하지만 동해함대는 1999년 러시아에서 인수한 구축함 항저우(소브레메니급)를 비롯한 구축함 5척과 2003년 진수한 스텔스 프리깃 마안산을 포함한 8척의 프리깃, 미사일 추적함 유안왕遠望 등 전부 19척의 대양 전투함과 8척의 보급함, 4척의 디젤 잠수함을 거느린 대함대였다. 만일 먼저 나온 전투함 5척이 그대로 남아 있고 거기에 공격원잠 1척과 전략원잠 1척이 합류했다고 생각하면 머리깨나 아팠을 것이었다. 그가 지도에다 눈길을 주며 물었다.

"자…… 저 프리깃 3척 중에 하나가 스텔스라는 이야기지?"

"응. 마안산이라고 선두에 있는 배야. 그런데 반사 면적이 너무 커서 진짜 스텔스는 아니야. 유령에 비하면 아무것도 아니지. 뭐."

일반적으로 단거리 대함 미사일이 사용하는 X밴드에 국한된 스텔스인데다 그나마도 반사 면적이 상당히 넓어서 제대로 된 스텔스 함이라고 보기에는 여러모로 무리가 있었다. 남포에서 급거 남하 중인 유령과 비교해도 거의 어른과 아이의 싸움이었다. 유령은 적외선을 비롯한 현대의 레이더가 사용하는 거의 모든 밴드의 반사면적을 착실하게 줄여서 군사용 고성능 레이더에도 바닷새 몇 마리가 떠 있는 수준으로밖에 보이지 않았다. 물론 치우는 한 술 더 떴다. 탐사선에 장착된 강력한 플라즈마 스텔스 시스템이 가동되면 전대역의 전파를 완벽하게 흡수해서 상대의 레이더를 확실하게 장님으로 만들 수 있었다. 그가 컨트롤패널 앞에 있는 자신의 자리에 앉으며 말했다.

"그래도 저놈부터 작살내자. 탄도미사일하고 잠수함 잡고나면 1순위는 저놈이고 나중에 동해함대랑 붙을 때는 축구공 달린 놈이 1순위다. 알지?"

축구공은 동해함대 미사일 추적함 유안왕에 장착된 대형 레이돔을 지칭하는 말이었다. 다소 엉성하지만 나름대로 함대방공을 맡는 배이니만큼 싸움을 쉽게 끌고 가려면 가장 먼저 처리해야 하는 배였다. 아영이 미소를 보였다.

"알았어. 그렇게 할게."

"유령은 어디쯤 왔니?"

"북동쪽 130킬로미터 해상이야."

"몇 시간은 더 걸리겠네?"

"응. 한국시간 오후 2시에 상하이 동쪽 해상으로 진출할 예정이야. 우리를 계속 따라오는 거지."

대한은 지도에 시선을 준 채 고개를 끄덕였다.

"그 정도면 됐네. 손가락 사이로 빠져나가는 놈들 사그리 잡으라고 해. 잠수함은 조심하고."

"유령 정도면 크게 문제 없을 거야."

"하기야. 중국 디젤 잠수함 따위에 당하면 유령 체면이 말이 아니지."

대한은 크게 기지개를 켜면서 자리에서 일어섰다. 지난 10년, 대양해군을 목표로 엄청난 자금을 쏟아부은 중국해군은 나름대로 꾸준한 발전을 지속했다. 과거 모택동 시절 중국의 군사전략은 광대한 국토와 인구를 이용한 장기 소모전으로 장비의 열세를 극복하는 전략이었고, 등소평 이후에 걸프전과 이라크 전쟁에서 보여준 미국의 첨단 정보전의 영향을 받으면서 첨단 기술을 바탕으로 하는 국지전 수행을 선택했다. 그에 따라 러시아와 유럽, 이스라엘 등지에 천문학적인 돈을 지불하면서 첨단기술을 구매하고 미국에서는 스파이 조직을 총동원해서 무차별로 신기술들을 빼냈다. 그 결과가 지금의 대양해군이었다. 그러나 아직은 여러모로 과도기의 엉성한 군대, 미국해군과 비교하면 여전히 심각한 격차가 존재했다. 아영이 슬쩍 맞장구를 쳤다.

"전쟁터에서는 마지막 한 발을 더 가고 못 간 차이가 삶과 죽음을 결정해. 유령은 최소한 서너 발 더 갔으니까 걱정 마."

"오호. 아영이 너 말솜씨도 제법 늘었는데? 이젠 쓸 만한 비유도 하네?"

"오빠 닮아가는 거지 뭐. 언어 업데이트 기준이 오빠니까. 호호."

순간, 웃음을 보이던 아영의 표정이 달라졌다.

"1시 방향 60킬로미터, 잠수함. 음문 데이터로 보면 만재수량 12,000톤짜리 진秦급이야. 구축함들하고 보조를 맞춰서 움직이는 모양이네. 목표1로 설정할게."

"좋아. 하나 찾았고…… 시간이 얼마나 남았지?"

"8분. 괭이갈매기 2기 발사대기."

괭이갈매기는 돌고래를 개조한 ASROC형 어뢰였다. 로켓 형태로 발사된 뒤 목표상공에서 로켓과 본체가 분리되어 입수, 액티브 호밍으로 목표를 찾아가는 어뢰였다. 대한이 차갑게 말했다.

"기다려. 나머지 한 놈 찾아야 돼."

"응. 7분 전. 목표1의 발사관 개방됐음."

"제기랄…… 어디 있냐. 나와라."

대한은 지도에서 깜빡거리는 기호들을 노려보며 손을 몇 번 쥐었다 폈다 했다. 초조한 시간은 생각보다 늦게 흘러갔다.

"5분 10초 전, 목표2를 찾은 것 같아. 12시 방향 58킬로미터, 발사관 개방소음, 목표1은 아니야. 상급으로 보여."

"좋아. 목표1, 2 타겟 설정하고 데이터 입력해. 꽹이갈매기 2기 돌풍 하나 연속 발사한다."

"발사관 개방. 꽹이갈매기 2기, 돌풍 1기 발사준비 끝. 꽹이갈매기 목표 해역까지 비행시간 28초, 어뢰모드 전환 및 목표 타격까지 예상 소요시간 2분 11초. 돌풍 목표해역 상공 도달시간 21초."

"발사."

대한은 지체 없이 발사명령을 내렸다. 시간이 촉박했다. 치직하는 가벼운 진동이 발밑을 두들기고 나자 중앙화면에 낮은 포물선을 그리며 날아가는 로켓의 영상이 떠올랐다. 그가 연이어 말했다.

"전속전진. 구축함들 처리하자."


구축함 항저우의 함교에 올라선 지앙후 소장은 짜증스럽게 담배를 빨았다.

'멍청한 것들! 신형이란 신형은 몽창 확보한 것들이 북조선 해군 따위에 박살이 났다는 게 말이 돼? 게다가 이게 뭐하는 짓이야? 이 따위로 명령을 내리니 작살이 나지! 젠장!'

구축함이 잠수함과 같이 움직이는 건 지독하게 멍청한 짓, 은밀함을 생명으로 하는 전략 핵잠수함의 위치를 적에게 광고하는 것이나 마찬가지였다. 그런데도 해군총부는 발사시점의 위험을 축소한다는 명분으로 동일해역 대기를 명령했다. 어차피 해군총부의 배불뚝이 책상물림들에게 큰 기대는 안 하지만 이 따위 한심한 작전은 정말 곤란했다. 사실 상대가 북조선만이라면 크게 문제될 일이 아니다. 그러나 미국이나 일본 쥐새끼들은 분명히 달려들 터였다. 쉽게 핵잠 2척의 음문데이터는 고스란히 적에게 공개되는 셈이었다.

'제기랄!'

욕설을 삼키는 순간, 누군가의 비명이 귀청을 두들겼다.

—순항미사일입니다! 거리 13킬로미터!! 엄청난 속도입니다!!

"뭐야!! 13킬로미터라니!! 그게 무슨 말도 안 되는!! 몇 기야?"

—하나뿐입니다! 일직선으로 아군 함대를 향합니다! 목표1로 설정합니다!

"젠장! 대잠헬기는 뭐하고 자빠진 거야! 당장 요격미사일 준비해! 아냐! 너무 가깝다! CIWS(근접방어체계)가동!! 빨리!!"

—미사일 2기 추가확인! 거리 19킬로미터! 어……? 사라졌습니다!

"뭐? 그게 무슨 소리야!!"

—목표1! 상승합니다! 거리 6킬로미터! 종말유도 모드로 변경하는 것 같습니다!

"이게 무슨 개 같은!! S300 발사! 발사하란 말이야!!"

—발사준비 완료!

"그냥 쏴! CIWS도 쏘고! 모조리 쏘란 말이야!"

─어뢰출현! 2기! 어? 목표1 레이더에서 사라졌…….

통제실의 비명이 단번에 사라지고 거의 동시에 거대한 너울에 반사된 날카로운 섬광이 망막을 찔렀다. 반사적으로 눈을 감았다 뜨면서 망원경을 들었다. 그러나 눈에 보이는 건 아무것도 없었다.

"뭐지?"

짧은 침묵, 어수선한 바람소리만 귀청을 휘저었다. 지앙후는 놀란 가슴을 쓸어내렸다. 일단 발등의 불은 사라진 셈, 미사일 3기가 날아와서 목표를 찾지 못하고 폭발한 모양새였다. 그가 소리쳤다.

"참! 어뢰! 어뢰 어디 있나? 통제실! 보고해라! 통제실!!"

대답은 없었다.

"이런 젠장!"

통신망을 오가는 소리는 물론 함교에서 반짝이던 기계들의 빛도 완전히 사라져버렸고 배의 움직임 역시 어딘지 느낌이 이상했다.

'이게 뭐지?'

완벽한 침묵, 불안했다. 말로만 듣던 EMP공격인가 싶어진 지앙후는 연달아 선수를 덮치는 너울에다 시선을 고정한 채 부관들에게 소리쳤다.

"이 중교! 통제실로 내려가 봐! 어서! 넌 조타실! 전속 가속하라고 해!"

"네! 제독!"

젊은 군관 둘이 다급하게 함교를 빠져나가자 지앙후는 망원경으로 수평선부터 훑었다. 만일 EMP가 맞다면 조만간 진짜 공격이 쇄도할 것이었다. 그러나 불행인지 다행인지 2차 공격은 보이지 않았다. 대신 초조한 시간만 한없이 흘러가고 있었다. 축축한 손바닥을 군복 하의에다 닦아내는 순간, 너울 한 귀퉁이가 불쑥 솟아올랐다. 욕설이 목구멍을 헤집고 나왔다.

"제기랄!"

워낙 다급하다보니 핵잠의 존재를 깜빡한 것이었다. 어뢰가 노린 건 잠수함이라는 생각이 한 발 늦게 뇌리를 스쳤다.

다음 순간, 지앙후는 눈을 의심해야 했다. 다른 공격의 징후는 전혀 없었는데 선두함 프리깃 마안산이 1km쯤 앞선 너울 마루에서 눈부신 섬광을 내뿜은 것이었다.

"뭐…… 뭐야?!"

욕설을 내뱉고 자시고 할 시간도 없었다. 곧바로 좌현의 프리깃 루후가 다시 시뻘건 화염을 쏟아냈다. 그가 뭐라 말을 꺼내기도 전에 작전참모가 길길이 악을 썼다.

"적이다! 전원 전투배치! 전투배치!"

함내 방송을 개방한 상태였지만 참모의 괴성은 함교 밖으로 흘러나가지 못했다. 대신 날카로운 금속성 탁음만 귀청을 때렸다.

빠캉! 콰쾅!

묵직한 진동이 발밑을 강타하고 무시무시한 폭음들이 연달아 터져나왔다. 수직발사관 커버들이 거짓말처럼 줄줄이 밤하늘로 솟구치고 있었다.

'컥!'

비명은 입 밖으로 새어나오지 못했다. 순간적으로 허공에 붕 떴다가 함교 구석에 처박힌 지앙후는 필사적으로 얼굴을 움켜쥐었다. 뺨에 박힌 조각난 유리조각들이 손바닥을 찔렀지만 통증은 느껴지지 않았고 섬뜩한 기운이 뒷목을 타고 정수리까지 치솟았다. 반사적으로 오른손을 움직이려 했다.

그러나 어딘지 허전했다. 다급하게 고개를 돌렸다. 반대쪽 계기판 아래 처박힌 참모의 모습이 먼저 눈에 들어왔다. 온통 피투성이, 참모의 목은 기괴하게 등 뒤로 꺾여 있었다. 벽에 기댄 그의 상체도 비스듬히 쓰러지고 있었다. 몸을 지탱해야 할 오른팔이 보이지 않았다.

'빌어먹을······.'

치우는 몸이 울컥울컥 쏠릴 정도로 불규칙하고 빠르게 해역을 선회했다. 초전에 집중타를 얻어맞은 스텔스 프리깃 마안산은 이미 검붉은 화염에 휩싸여 있었다. 삽시간에 선미로 번져나간 화염이 순간적으로 선체 가운데를 두 동강 내며 무시무시한 섬광을 새카만 밤하늘을 향해 쏟아냈다. 마안산의 선체는 겨우 30초도 되지 않는 짧은 시간에 너울에 잡아먹혀 화면 속에서 사라져버렸다. 후위에 있던 만재수량 8,480톤짜리 중형 구축함 항저우는 함 측면에 뚫린 구멍과 수직 발사관으로 연신 불길을 뿜어내며 150m가 넘는 거대한 선체를 우현으로 비스듬히 기울이고 있었다. 회복은 불가능할 터였다.

─목표5, 목표6, 목표7 연속조준! 사격대기!

치우의 보고. 아영의 시선이 돌아오자 대한은 고개만 까딱했다. 무장해제가 되어버린 전투함 5척을 가라앉히는데 아까운 대함 미사일을 소모하고 싶지 않았던 대한은 10km 이내의 근접거리에서 유폭이 가능한 미사일 발사관이나 연료탱크를 레일건으로 타격하도록 명령했고 그 결과가 눈앞에 있었다.

"2차 사격개시!"

아영의 차분한 목소리, 선수와 선미에서 고개를 내민 레일건 포탑이 날카로운 섬광을 토해냈다. 발사와 동시에 구축함 원저우에서 검붉은 연기가 터져나왔다. 벌써 연료 유폭이 일어난 듯 무려 7,100톤의 거구가 풀썩 허공으로 떠올랐다. 나머지 프리깃 2척은 삽시간에 너울 밑바닥에다 선수를 처박고 횡으로 기우뚱 쓰러지고 있었다.

치우의 목소리가 이어졌다.

—사격 끝. 적함 5척 회복 불가능한 타격. 잠수함 1척 전파, 1척 반파 기동불능, 해역을 벗어납니다.

"좋아. 괭이갈매기 하나 더 날린 다음, 최고 속도로 남진한다. 목표는 반파된 핵 잠수함."

—목표2, 타겟 재설정합니다. 발사준비 완료.

"발사."

—발사.

가벼운 진동, 결과를 확인할 필요는 없었다. 즉시 소노부이 수거를 명령한 대한은 지루한 수거작업이 끝나자 곧장 남행을 지시했다.

"전속전진. 해뜨기 직전에 닝보항을 공격하겠다."

—전속전진. 시속 900까지 가속합니다.

대한은 가볍게 어깨를 돌려본 다음 등받이에 몸을 기댔다.

"아영아. 상공에 있는 치우기 체공시간이 얼마나 남았니?"

"아직 4시간 여유 있어."

"돌려보내라. 닝보 공격에는 치우 탐사기체를 쓰자."

"응."

"속전속결이다. 이대로 저우산 군도 남쪽까지 곧장 이동하자. 준비해."

"응. 저우산舟山 군도까지의 거리 820킬로미터, 47분 걸릴 거야. 좀 쉬어."

대한은 묵직한 가속감을 온몸으로 느끼면서 윈드쉴드 너머의 검은 바다에 시선을 던졌다. 새벽 4시 10분, 깊게 심호흡을 했다. 애꿎은 목숨 수천을 한꺼번에 수장했다고 생각하니 뒤끝이 영 개운치 않았다. 물론 먼저 핵을 쏘겠다고 달려든 것들이니 당연한 대응이지만 따지고 보면 명령은 어디까지나 윗대가리의 몫, 탐욕스런 노인들의 과욕이 빚어낸 참사인 셈이었다. 고인들에겐 미안하지만 죽이지 않으면 죽는 전쟁터에서야 어쩔 수 없는 일, 그냥 눈을 감아버렸다.

'어쩔 수 없지. 이 아사리 판에서 누군가 지옥에 가야 한다면 첫 번째 자리는 내가 차지하는 수밖에.'


첸탕강錢塘江 하구를 정점으로 깔때기 형상을 한 항저우만은 만 입구에 남북으로 길게 늘어선 저우산舟山군도가 동중국해를 가로막고 있었다. 첸탕강이 운반한 엄청난 토사가 오랜 시간 퇴적되어 수심이 턱없이 얕고 간만의 차도 무려 9m에 달하는 낮은 바다, 상하이와 항저우 등 만 내부의 연안은 당연히 항구로 사용할 수 없었다. 따라서 그런대로 항구의 입지를 갖춘 만 남동 선단의 닝보는 자연스럽게 항구도시로 발전했다. 당나라 이래 중국의 3대 항구로 꼽히는 초대형 무역항 닝보, 최근에는 만을 가로질러 상하이와 닝보를 잇는 세계에서 가장 긴 다리 과해대교가 완공되어 매스컴을 탄 곳이기도 했다.

인근 해역에서 대형 선박이나 전투함의 이동이 불가능하다보니 닝보가 가지는 지정학적 중요성은 두말 할 필요가 없었다. 간단히 이야기해서 만일 닝보가 차단되면 상하이와 항저우는 사실상 그 자리에서 질식사라고 보아야 했다.

"저우산 군도 남쪽으로 자항식 기뢰 5개, 해저 부설 기뢰 46개가 스캔 돼. 구형 음향감응식과 신형 복합감응식이 섞였는데…… 활성화되지는 않았어."

아영의 보고, 두 사람이 탄 치우는 닝보 북동쪽 45km 해상에서 느릿하게 남하하고 있었다.

"오호. 제법 많이 깔렸네?"

"그리고 군항은 상당히 어수선한데…… 일단 해상에 나온 건 초계함 2척이야."

"곧 출항이니 당연히 정신없겠지. 자잘한 것들 빼버리면 전부 몇 척이니? 중앙 모니터에 올려봐라."

"응."

윈드쉴드 한쪽이 블랙아웃 되면서 항저우만 일대의 지도와 전투함 표시 수십 개가 떠올랐다. 아영이 말을 받았다.

"왼쪽에 보이는 게 군항이야. 중앙의 녹색이 구축함, 3척이야. 프리깃은 5척이고…… 외항에 접안한 대형함이 미사일 추적함 위안왕이고 주변에 있는 건 초계함. 9척이네. 그리고 소해함과 보급함을 합쳐서 전부 8척, 잠수함은 디젤 잠수함 2척만 보여. 잠수함 2척은 먼저 바다로 나온 것 같은데…… 대함 미사일 발사관을 가진 신형함들이라 신경을 좀 써야 해. 해안으로 나온 초계함은 1시 방향 35킬로미터하고 11시 방향 47킬로미터에 있어."

"해안 방공레이더나 초계기는?"

"현재 포착되는 방공레이더는 4개야. 저우산 군도의 섬들 정상 네 곳에 있어. 그리고 현재 상공에 떠 있는 초계기는 MIG-33 카피 기체인 J-9 2대야. 북쪽 38킬로미터에서 서쪽으로 선회하고 있어."

"좋아. 그럼 일단 풍백 한 대만 출격시켜서 초계기 대응하고 전투함들 목표 설정부터 하자. 전부 30척이니까 1발씩이면 되겠지?"

"응. 확실치는 않지만 거리가 워낙 가까워서 중국 측 시스템으로는 대응할 시간적 여유가 없을 거야. 1차 공격의 결과를 보고 2차로 발사해도 돼."

"좋아. 그렇게 하자. 그리고 동해함대 사령부에 대지 미사일 1발 추가하고 과해대교인지 뭔지에도 2발만 쏴주는 걸로 끝내자. 그럼 전부 33발이지? 발사대기 시켜."

"알았어. 목표설정 시작."

"자…… 그럼 완료되는 대로 보고하시고…… 일단 EMP부터 시작하자. 돌풍 2기, 도요 4기 발사대기, 목표는 닝보군항. EMP 영향권 안에 함대사령부 포함시켜."

"응. 도요 4기, 돌풍 2기 발사대기."

―목표설정 완료. 대함 미사일 30기, 대지 미사일 3기, 돌풍 2기, 도요 4기 발사대기.

"도요 발사."

―도요 4기 연속발사!

대한은 지체없이 발사명령을 내렸다. 어차피 독하게 마음을 먹고 내려온 마당이니 괜한 잡생각으로 시간을 끌고 싶지는 않았던 것, 치우의 복창과 함께 선체에 미세한 진동을 남긴 도요 4기가 날카로운 포물선을 그리며 일직선으로 남쪽 하늘을 향해 날아갔다.

─도요 해역 상공까지 21초. 돌풍 발사대기.

"발사."

─돌풍 발사!

명령과 복창이 신속하게 이어지고 하얀 섬광을 매단 채 비스듬히 솟구친 돌풍이 부드러운 곡선을 그리며 수면으로 내려앉아 닝보를 향해 순항하기 시작했다.

"시속 500까지 가속."

─가속! 시속 500!

묵직한 가속감이 몸을 짓눌렀다. 짧은 가속감이 사라지자 파스텔 톤으로 미세하게 밝아오는 하늘이 새삼 눈에 들어왔다. 치우의 보고가 빠르게 이어졌다.

─적 레이더가 도요를 추적합니다. 도요 부스터 가동! 목표1, 목표4, 목표5, 목표9의 레이더를 타격합니다!

─돌풍 목표상공 도달 5초 전! 폭발고도로 상승합니다!

"대함 미사일 30기 연속발사 한다. 발사!"

─대함미사일 연속 발사 개시!

투두둥하는 묵직한 진동이 연신 발바닥을 두들겼다.


"무슨 일이냐?"

순간적인 정전, 소파에 깊숙이 기대 있던 후앙진 상장의 거구가 화들짝 튀어 올랐다. 대답한 사람은 아무도 없었지만 굳이 필요도 없었다. 집무실의 대형 유리창 너머로 시뻘건 불기둥이 솟구친 것이었다. 항구 쪽이 분명하다는 판단, 더 생각할 것도 없이 창문부터 열었다. 가장 먼저 눈에 들어온 건 줄줄이 항구로 쏟아지는 새하얀 섬광, 폭발의 굉음은 1km가 넘는 항구까지의 거리를 단숨에 격하고 마구잡이로 고막을 때렸다.

콰콰쾅!

무시무시한 섬광에 반사적으로 자세를 낮췄다. 삽시간에 번진 검붉은 화염과 시커먼 연기가 항구 전체를 온통 뒤덮고 있었다.

"이……이런……."

후앙진이 말을 더듬는 사이, 마지막 점검을 위해 상황실에 내려가 있던 함대참모가 허둥지둥 집무실로 뛰어들었다.

"장군! 미사일 공격입니다! 수백 발이 넘습니다! 수백입니다!"

목소리가 커질 수밖에 없는 상황, 도대체 말이 되질 않았다.

"이게 무슨 소리야!? 수백 발? 장난치나!? 공군 방공망은 어떻게 됐으며 함대 방공망은 또 어떻게 된 거야!?"

"최초에 유안왕이 고속으로 접근하는 미사일 4기를 포착하고 요격을 시도했는데 거꾸로 유안왕이 공격당했습니다. 워낙 가까운 곳에서 발사된데다 부스터식 미사일인지 레이더에 포착되는 즉시 갑자기 가속이 붙어서 어찌 손을 써볼 도리가 없었습니다. 그리고…… 저우산 군도 정상에 배치된 대공 레이더들이 항구 초입에서 고도를 올리는 순항미사일 2기를 포착했지만 요격 미사일이 발사되기 직전에 공중에서 폭발했습니다. 그런데…… 폭발 직후부터 모든 시스템이 죽어버렸습니다."

"도대체 무슨 헛소리야! 전부 뭣들 한 거야!? 그럼 우리 코앞까지 적함이 들어왔다는 거냐!!"

"아무래도 잠수함인 것 같습니다. 미사일이 해안에서 40킬로미터도 채 안 되는 가까운 해상에서 발사됐습니다."

"제기랄! 무슨 헛소리야! 무슨 놈의 북조선 구닥다리 잠수함이 미사일을 발사해! 농담하나!!"

참모는 길길이 뛰는 후앙진의 고함에 일순 움찔했지만 곧 안색을 붉히며 말을 받았다.

"사실이 그렇습니다. 북조선 잠수함이든 아니든 해안 방공레이더를 뚫고 40킬로미터 이내까지 들어올 수 있는 배는 잠수함밖에 없습니다."

"놀고들 있네. 그렇다 치자! 일단 공군에 연락해! 대잠 초계기 띄우라고!!"

"그런데…… 지금 무전, 전화 전부 불통입니다. 하지만 공군도 대공레이더를 통해 상황을 파악했으니 즉시 초계기를 발진시킬 겁니다."

"빌어먹을! 아군 피해상황은?"

"통신이 먹통이어서 당장은 상황파악이 안 됩니다. 직접 가서 확인해야 할 것 같습니다."

"젠장! 알았다! 가자! 가서 직접 보자고!"

되는대로 욕설을 내뱉은 후앙진은 허겁지겁 모자를 챙겨들고 응접실을 뛰쳐나왔다. 생각하기도 싫은 거짓말 같은 상황, 그것도 출항을 불과 몇 시간 앞둔 상황에서 함대가 괴멸에 가까운 타격을 입은 꼴이었다. 계단을 두세 개씩 건너뛰면서 서둘러 현관을 빠져나온 후앙진은 있는대로 악을 쓰면서 주차장으로 발길을 돌렸다.

"차는? 내 차 어디 있나! 운전병!! 운전병!!"

순간, 뿌옇게 동이 터오는 시퍼런 하늘을 일직선으로 가로지르며 내리꽂히는 새하얀 섬광이 시선을 사로잡았다. 자신도 모르게 발걸음을 늦췄다. 생전 처음 보는 섬뜩한 광경, 섬광은 영화에서나 보던 슬로우비디오처럼 날카로운 여운을 망막에 남기면서 사령부 건물 옥상에 틀어박혔다.

# 북진北進

탑승부교에 발을 올린 한인욱 준장은 부관과 함께 연신 감탄사를 토해냈다. 사실 지난밤 열차이동에서 배로 명령이 바뀌었을 때만 해도 기분은 최악이었다. 해병대에서 잔뼈가 굵었음에도 불구하고 장거리 항해에서는 항상 멀미에 시달렸기 때문, 그러나 지금은 부교를 걷는 발걸음이 온통 구름 속인 것 같았다. 최신예 상륙 강습함 백령과 독도가 처음으로 투입되는 대규모 군사작전을 지휘하는 대한민국 선봉부대의 장성이 된 것이었다.

눈앞에는 상륙 강습함 독도와 백령의 거대한 선체가 휘하 병력을 줄줄이 삼키고 있었다. 14,000톤급 강습함 독도가 공격헬기 7대와 전차 6대, 상륙돌격 장갑차 7대, 트럭 10대, 야포 3문, 고속상륙정 2척, 완전군장 해병대 700명을 수용했고, 20,000톤급 신형 강습함 백령은 한 발 더 나가 운사 16대와 전차 15대, 장갑차 15대, 상륙정 3

척, 해병대 1,000명을 태웠다. 지난밤부터 시작된 탑승작업이 이제 겨우 마무리되는 셈이었다.

"정말 중국과의 전쟁을 강행하는 걸까요?"

불안한 목소리, 부관 이상열 소령이었다. 그가 픽 웃으며 말했다.

"짜식아. 해병대 밥 처먹으면서 무슨 걱정이 그렇게 많아. 작전명 자체가 '회복'이다. 당연히 강행이지. 우린 대련상륙이야. 대련에서 북상하면 어디겠니?"

"잉커우나 진저우겠지요?"

"아마 그럴 거다. 우리가 선봉이니까 아무래도 친왕다오까지는 밀고 가겠지. 가장 치열한 전투가 벌어지는 지역이 될 거다."

"휴……."

걱정스런 한숨, 한인욱이 이상열의 등판을 펑 두드렸다.

"집어치워. 인마. 우린 해병대야. 이런 날을 위해 1년 365일 나라가 밥을 먹여주는 거다."

"그거야 알지만……."

"시끄럽다. 제공권은 북한과 미래그룹이 장악했으니 중국 지상군만 신경 쓰면 되는 전쟁이다. 대한민국 최강의 기계화 부대가 중공군 땅개 걱정하는 허접한 짓은 하지 말자."

"죄송합니다. 여단장님."

"됐어. 우린 독립여단으로 최전선에 투입되는 대한민국의 선봉이다. 자부심을 가져라."

"명심하죠. 그런데…… 열차로 투사되는 병력은 어디로 갑니까? 사단규모 이동이 많은 것 같던데요."

"아마 연변을 통해서 장춘으로 올라갈 거다. 어제 군단 사령부에서 슬쩍 주워들은 대로라면 무려 25개 사단이 북상하는 거니까 한참 시끄럽겠지."

"25개 사단이나요?"

이상열의 눈이 휘둥그레지자 한인욱이 입에다 손가락을 대면서 말했다.

"그래. 동부전선 병력 대부분이 이동이고 전 전선에서 수방사를 제외한 기계화 사단은 모조리 동원되는 것 같더라. 오늘 대통령 긴급 기자회견에서 대통령의 직접적인 선전포고가 있을 거라는 설도 파다해. 지금이 08시 50분이니까 10분 후면 시작하겠네. 중국이 핵미사일을 발사했다는 소문도 있어서 정말 어수선하다. 정신 바짝 차리고 입 꾹 다물어."

"명심하겠습니다. 여단장님."

자신 있는 대답, 그러나 이상열은 걱정스런 표정을 지우지 못한 채 배에 오르고 있었다. 이상열의 등을 바라보는 한인욱의 입가에도 쓴 웃음이 배었다. 출항시간은 09시 정각, 만일 그의 예상이 들어맞는다면 얼마 지나지 않아 진짜 지옥에서 총질을 시작하게 될 것이었다. 백령의 주갑판 너머로 이지스 구축함 세종대왕과 KD-2 구축함 최영의 세련된 선체가 1월의 눈부신 아침햇살을 은은하게 반사하고 있었다.


'존경하는 국민 여러분'이라는 상투적인 단어로 입을 뗀 이태식은 북한과 중국 등지에서 발생한 최근의 몇 가지 국제적인 사건들을 거론한 뒤, 곧장 본론으로 들어갔다.

"베이징 주재 한국대사관이 어젯밤 중국군에 의해 공격당했습니다. 중국군은 주중대사 이현웅 이하 우리 대사관 직원 11명을 무참히 사살하고 위조지폐와 마약을 대사관으로 무단반입해서 우리 정부를 모함하려 했습니다. 이는 명백한 국제법 위반이며 대한민국의 주권을 무시하는 파렴치한 행위입니다. 또한, 탐욕스런 중국 군사위원회의 노물들은 선전포고도 없이 서해상의 핵잠수함에서 북한과 대한민국을 향해 핵미사일을 발사하는 어처구니없는 범죄행위를 저질렀습니다."

핵이라는 단어를 입에 올리자 기자회견장은 급격하게 어수선해졌다. 당연한 반응, 이태식은 잠시 분위기가 가라앉기를 기다려 다시 입을 열었다.

"다행히 핵미사일은 발사 직전에 동 해역에서 시험운행 중이던 미래그룹의 신형 전투함에 의해 저지되었으나 근본적인 위험은 사라지지 않았습니다. 이는 인류의 생존에 대한 엄중한 위협이며 대한민국에 대한 용납할 수 없는 도발행위이자 분명한 선전포고입니다. 이에 따라 대한민국 정부는 단기 4345년 1월 12일 09시를 기해 중국과의 전면전을 선포합니다. 향후 일어나는 모든 사태는 중국 군사위원회의 책임이며 우리 정부는 군사, 외교적 역량을 총동원해 중국과 중국군대를 공격할 것입니다. 국내에 거주하는 조선족을 제외한 모든 중국인은 억류할 것이며 중국대사관 역시 폐쇄합니다. 대사관 피격 장면과 암호로 된 중국군 사령부의 핵미사일 발사 명령서는 기자회견이 끝난 뒤 방송을 통해 공개할 것입니다."

다시 어수선해지는 분위기, 외신기자들이 송고를 위해 다급하게 뛰어나가고 있었다. 이태식은 차분하게 말을 이었다.

"존경하는 국민여러분. 대한민국은 이런 만일의 사태를 대비해 장기간에 걸쳐 불철주야 전쟁 억지력을 키워왔으며 전쟁을 피하기 위해 노력했습니다. 그러나 중국은 우리의 의도를 무시한 채 무모한 도발을 해왔습니다. 이에 대한민국의 막강한 60만 강군은 일치단결하여 국토를 지키고 나아가 중국과 군사위원회의 비겁하고 무모한 도발을 철저히 응징할 것입니다. 국민여러분께서는 동요하지 마시고 맡은 바 생업에 충실해주시길 바랍니다. 전황은 매일 오전 합참 홍보실을 통해 매스컴에 공개될 것입니다. 이상입니다. 질문은 홍보실장이 받을 겁니다."

기자들이 벌떼 같이 손을 들었으나 이태식은 깨끗이 무시한 채 단상을 내려왔다. 비서실장이 재빨리 다가섰다.

"합참 상황실로 가시겠습니까? 각하."

"그러지."

이태식은 크게 심호흡을 하면서 어수선한 복도를 빠르게 걸었다. 이제 돌아올 수 없는 강을 건넜다. 중국을 죽이지 않으면 나라는 물론 민족 자체가 세계사에서 사라질지도 모르는 위험한 선택, 승산은 눈에 보였지만 마음은 무거울 수밖에 없었다.

재빨리 따라나선 비서실장이 지난 며칠간 매스컴과 관변단체가 대대적인 분위기몰이에 나선 것에 대해 간단하게 요약, 설명했다. 지시가 내려간 적도 없는데 눈치 빠른 노인네들이 알아서 기는 모양새, 설명이 이어졌으나 귀에 들어오지는 않았다.

주한 중국대사 리친은 회의실 컴퓨터에 떠오른 CCTV 영상을 노려보며 터지는 분노를 필사적으로 억눌렀다.

'제기랄! 이 빌어먹을 영감들이 무슨 짓을 한 거야!!'

본국에서 보내온 사진들을 들고 아침 일찍 외교통상부를 항의 방문했는데 만나려던 외교통상부 장관은 낯짝도 보지 못하고 거꾸로 코너에 몰린 꼴이었다. 한국은 그의 눈앞에서 중국에 선전포고를 해버렸고 상황은 걷잡을 수 없이 악화되고 있었다. 거기다 마주앉아 싱글싱글 웃음을 내비치는 외교통상부 차관이란 작자는 터무니없는 이야기를 늘어놓으며 계속해서 신경을 건드렸다.

"내 기억으로 당신들이 존경해마지 않는 저우언라이라는 전직 국가주석이 '발해사는 조선의 역사'라고 단언한 것으로 알고 있습니다. 두만강과 압록강 서쪽이 역사 이래 중국의 땅이었다는 주장이나 고대부터 조선이 중국의 속국이었다고 이야기하는 것은 역사학자들의 붓끝에서 나온 쇼비니즘(국수주의)의 오류라고 못을 박았던데요? 귀국 정부의 기록을 인용한 것이니 확실한 겁니다. 후후."

상황에 맞지도 않는 외교관 특유의 장황하고 쓸모없는 수사들, 짜증이 솟구쳤다.

"그건 지금 거론할 이야기가 아니 않습니까. 지금은 귀국의 마약과 위조지폐 거래에 대한 이야기를 하고 있습니다."

강경한 어조로 말을 잘랐지만 비웃는 듯한 차관의 미소는 지워지지 않았다.

"지금 이 화면을 보시고도 그런 말씀을 하십니까? 그리고 우리 정부는 이미 귀국에 선전포고를 했어요. 얼토당토않은 조작 사진을 들고 와서 헛소리를 떠들 때가 아닌 것 같습니다만?"

"뭐요? 헛소리? 지금 말 다 했소?"

격앙된 반문, 그러나 차관의 얼굴은 여전히 웃음기를 품고 있었다.

"내가 조금 전에 한 이야기를 분명히 기억해두시오. 곧 의미를 이해하게 될 거요. 아! 아울러 당신은 이 방을 나서는 순간 스파이 혐의로 체포될 겁니다."

"무슨 소리요! 난 중국 대사요! 중국 대사를 감히 스파이로 몰다니! 그게 무슨 망발……!"

욕설을 내뱉으려던 리친은 흠칫 말을 더듬었다. 자국은 무력을 동원해서 상대의 대사관을 공격하고 대사를 죽이기까지 한 마당이니 따지고 보면 언성을 높일 입장이 아니었던 것이었다. 그러나 기죽을 이유는 없었다.

'건방진 것들! 난 중국의 대사야! 하찮은 소국 따위가 날 어떻게 할 수는 없어!'

간신히 두려움을 찍어 누른 리친은 꿀꺽 침을 삼키며 다시 언성을 높였다.

"이번 사태에 대한 책임은 모두 한국정부가 져야 할 것이오! 알아들었소? 정말 어이가 없군. 감히 대국과 전쟁을 하려 하다니 말이야."

"요즘 전쟁은 머리수로 하는 게 아니더군. 우리 합참의장께서는 원한다면 인구를 반으로 줄여주겠다고 하시던데? 후후."

"뭐…… 뭐라고?"

리친이 있는 힘껏 책상을 내려치며 고함을 내지르자 차관이 벌떡 자리에서 일어서며 인터폰을 켰다.

"뙤놈답게 정말 시끄러운 놈이로군. 데려가시오."

"이……이익! 당신!"

한국어를 완벽하게 이해하는 그에게는 치욕스런 단어들, 그가 다시 고함을 치려는 순간, 문이 덜컥 열리면서 무장한 정복군인 2명이 회의실 안으로 들어섰다. 리친은 당황스런 표정으로 군인들의 어깨에 걸린 자동소총을 돌아보았다. 설마 진짜 체포하랴 하고 생각했던 것, 목소리가 떨려나왔다.

"다……당신, 정말……."

손가락질을 하려 했으나 차관이라는 자는 벌써 회의실을 나가고 있었다.


대한은 느린 속도로 남하하는 치우의 함교에서 대통령의 특별담화 실황중계를 확인하고 빙글 의자를 돌려 아영을 향해 돌아앉았다.

"민서 연결해라."

"응. 이야기해."

즉시 유민서와 연결된 핫라인이 열리고 아영의 목소리가 스피커를 통해 흘러나왔다.

―아영이니? 아님 오빠?

"둘 다다. 인석아."

―호호. 다치지 않았죠?

"그래. 멀쩡하다."

―무슨 일 있어요?

"흑풍 건이다."

—진짜 쏘려고?

"농담 같은 거 할 상황이 아니잖아. 목표설정 끝났지?"

—응. 오늘 아침에 아영이가 데이터 넘겨줬어요. 잠깐만 목표 리스트 올리고…… 됐어. 여기 있네. 스촨성 기지 일대 2발, 칭하이성靑海省 더링하의 2개 기지에 3발, 간쑤성 텐수아 인근 2개 기지 2발, 산시성 한청 기지 1발, 푸젠성 우이 기지 1발, 푸젠성 이동식 발사대 기지 1발, 이렇게 10발이에요. 전부 발사대기 중이고. 그런데……. 오빠.

"그런데 뭐?"

—나 무서워.

걱정스런 목소리, 사실상 핵미사일이나 마찬가지인 탄도미사일 10발의 발사명령을 내려야 하는 입장이라면 강단이 있는 사내라고 해도 겁나는 일일 터였다. 하물며 20대 아가씨인 유민서이고 보면 걱정은 당연한 반응이었다. 대한이 차분한 목소리로 말했다.

"민서야. 명령은 내가 하는 거고 책임도 내가 진다. 걱정 마라. 발사카운트다운 시작해."

—지금 발사할 거야?

"그래. 어차피 마음먹었으면 바로 실행해야지. 종말유도는 여기서 한다. 발사장면 영상하고 대기권 재돌입 이후 탄두 카메라에서 잡은 영상은 합참에도 송출해."

—알았어요. 준비할게요. 잠깐만.

유민서가 명령을 내리는 소리가 들리고 발사알람과 함께 미래정밀 뒷산 중턱에 나란히 늘어선 10대의 이동 발사대가 중앙화면에 떠올랐다. 유민서가 경직된 목소리로 말했다.

―준비됐어요. 오빠.

"시작해."

대한은 거침없이 발사명령을 내렸다. 핵을 쏘려한 중국의 의도가 확인된 이상 갈등할 이유 같은 건 없었다.

―흑풍 카운트다운 개시.

―발사 1분 전. 흑풍 10발, 발사 카운트다운 시작.

아영의 가라앉은 목소리에 이어 나직한 기계음이 스피커를 통해 흘러나왔다. 길지 않은 1분이 무척이나 길게 느껴졌다.

―30, 20, 10, 5, 4, 3, 점화. 1! 발사!

치우의 중앙화면이 10개의 은색 섬광을 날카롭게 내뿜었다. 일직선으로 솟구친 10기의 흑풍은 불과 몇 초만에 낮게 내려앉은 먹구름들을 뚫고 시야에서 사라져버렸다. 차가운 기계음이 이어졌다.

―흑풍1, 목표도달 시간 4분 32초, 흑풍10, 목표도달 시간 5분11초, 대기권 이탈합니다.

아마 1호기는 가까운 산시성, 10호기는 가장 먼 청하이성을 목표로 날아가는 것일 터였다. 평생 겪어왔던 시간 중 가장 긴 5분의 시작, 초시계의 숫자가 하나씩 변해가는 것을 노려보며 폭발의 여파를 곱씹었다. 10기 모두 핵미사일 기지를 직접 타격하는 것이니 방사능 유출이 발생할 가능성도 적지 않았고 재수 없게 폭발에 휘말린 민간인의 피해 역시 만만치 않을 터였다. 최선의 선택이었나를 되짚었지만 답은 없었다.

'일단 리스크를 줄였다는 것으로 만족하자. 수습이 우선이다.'

서둘러 상념을 털어냈다. 사실 뒷수습도 쉽지만은 않다. 수소―하프늄 탄두지만 어쨌든 탄도미사일을 쏜 셈이니 당장 미사일협정을 파기한 상황, 미국은 물론이고 러시아도 한쪽 발을 담그려 할 터였다. 전후처리에 있어서도 미, 러 양국의 지지는 분명 필요했다. 결국 북한의 우라늄 광산 이외에도 나눠줄 당근이 더 필요하다는 의미, 염두에 둔 복안은 있지만 성사까지는 꽤나 복잡한 조율이 필요했다.

대한이 머릿속을 정리하는 사이 기계음의 음색이 달라졌다. 치우의 보고.

ㅡ흑풍1, 2 목표상공 도달, 대기권 돌입합니다. 4초 후에 탄두 카메라 신호전송 시작.

"화면 10개로 나눠서 전부 띄워라. 아래 화면에는 각각의 위성영상 올리고."

ㅡ화면분할. 신호전송 시작합니다.

중앙화면 가장 오른쪽에 넓게 퍼진 새털구름대가 보이더니 각기 다른 영상이 횡으로 퍼져나가면서 줄줄이 떠올랐다. 그리고 몇 초, 첫 번째 화면에서 둔탁한 시멘트 구조물이 급격하게 가까워지다가 갑자기 사라져버렸고 바로 위의 위성화면에서는 무시무시한 먼지구름이 광범위하게 퍼져나갔다. 파노라마처럼 횡으로 이어진 윈드쉴드 화면은 불과 몇 초씩 간격을 두고 거대한 연쇄폭발과 섬뜩한 먼지구름을 잇달아 눈앞에 펼쳐냈다. 음향이 없다보니 영화 같은 강렬한 느낌은 전혀 없었지만 인근 몇 십 킬로미터까지 퍼져나가는 먼지구름과 엄청난 규모의 크레이터가 350킬로톤급 전술 수소ㅡ하프늄 탄두가 가진 무시무시한 위력을 실감하게 했다.

대한은 10개의 폭발이 모두 끝나고 반경만 수 킬로미터짜리 크레이터가 흐릿하게 화면에 잡힌 다음에야 심호흡을 하면서 최문식을 호출했다.

"의장님?"

—김 회장인가?

"그렇습니다. 영상 확인하셨습니까?"

—그래. 봤네.

"중국군 제8포병대 핵미사일 기지 7곳을 전부 타격한 겁니다. 즉시 외신기자 회견을 소집하시되 중국군 핵미사일 기지를 '비핵' 미사일로 타격했다고 발표하십시오. 핵탄두를 잔뜩 보유한 기지들이어서 방사능 유출이 있을 수 있는데 흑풍이 핵이라고 우기면 곤란합니다. 선수를 치시는 게 좋을 것 같습니다."

—알아. 대통령께 상의 드려서 이미 성명서는 만들어놨네. 우리 주식시장을 안정시키기 위해서라도 핵전쟁이 아니라는 사실을 강조해야 되니까 말이야.

"부탁합니다."

—부탁은 무슨, 한 배를 탔는데 무조건 같이 가야지.

"이제 제주 해상으로 집결하는 핵잠수함만 잡으면 됩니다. 집결이라고는 하지만 범위가 상당히 넓을 겁니다. 광범위하게 패시브 소노부이를 깔고 탈주를 봉쇄하십시오."

—그럴 걸세. 혹시 모르니 미사일 요격팀은 대기시켜주게.

"네. 오늘 자정부터 미사일 요격기가 6시간 동안 현지상공에 대기할 겁니다."

—좋아. 그럼 마음 편하게 사냥을 준비하지. 그리고…… 내 선물

은 마음에 드나?

"111기계화여단 말씀이십니까?"

─그래. 오늘 밤, 번시에서 미래포스와 합류하되 자네 명령을 따르도록 했네. 만일 명령을 따르지 않으면 현지에서 즉결처분해도 좋아. 명령서는 한인욱 준장이 가지고 있네.

"감사합니다. 꼭 필요는 없었는데요."

─아니. 북한군을 방패막이로 쓴다는 비난을 사서 들을 필요는 없지. 우리 군이 후방만 맡는 건 명분상으로도 좋지 않고 향후 전후처리 과정에서도 나쁜 영향을 미칠 걸세. 대통령과 깊게 상의해서 내린 결론이야. 그리고 통제시스템은 전부 미래그룹 물건으로 교체한 거니까 미래포스와 호환이 가능할 걸세. 잘 활용하고 돌려주게나.

"알겠습니다."

─자네는 또 남행하나?

"예. 나선 길에 타이완해협과 남중국해까지 쓸어내고 전선으로 돌아가겠습니다. 시작했으니 청소는 끝내야지요."

─조심하게. 나 부조금 낼 돈 없어. 후후.

"헛. 이거 너무하시군요. 이참에 대통령께 판공비 좀 올려달라고 하시지요. 후후."

─하하. 그러지. 자네가 세금 좀 많이 내게나.

최문식은 가벼운 농담에도 크게 너털웃음을 터트렸다. 그만큼 긴장했다는 뜻일 터였다. 대한도 마주 웃었다.

"지금도 너무 많이 냈습니다. 더 걷으면 가렴주구가 됩니다. 후후."

─하하. 그럼 난 탐관오리가 되는 건가? 그건 곤란하군. 그럼 그만

내야지. 자…… 농담은 이 정도 하고. 난 기자회견부터 소집해야겠네. 조만간 서울서 한번 보세. 수고해.

"고생하십시오."

대한은 '고생'이라는 단어에 진심을 담아 말했다. 사실 기자들에게 시달리는 건 목숨을 걸고 하는 싸움보다 쉬운 일이 결코 아니었다.

전화를 끊은 그는 곧장 국정원장 박기철의 핫라인 회선을 연결했다. 박기철은 기다렸다는 듯 금방 전화를 받았다.

—박기철이오.

"김대한입니다."

—오랜만이군. 내가 도울 일이라도 있소?

"예. 중요한 일입니다."

—이야기하시오.

"단도직입적으로 말씀드리겠습니다. 국정원 비선을 총동원해서라도 최대한 빨리 헤이든 CIA국장과 프리마코프 SVR국장을 만나주셨으면 합니다."

—미국, 러시아의 정보국장?

"예. 전후처리에 꼭 필요한 사안입니다. 서두르십시오. 빠를수록 좋습니다."

—글쎄. 그런 거물들이 내가 만나잔다고 바로 시간을 내겠소?

"지금은 나타날 겁니다. 상황이 상황이니만큼 얻을 게 상당하니까요. 필요하면 제 이름을 파셔도 좋습니다. 원하면 직접 참석하겠습니다. 일단 장소는 중립지역을 택하시되 제가 넘겨드리는 관련 자료는 기록에 남기지 마시고 기억만 하시고 참석하십시오."

— 대통령 각하께는 보고가 된 사안이요?

"1차 거론한 적은 있습니다. 오늘 중으로 다시 말씀드리지요."

— 좋소. 그렇다면 시도해보지. 자료는 언제 보내겠소?

"10분 후에 원장님 PDA에 띄우겠습니다. 30분 뒤에는 삭제되니 꼭 기억하십시오. 대통령께는 제가 말씀드리겠습니다."

— 알겠소. 또 연락합시다.

"그럼 이만."

전화를 끊은 대한은 흑풍이 만들어 놓은 거대한 크레이터들을 올려다보면서 한동안 내줄 것과 얻을 것을 하나하나 정리해본 뒤 등받이에다 깊숙이 몸을 파묻었다. 쉽지 않은 협상이 되겠지만 닳고 닳은 박기철이라면 충분히 가능해 보였다. 생각을 대충 정리한 그가 키보드를 두드리는 사이 아영이 입을 열었다.

"조금 전부터 한국 위성들이 공격당하고 있어. 아무래도 러시아 상업위성이 해킹당한 것 같아. 해커시스템이 전부 베이징 군사위원회 시짱안가西長安街 별관에 접속된 것으로 보아 중국군이 육성한 해커부대 같아."

"얼씨구? 그것들 전부 돌대가리는 아닌 모양이네? 온라인 공격에 안전한 별도 회선을 확보하고 있었군. 막을 수 있니?"

"응. 물론이야. 최양익 과장 시켜도 처리할 수 있을 거야. 역공격도 가능하고."

"역공이라…… 그거 근본대책은 아니다. 손을 대려면 아예 뿌리를 뽑아버리는 게 좋아. 기분도 꿀꿀한데 이참에 이것들 기 좀 죽이자. 일단 미래정밀에 흑풍 2발만 탄두를 사이즈 축소해서 반경 500미터로 만들라고 지시해줘."

"반경 500미터?"

"그래. 대지미사일 탄두 4개 정도면 충분하지 않을까?"

"충분해. 교체하는데 대략 5시간 걸려. 필요시점은?"

"오늘 저녁쯤 하자. 가능해?"

"민서랑 상의를 해봐야 하지만 탄두재고는 있는 걸로 나와. 가능할 거야."

"좋아. 그 어디냐. 중앙군사위원회 어디라고 했지?"

"건물은 베이징 팔일대루八一大樓 시짱안가西長安街에 있어. 직접 공격하게?"

"저쪽이 먼저 막나가기 시작했으니 찔릴 거 없다. 이참에 전시효과도 좀 만들고 배불뚝이 노인네들 정신 번쩍 나게 해주지 뭐. 아예 중앙군사위원회 건물하고 주석궁 폭삭 가라앉히자. 타격 시점까지는 최 과장에게 막아보라고 해. 그 친구 능력 한 번 보지."

"오케이. 준비시킬게."

다시 키보드에 손을 올린 대한은 돌아앉는 아영의 늘씬한 다리를 슬금슬금 곁눈질하면서 입맛을 다셨다. 하기 싫어도 발등의 불은 꺼야 했다.

'제기랄…… 내 청춘 돌리도!'


지앙텐 상장은 강풍을 정면으로 마주한 채 함교 난간에 기대서서 거친 바다를 내려다보고 있었다. 잔뜩 찌푸린 하늘은 금방이라도 빗방울을 토해낼 것처럼 낮게 가라앉아 있었다.

우르릉!

항모용으로 개조된 J-10 한 대가 굉음을 토해내며 점프대 위를 도약했다. 거리가 좀 있지만 헤드셋을 쓰지 않아서인지 귀청이 찢어질 것처럼 고통스러웠다. 지앙텐은 담배꽁초를 난간 너머로 던지고 재빨리 건물 안으로 들어섰다. 조용히 뒤따라 안으로 들어선 작전참모가 문을 닫자 퉁명스럽게 입을 열었다.

"다른 지시는 없나?"

"아직 없습니다."

"제기랄! 믿어지지가 않는군. 북조선 따위에게 지상군이 밀려나고 쥐뿔도 없는 한국이 감히 선전포고를 하다니 말이야. 항모전대까지 불러올릴 정도라면 우리 해역에 한국해군이 투입됐다는 이야기인데…… 북조선과 전쟁이 터진 지 겨우 사흘이야. 겨우 사흘만에 선양이 적의 손에 넘어가고 타이완해협까지 포기해야 할 정도로 무너졌다? 하! 이거야 원."

"그나마 다행인 건 일본해군이 난사군도에서 물러선다는 겁니다. 웬일인지 모르겠습니다."

참모의 말에 우뚝 걸음을 멈춘 지앙텐은 잠시 참모의 얼굴을 돌아보았다. 무려 17년 동안 생사를 같이한 가족 같은 자였다. 다시 담배하나에 불을 붙인 다음 한 모금 깊이 빨아들인 뒤 느릿하게 통제실 쪽으로 걸음을 옮겼다.

"후…… 자네는 알고 있어야겠지."

"네?"

"약삭빠른 일본인들이 얻는 것도 없이 그냥 물러설 것 같은가?

아니야. 나도 확실히는 모르지만 양국 수뇌부 간의 긴급한 협의가 있었다고 들었어. 그러니까 저것들이 난사군도에서 물러서는 걸세."

"내용은 모르십니까?"

"글쎄. 최소한 난사군도에 관련된 것은 아니라고 들었다. 지금은 그게 문제가 아니야. 반쯤 장님이 된 채로 전투에 들어가야 하니 그게 걱정이다."

"위성에는 문제가 생겼지만 우리에겐 KJ2000이 있습니다. 전대가 머무는 해역은 충분히 커버합니다. 너무 걱정 마십시오."

"1대뿐이라 체공시간이 문제야. 최소한 하루 2~3시간은 장님이다. 초계기로 커버한다고 해도 탐색범위가 좁아서 어려워. 일단 우리 해안을 떠나는 시점에 맞춰서 경보기 출격시간을 조종하도록 해."

"알겠습니다. 제독."

참모의 대답을 뒤로 하고 통제실로 들어섰다. 그가 들어서기가 무섭게 모니터들 틈에서 통제요원 하나가 벌떡 일어나며 소리쳤다.

"제독! 본토에 문제가 생겼습니다!"

"뭐? 무슨 문제?"

"중앙화면을 봐주십시오."

요원은 재빨리 키보드를 몇 번 두드렸고 화면에는 생소한 군복을 입은 50대 군인의 얼굴이 떠올랐다.

"한국 합동참모본부의 기자회견 자료입니다. 한국 놈들이 우리 핵미사일 기지들을 공격했다는 발표입니다."

"뭐라고?"

지앙텐은 자신의 귀를 의심했다. 핵기지가 공격당했다는 건 핵공격을 받았다는 의미, 그런데 한국에는 탄도미사일이 없었다. 도대체 말이 되질 않는 상황이었다.

"그게 무슨 헛소리야?"

"화상까지 공개했습니다. 확실합니다. 우리 핵잠수함이 먼저 핵공격을 시도했으며 이에 대한 응징조치로 7군데 핵기지를 비핵 미사일로 공격했다는 식의 이야기입니다. 지금 서방 위성신호 전체가 거의 다 같은 화면을 송출하고 있습니다."

"이……이게……."

말까지 더듬으며 한참을 입구에 멈춰서 있던 지앙텐은 참모가 부르는 소리에 퍼뜩 정신을 차렸다.

"제독. 상황파악이 우선입니다."

"그래. 그렇지. 당장 베이징을 연결해라. 확인해야겠다."

"위성전화는 지금 러시아 측 민간위성을 이용해야 합니다. 보안에 문제가 생길 수도 있습니다. 장파무선을 이용하시는 것이……."

"지금 보안이 문제야!! 당장 연결해!!"

지앙텐은 버럭 고함을 질렀다. 보안은 둘째 문제, 화들짝 놀란 참모가 재빨리 위성전화 연결을 명령했다. 전화는 꽤나 지루한 시간이 흐른 뒤에서야 겨우 연결됐다.

"총참모부 상황실 연결됐습니다."

—부위원장이다. 지앙 상장인가?

"그렇습니다. 부위원장."

—자네도 본 게로군.

"사실입니까?"

─우리도 확인이 안 돼. 하지만 기지와 연락이 안 되는 건 사실이야.

"한국에 핵탄두를 탑재한 탄도미사일이 있었습니까? 만일 사실이라면 이건 우리 정보망에 심각한 구멍이 뚫렸다는 이야기입니다."

─알아. 나도 의문일세. 놈들은 핵탄두가 아닌 미사일이라고 했지만 폭발현장 화면은 핵이 아니고서는 만들어질 수 없는 엄청난 구덩이가 패여 있고 기지와의 연락은 두절이야. 당장 주석을 뵈러 들어가야 하는데 상황파악이 어려워서 난감한 형편일세.

"골치 아프군요."

─일단 사실이라는 전제로 움직여야 하네. 자네는 즉시 자네 전대와 남해함대의 핵탄두를 전부 활성화하도록 하고 사거리가 나오는 즉시 북조선과 한국을 공격하도록 하게. 발사암호는 장파신호로 즉시 전송하겠네.

"알겠습니다. 부위원장. 함대가 현재 타이완해협을 통과 중이니 남한은 곧 순항미사일 사거리 안에 들어옵니다."

─닝보 근해에서 남해함대와 합류하되 자네가 통합 지휘하도록. 기본적인 작전명령은 변동 없네. 합류하는 즉시 제주 남쪽 해역을 완전히 장악하고 일단 해상 수송로 봉쇄가 끝나면 해안을 폭격하면서 북상, 대련을 수복하게.

"동해함대는 어디 있습니까?"

─연락두절이야. 선양도 마찬가지고. 아무래도 오늘 새벽에 닝보가 공격당한 것으로 보이네. 베이징으로 이어지는 도로들도 피난민

때문에 완전히 난장판이야. 일이 급하니 최대한 서두르게.

"제기랄! 이게 무슨! 일단 알겠습니다. 다시 연락드리죠."

─ 남한해군이 참전한 이상 먼 바다도 안전하지 않아. 조심하게.

"알겠습니다."

전화를 끊은 지양텐은 한동안 멍하니 화면의 영상들을 노려보았다. 말 그대로 어이없는 상황, 그러나 위기는 곧 기회였다. 대 중화민국이 한국과 북조선 따위에게 무너지지는 않을 것이다. 어쩌면 중앙으로 진출할 절호의 기회가 될 수도 있다. 거기다 멍청한 사총부 놈들의 높은 콧대가 완전히 부러져버렸으니 이 길로 대련이나 칭다오에 함대를 주둔시키면서 중앙을 휘어잡을 수도 있을 터였다. 잠시 후, 표정을 바꾼 그가 느닷없이 고함을 질렀다.

"무장실! 함대 보유 전술핵탄두가 얼마나 되지?"

"항모 바랴크에 50킬로톤 8발, 구축함 스좌쭹에 100킬로톤 4발입니다."

"좋아! 오늘밤 자정까지 모든 전술핵탄두를 활성화하고 함재기에 탑재해라! 스좌쭹도 탄두 활성화하고 대기시킨다! 1급 경계경보 발령! 함대 최대한 넓게 전개한다! 20노트까지 가속! 이대로 닝보까지 가겠다!"

거침없는 명령, 남해함대까지 휘하에 넣고 나면 정말 무서울 것이 없었다.


"정말 이래도 되는 거요?"

사이토 해장海長은 거칠게 차오르는 동해의 너울을 노려보며 나란히 선 쥐상의 사내에게 반문했다. 아시아 최강을 자랑하는 공고급 이지스 구축함 하루나와 시라네, 하타카제 3척에다 호위함 6척까지 끌고 나왔지만 걱정스럽기는 마찬가지, 전쟁은 그런 것이었다. 사내가 히죽 웃으며 말을 받았다.

"우린 전쟁을 원하지 않아요. 한국 놈 몇 죽고 대포 소리 조금 터지면 그만입니다."

쥐상의 사내는 내각정보실 동아시아 국장 쿠도였다. 새 정부가 들어서면서 내각정보실의 실세로 떠오른 자, 쿠도가 원하는 건 간단했다. 다케시마에서 경찰관 몇 명 사살하고 근해에서 시추하고 있는 한국 시추선을 나포하는 것, 한국해군이 덤벼주면 더 좋겠지만 당장 중국과의 전쟁에 정신이 팔린 한국해군이 다케시마에 눈을 돌릴 여력은 없을 터였다. 선박만 간단히 나포해서 오키의 군항으로 끌고 가버리면 그만이었다. 이후의 문제는 정치인들이 알아서 할 일, 해자대의 임무는 거기까지였다. 그러나 이용당한다는 느낌만은 지울 수 없었다. 사이토가 퉁명스럽게 말했다.

"굳이 해자대를 동원해야만 했소? 해자대 말고도 다케시마 문제를 국제사법재판소로 끌어갈 방법은 부지기수로 많아요."

"압니다. 하지만 이제 시간이 없습니다. 언젠가부터 한국은 우리 측의 신경전에 무관심으로 일관했고 이젠 미국도 나 몰라라 한 발 물러선 상태입니다. 우린 사실상 추진력을 잃었어요. 물론 손찌검의 수위가 다소 높다는 건 나도 인정합니다. 하지만 이것이 일본의 선량한 우익을 자처하는 애국자들의 마지막 선택입니다. 중국과 남북한의 전쟁은 하루 이틀에 끝나지 않을 것이고 향후 전후처리에 있어서도 한국은 일본의 힘이 꼭 필요합니다. 이런 마당에 일본을 적대시하는 건 자살행위가 되겠죠. 한국정부는 어쩔 수없이 사법재판소에서 얼굴을 맞대야 할 겁니다."

"그렇지만 뉴스에서 보았듯이 저들은 오늘 중국의 미사일 기지들을 단번에 초토화했어요. 비핵무기라고 했지만 화면상으로 보면 핵일 가능성이 훨씬 더 높습니다."

"인정하죠."

"그렇다면 상대는 핵보유국입니다. 다케시마에 대한 한국인의 정서상 힘으로 부딪혀올 가능성도 배제할 수 없다는 뜻입니다."

"물론이죠. 그러나 일본이 만만한 나라는 아닙니다. 우리가 핵을 보유하지 않았다는 섣부른 판단은 하지 마십시오."

사이토가 뜨악한 표정을 짓자 쿠도가 다시 웃었다.

"또한, 한국이 힘으로 우리와 부딪히려고 하면 미국의 반발이 나옵니다. 우리가 질 리도 없지만 미군이 양국에 주둔하고 있는 한, 일한 양국간의 전쟁은 쉽지 않아요."

"그건 일본의 입장도 마찬가지 아닙니까? 미국정부가 동맹국간의 총질을 달갑게 생각할 이유가 없지 않소."

"후후. 그럼 이렇게 생각해보세요. 간단한 숫자놀음입니다. 최근 한국이 신기술 분야에서 성큼 앞으로 나섰지만 경제력은 아직 비교도 되지 않습니다. 미국에게 한국과 일본 중 택일하라면 미국의 반응이 어떻겠습니까?"

"그거야 당연히 일본이겠지."

"그렇습니다. 미국에게 우선순위는 당연히 일본입니다."

"이보시오. 그건 정치논리 아닙니까? 우선순위와 명분은 분명히 달라요. 명분을 잃으면 모든 걸 잃습니다."

논리적인 답변, 그러나 쿠도는 안타깝다는 듯 혀를 찼다.

"쯧쯧. 정치는 정치인들에게 맡기세요. 새로운 일본의 수상은 과거처럼 나약하지 않습니다. 당신은 군인이고 군인은 명령에 따르면 그만입니다."

"끄응……."

사이토는 끓는 듯한 신음을 흘렸다. 40대 초반의 새파란 정보국장이 감히 해자대 해장의 면전에다 대고 한심하다는 멘트를 날린 셈이었다. 사이토는 바람소리가 나도록 돌아서면서 사나운 말투로 기함 하타카제의 함장을 불렀다.

"나카타 함장. 해역의 선박은?"

"목표까지의 거리 121킬로미터, 한국해경 선박은 목표해역에 없습니다."

"좋아. 신속하게 들어갔다 나온다. 함대 전속전진."

**종횡무진** 縱橫無盡

　미국과 러시아 정부의 반응은 즉각적이고 강렬했다. 특히 러시아의 반응은 극단적인 우려였다. 최근 남북한과 상당기간 밀월관계를 유지하긴 했지만 냉전시절 전통의 동맹 중국의 몰락은 러시아에겐 신경 쓰이는 일이 아닐 수 없었던 것. 그러나 아직은 사실유무 확인에 촉각을 곤두세운 채 중국의 반응을 기다리는 선의 유보적인 자세였다.

　이미 전쟁을 예상하고 있던 미국의 반응은 우려라기보다는 당혹감에 가까웠다. 초전부터 강수가 잇달아 터지면서 기대했던 2달 이상의 장기전은 물 건너간 모양새였기 때문이었다. 물론 기존 장비의 보충부품이나 소모품 재고 확보를 위한 한국군의 추가도입이 없었던 것은 아니지만 예상했던 장기적인 재래식 전쟁과 비교하면 얻을 것이 턱없이 적은 셈이었다. 그 때문인지 당초 우려했던 미사일협정 위반에 대해서는 일언반구 말이 없었고 한국이 핵을 보유한 것이냐 아니냐에 모든 이목이 집중되어 있었다.

매스컴은 물론이고 각국 정보요원들이 미래정밀과 미래시티 인근에 수도 없이 몰려든 건 당연한 일이었다.

─수방사에서 회사별로 대대병력 이상을 지원해줬는데도 출퇴근을 원하는 직원들의 출입이 어려울 정도일세. 그래도 생산에는 큰 문제가 없네.

유태현의 말, 대한이 다시 말했다.

"알아서 하시겠지만 보안에 최대한 신경을 써주십시오. 아마 한국에 들어와 있는 스파이란 스파이는 모조리 동원될 겁니다."

─알아. 군에서도 상당히 신경을 써주고 있으니 너무 염려 말게.

"주식시장은 어떻습니까?"

─선전포고 직후 약 1시간 동안 400포인트 가까이 폭락했는데 핵기지 공격 발표 이후에는 양극화 분위기로 바뀌었네. 전체적으로 보면 강보합인데…… 중국관련 주식이 워낙 바닥을 기고 있어서 분위기 반전이 쉽지 않을 게야. 일단은 전쟁의 불확실성과 승전 기대감이 복잡하게 엉켜버린 상황일세. 뭐 미래그룹 관련 주식은 상한가에서 요지부동이야. 확전으로 인한 매출증대 기대감이 주가를 밀어 올리고 있네.

"당장은 큰 문제가 없는 셈이군요."

─그런 셈이지. 전쟁에 대해서는 이미 어느 정도 주가에 반영이 되어 있어서 시장의 더 큰 상승이나 하락은 없다고 봐야 할 걸세. 이젠 전황에 따라 움직이지 싶어.

"알겠습니다."

─그리고…… 회사는 아직 24시간 풀가동인데 앞으로 나흘 후면 라인을 조정해야 할 것 같네. 개전 이전에 최대한 재고를 확보해서 아직은 괜찮지만 나흘이면 1차 가공품 재고에서부터 문제가 생길 거야.

"대략은 알고 있습니다. 어쨌든 재고를 소진할 때까지는 현재 상태를 유지해주십시오. 곧 해상수송로를 다시 이용할 수 있을 테니까 1차 가공품 수급문제는 해소가 될 겁니다."

─그래야지. 그나저나 민서가 자나 깨나 자네 걱정이야. 조심하게나. 과부는 만들지 말라고. 허허허.

"후후. 과부는 절대 안 될 거라고 전해주십시오. 그보다 어르신 건강에 신경 쓰십시오. 지금은 어르신께서 나라의 기둥이십니다. 지금 앓아눕기라도 하시면 정말 곤란합니다. 경호에 만전을 기하는 것도 잊지 마시고요."

─기둥까지는 아니지만 아픈 건 나도 싫어. 후후. 잘 챙기도록 하지. 가봐야겠어. 미래금융 확대간부회의를 소집해놨네.

"예. 다녀오십죠. 다시 연락드리죠. 그럼."

재빨리 전화를 끊은 대한은 중앙화면에 올라와 있는 타이완해협과 원저우, 푸저우 일대의 지도를 다시 한 번 확인했다. 푸저우의 해안 방공포대와 방공망은 비교적 멀쩡한 상태, 작전에 특별한 방해를 받지는 않겠지만 가능하면 해안에서 멀리 떨어져서 전투를 치를 생각이었다.

하이난 항모전대와 남해함대는 푸저우 남서쪽 50km 해상에서 넓게 산개한 채 꾸준히 북서진하고 있었다. 유사시 지원이 가능하도록 함대간 거리는 대략 10km 남짓을 유지했고 조기경보기와 초계기를 착실히 띄워 대공경계를 강화한 적극적인 전투대형이었다. 항모 바랴크를 비롯해 무려 50여 척의 대형 전투함이 일직선으로 해협을 가로지르는 위성사진은 드넓은 타이완해협을 검은 점과 하얀 선으로 꽉 채운 것 같은 부담스런 느낌으로 다가왔다. 의자 뒤로 다가선 아영이 부드럽게 어깨에 손을 얹으며 말했다.

"그렇게 보니까 좀 신경 쓰여?"

중국 함대의 규모에 비해 이쪽은 달랑 치우와 멀리서 뒤따르는 유령이 전부여서 조금은 신경이 쓰이는 모양새였다. 대한이 마주 웃었다.

"글쎄. 신경 쓰인다기보다는 저 안에 탄 사람들의 숫자가 부담스럽다. 최소한 일만 명은 될 거 같아서 말이야."

"어쩔 수 없잖아. 저 사람들을 그냥 놔두면 더 많은 사람들이 죽을 거야."

"그거야 그렇지. 그래서 내가 여기 있는 거고."

"응? 잠깐만."

갑자기 고개를 갸웃한 아영은 재빨리 컨트롤패널로 다가가 몇 가지를 조작하고는 잠시 무언가에 집중했다.

"왜? 무슨 일 있니?"

"우리 동해함대 사령부에서 해군본부로 긴급 보고가 올라갔어."

"긴급보고?"

"응. 일본 함대가 독도해상으로 들어왔는데…… 한영 시추선이 SOS를 보냈고 독도 접안시설과 서도 정상의 레이더기지가 공격당했대."

"뭐라고!?"

대한은 벌떡 자리에서 일어났다. 최문식에게 주의를 당부하고 기억 속에서 지워버렸던 일, 사망한 잽콘 보스 마사하루과 국방장관 니시의 대화가 뒤늦게 뇌리를 스친 것이었다. 시추선에서 구조신호가 왔고 서도 정상의 레이더기지가 공격당했다면 일은 이미 터진 상황, 제대로 뒤통수를 맞은 셈이었다.

"개자식들. 시점 한 번 절묘하네. 신경 쓸 여력이 없을 때 치고 빠진다 이거냐?"

허탈하게 중얼거린 그가 자리에 도로 털썩 주저앉자 아영이 말을 이었다.

"정말 은밀하게 움직였어. 일본 국방성의 명령서는 스루가 해상에서의 간단한 기동훈련이었는데…… 스루가 해상에 집결해서 해안을 따라 북상하다가 방향을 바꿨어. 무선보안에도 상당히 신경을 썼는지 지금도 잡히는 것이 별로 없어."

"젠장! 기동훈련이라…… 역시 일본 우익의 소행이겠지?"

"아마 그럴 거야. 어떻게 할래?"

"독도 쪽 볼 수 있는 군사위성 있니?"

"지금은 없어. 미국은 물론이고 일본 상업위성도 30분 후에나 확인이 가능해."

"시간도 절묘하게 잡았네. 과연 쪽발이답군. 그럼 가장 최근에 찍은 독도 인근 위성사진 띄워볼래?"

"응."

대한은 미간을 잔뜩 좁힌 채 막 중앙화면에 떠오르는 위성사진을 확인했다. 한영의 하이드레이트 시추선은 독도 남쪽 8km쯤에서 시추공을 내리고 있다. 일본인들의 목표는 사실 뻔했다. 남은 건 방법과 수위, 독도를 공격했지만 상륙까지 하는 초강수를 두지는 않을 것이다. 그렇다면 시추선이 문제다. 나포일까? 아니면 격침? 나포가 더 현실적이다. 그런데 시추선을 나포하면 이동시간이 오래 걸린다. 시추선의 속도가 잘해야 5노트에 불과하니 지금 바로 출발하면 치우로도 공해상에서 따라잡을 수 있을 터였다. 그러나 그 다음이 문제였다. 이미 나포가 된 상황이라면 수십 척의 전투함들 틈에서 시추선을 곱게 빼올 방법이 없다. 시추선이 일본의 손에 넘어간다면 시추선에 채용된 신기술들도 문제, 하루 이틀에 베끼지는 못하겠지만 일본이라면 몇 달 안에 비슷한 물건을 내놓을 것이었다. 모든 신기술이 다 그렇듯 아이디어가 문제이지 모방하는 건 그리 어렵지 않았다. 이래저래 신경이 쓰였다. 그가 물었다.

"우리 위성은?"

"우리 위성은 전부 서해상과 선양전선에 집중되어 있어. 잠깐 빼내면 되겠지만 자칫 우리 군 작전에 혼란을 줄 수도 있어."

"쩝…… 그렇겠지. 다른 보고는 없니?"

"아직이야. 위성 돌아오는 대로 상황을 확인할게."

"알았다. 당장은 그 수밖에 없지. 합참의장님 연결해봐. 그쪽이 빠르겠다."

아영은 고개만 까딱하고 스피커폰을 열었다. 최문식의 목소리는 금방 흘러나왔다.

─김 회장인가?

"네. 의장님. 독도 상황은 어떻습니까?"

─어렵게 됐네. 이틀 전에 독도해상에 배치했던 잠수함과 구축함들을 제주해상으로 빼냈거든. 해군에 여력이 없었어.

"상황이 상황이니만큼 어쩔 수 없죠."

"솔직히 일본이 이렇게 노골적으로 손을 대리라고는 전혀 예상치 못했네. 알다시피 지금 거기서 또 분쟁을 만들 수는 없어. 어차피 해경초계함 정도로는 일본 함대를 감당할 수 없기도 하지만 일본의 의도대로 따라가는 건 사절일세.

"총질은 어차피 시작된 거 아닌가요? 일본이 원하는 건 분쟁이고 말입니다."

─물론 그거야 그렇지. 하지만 중국이라는 대적을 앞에 두고 등 뒤에다 또 적을 만들 수는 없네. 저놈들도 그걸 노렸을 거고.

"빌어먹을! 그래서, 그냥 손 놓고 당해야 하는 겁니까?"

─그건 아닐세. 한영 시추선에는 해군 무장병력 2개 분대를 배치해 놓아서 놈들도 쉽게 나포하기는 어려울 거야. 7만 톤짜리 대형선이라 교전 없이 승선하기도 어렵고 무작정 끌고 가기도 힘들어. 최악의 경우엔 자침自沈하라고 명령했으니 준비되어 있을 걸세.

"정말 짜증스럽군요."

─보고 받는 즉시 현지 해상으로 F-15 4기와 풍백 4기를 함께 출격시켰어. 놈들도 무리하지는 못할 걸세. 진짜 전쟁을 원하는 건 아닐 테니까 말이야.

"어쨌거나 제대로 뒤통수를 맞은 꼴이군요."

─그런 셈이야. 하지만 이 정도 선으로 봉합하고 중국문제부터 해결해야 하네. 독도는 그 다음이야.

"이해는 합니다만……."

─알아. 난 대한민국 합참의장일세. 당연히 불쾌하고 짜증스럽지. 그러나 전후처리를 생각하면 지금은 시추선이 나포되지 않는 것 정도로 만족해야 해.

"현재 상황은 어떻습니까?"

─지금은 위성통신도 차단됐네. 아마 ECM 재밍을 시작했겠지. 어차피 당장은 어쩔 수 없네. 그냥 지켜보는 수밖에. 우리 전투기 8대면 저들에게도 상당한 압박이 되니 어쩌면 최악의 상황은 면할 수 있을지도 몰라.

"후……."

대한은 크게 심호흡을 하면서 흥분을 가라앉혔다. 여기 전투를 치르려면 최소한 몇 시간은 필요했다. 하지만 독도까지 날아갔다 오기엔 시간이 촉박하다. 만에 하나 그 사이에 중국군이 본토에다 미사일을 쏘기라도 한다면 일이 턱없이 커지기 때문, 남은 방법은 서두르는 것뿐이었다. 그가 갈등하는 사이 아영이 말했다.

"오빠. 남해함대와의 거리가 60킬로미터 이내로 줄어들었어."

중앙화면은 어느새 중국함대가 진행하는 해역의 영상으로 변해 있었다. 더 고민할 시간은 없었다. 그가 입술을 잘근잘근 씹으며 말을 씹어 뱉었다.

"일단 여기부터 해결해야겠습니다. 의장님. 전투기들을 최대한 투사해서 적함에 위협을 가하는 쪽으로 해주십시오. 다시 연락하겠습니다."

─ 알겠네. 조심하게.

전화를 끊은 대한은 신경질적으로 팔걸이를 두드리며 자리에서 일어났다.

"제기랄…… 흑풍 2기 대기시키고 유령도 전투준비 시켜라."

엄청난 인명피해 때문에 주저했던 흑풍의 대기명령, 중국군에게는 엉뚱한 불똥이겠지만 지금은 어딘가 화풀이 대상이 꼭 필요했다.

몇 초 지나지 않아 치우의 보고가 흘러나왔다.

─ 흑풍 2기 발사대기. 흑풍1호기는 항모 바랴크, 2호기는 산개한 남해함대 기함 구축함 우한으로 합니다. 해상의 목표 54, 공중 목표 7개 확인. 조기경보기 1, 초계기 6.

특별한 변동은 없는 상황, 대한이 보안회선을 개방하며 말했다.

"최정용 대령!"

─ 네. 회장님.

"귀관의 첫 전투다. 귀관과 대원들의 조함 능력을 보여라."

─ 네! 회장님!

"3분 후에 탄도미사일 2발이 적 함대 상공 200미터에서 폭발할 것이다. 귀함은 남해함대에 살아남은 선박들을 처리해라. 항모전대와 해역의 적기는 치우가 맡는다. 극히 일부는 전투력을 유지하겠지만 대부분은 자기폭풍에 기동력을 잃고 표류할 것이다. 기동력을 유지한 것들을 우선 요격하고 이후 표류하는 것들을 격침시킨다. 잠수함들은 상대적으로 생존 확률이 높다. 꽹이갈매기도 발사대기 시키도록. 이상!"

─알겠습니다! 교전대기합니다. 이상!

대한은 교신을 끝내자마자 아영을 돌아보며 명령을 이어갔다.

"아영아. 풍백 1, 3호기 출격대기. 이함 뒤에는 자기폭풍의 영향을 받지 않는 지역에서 대기시켜."

"응."

"흑풍 카운트다운 시작!"

─흑풍 1, 2호기 발사 카운트다운 합니다. 10, 9, 8…… 1호기 점화…… 2호기 점화…… 3, 2, 1. 1호기 발사!

퉁!

─2호기 발사!

투둥!

연달아 선체를 두드리는 묵직한 진동, 만만치 않은 중량의 흑풍 2기가 선체를 떠나면서 적지 않은 여운을 남겼다. 움찔 가라앉는 느낌, 그러나 선체는 금방 중심을 잡았다.

"좋아. 풍백 출격. 치우는 남서쪽으로 이탈한다. 시속 900까지 가속."

아영은 고개만 까딱해 보이고 컨트롤패널을 향해 돌아앉았다.


최정용은 통제실 벽에 설치된 대형 모니터에 시선을 집중했다. 막 레이더에서 사라진 탄도미사일 2기는 마치 아무것도 없는 공해상에서 잠수함이 발사한 것처럼 불쑥 나타났다가 유령의 대공방어 시스템이 가동되기도 전에 사라져버렸다. 적 함대와의 거리는 190km, 아직은 유령을 찾아내지 못했지만 곧 이쪽의 위치를 감지할 터였다.

그가 함내 방송을 개방하고 말했다.

"전 대원 전투준비! 별명이 있을 때까지 레이더는 작동하지 않는다. 송골매는 즉시 이함離艦해서 상공에 대기하라. 바다갈매기 4기 발사대기, 대함미사일 발사관 16기, 전수 발사대기! 목표는 3분 후 통보한다!"

"전투준비!"

나직한 복창과 알람이 선내에 울려 퍼지면서 대원들의 얼굴은 팽팽한 긴장감으로 물들어가기 시작했다. 지난 몇 달, 거의 하루도 쉬지 않고 강도 높은 시뮬레이션 훈련을 실시해왔지만 진짜 배가 가라앉고 사람이 죽는 실전은 처음, 당연히 경직될 수밖에 없었다.

― 송골매1 이함합니다.

― 송골매2 이함합니다.

대잠헬기들의 이함 보고가 연달아 이어지는 순간, 모니터에 미사일 신호 2개가 다시 나타났다. 미간으로 피가 온통 몰리는 것 같은 저릿한 느낌, 신호는 몇 번 껌뻑이지도 않고 눈 깜짝할 사이에 사라져버렸다. 당연히 폭발일 터였다. 순간적으로 모든 신호가 한꺼번에 사라져버렸다. 조금 전까지 수십 척이 머물던 해역인데도 아무런 신호도 잡히지 않았다. 분명 광범위한 자기폭풍 때문일 터, 불과 몇 초밖에 안 되는 짧은 시간이지만 불안감은 하늘을 찔렀다.

몇 초 시간이 흐르고 심장이 쿵쾅거리는 소리가 고막을 찢을 것 같다는 생각을 떠올리는 순간, 적함들의 신호가 다시 잡히기 시작했다. 치우의 탐사선이 보내주는 신호, 유령의 레이더였다면 자기폭풍이 겁나서 작동도 생각하기 힘든 시점에 신호가 들어온 것이었다. 그가 크게 심호흡을 하며 소리쳤다.

"레이더 작동! 통제실! 목표 확인하라!"

짧은 침묵, 레이더 통제장교의 목소리가 침묵을 깼다.

"남해함대 6척 생존! 목표 1부터 6까지로 지정합니다!"

"미사일 발사대 1부터 6까지 목표설정!"

—설정완료! 발사대기!

"1호기부터 연속 발사한다! 발사!"

—발사!

묵직한 마찰음이 연속해서 선체를 뒤흔들었다.

"무장실! 파동포 가동! 대공수직 발사관 개방! 소나실! 예인소나 투하!"

—파동포 가동!

—예인소나 투하!

"조타실! 반속전진!"

—반속전진!

"괭이갈매기 2기 발사대기! 목표설정은 비행 중에 한다!"

—발사준비 완료!

"발사!"

명령과 복창이 줄줄이 이어지고 선체의 격한 가속감이 느껴졌다. 중앙모니터에서 뚜렷하게 점멸하는 살아남은 적함과 아군 대함미사일의 궤적이 빠르게 가까워졌다.


불같은 분노가 전신을 휘감았다. 리룽 소교는 정말 요행히 첫 번째

미사일 러시를 피해갈 수 있었다. 미사일이 아군 초계기 편대끼리 교차하는 순간 날아든 덕분에 다른 아군기가 방패가 된 모양새였다. 리룽은 코앞에서 폭발하는 아군기를 지켜보면서 필사적으로 기수를 틀었다. 적기가 몇 대인지도 모르지만 살아남으려면 지원이 필요하다는 것만은 분명했다. 레이더에는 아무것도 보이지 않는데 미사일 알람은 계속해서 헬멧 안을 뒤흔들었고 급격한 기동 때문에 시야는 지독하게 흐릿했다. 5대의 아군 초계기와 조기경보기는 이미 사라져버리고 없었다.

'사기꾼 놈들! 무슨 놈의 G수트가 이 따위로……'

미국인들의 G수트보다도 한 수 위의 성능을 자랑한다고 떠들어댄 후근부 놈들을 향해 무작정 욕설을 퍼부었다. 새로 지급된 최신형 G수트를 입었지만 겨우 4G가 조금 넘는 기동에 정신을 잃을 판이었다. 이대로 정신을 놓을지도 모른다는 생각을 하면서 죽기 살기로 원심력을 버텼다. 길고 지루한 선회, 선회가 끝나자 어렵게 수평을 잡은 기체는 남동쪽으로 방향을 잡았다. 미사일 알람도 사라졌다. 잘하면 살수 있겠다는 막연한 기대를 하면서 캐노피 너머로 시선을 던졌다.

"으헉! 이게 무슨……"

느닷없는 비명, 눈을 의심해야만 하는 장면이었다. 캐노피 너머는 온통 희뿌연 수증기였다. 분명 영화에서 보던 핵폭발의 버섯구름. 얼핏 보기에도 아군 함대가 머물던 해역에서 솟아오른 것이었다. 거리상 20km 이상 떨어진 곳이지만 하늘을 뒤덮은 버섯구름은 선명하게 눈에 들어왔다.

"통제실! 응답하라! 통제실! 통제실!"

통신망에다 기를 쓰고 악을 써댔지만 응답은 없었다.

"제기랄!"

전투기를 조종한 지 무려 10년, 언제나 꿈꿔왔던 창공의 공중전은 이런 식의 부당한 싸움이 아니었다. 상대의 위치를 파악하고 전투기와 전투기, 과학과 과학이 부딪히는 공정한 정면승부여야 했다. 그런데 지금은 적기가 어디 있는지도 모른 채 그저 꼬리를 말고 달아나기에 급급해야 했다. 이런 싸움은 분명 남자들의 싸움이 아니었다. 더구나 놈들은 인류의 생존을 위협하는 핵을 마구잡이로 쏴대고 있었다.

"이건 계집년들의 싸움이야! 나오란 말이다! 이 개자식들아!"

마구잡이로 욕설을 내뱉는 순간 다시 미사일 알람이 들려왔다. 반사적으로 조종간을 당겼다. 미사일과의 거리는 벌써 500m, 그러나 접근 방향조차 알 수 없었다. 무작정 선회하면서 최대한 가속했다. 어떻게든 살아남아서 4총부의 허풍꾼들을 모조리 쏴 죽일 생각, 알람 소리는 계속 커지고 급박해졌다. 거리 150m, 조종간을 끝까지 밀어냈다. 엄청난 원심력이 온몸을 들어올렸다. 절묘하게 피했다는 탄성이 입 밖으로 새어나오는 순간, 날카로운 충격이 기체를 뒤흔들었다.

'젠장!'

백미러를 두들긴 섬뜩한 은색 섬광이 망막을 꿰뚫었다. 그것이 기억의 전부였다.

─목표 제거완료. 풍백 귀함대기.

"귀함시켜라. 해상의 상태는?"

─폭심을 중심으로 평균 5미터의 파랑이 동심원을 그리고 있습니다. 10킬로미터 이내는 대형함도 정상적인 항해가 불가능하고 40킬로미터까지는 파랑의 영향권입니다.

"적 함대는?"

─4척은 기동력을 잃고 표류 중. 2척은 파랑에 전복됐습니다. 나머지는 침몰입니다.

대한은 치우의 보고를 들으면서 잠시 화면을 보다가 아영에게 눈을 돌렸다.

"아영아. 전복된 2척까지 확실히 격침시키자. 망자들에 대한 마지막 배려다."

"응. 대함미사일 6기 발사대기."

"명령 기다릴 필요 없어. 준비되는 대로 쏴."

"응. 발사!"

아영의 대답과 동시에 가벼운 진동이 발밑을 쓰다듬었다. 대한은 일직선으로 솟구쳤다가 수면으로 내려앉는 미사일들에 시선을 준 채 천천히 담배를 꺼내 물었다. 그새 뿌옇게 변해버린 하늘만큼이나 기분은 우울했다. 담배에 불을 붙이고 깊게 한 모금을 빨아들였다.

"잠수함은?"

"2시 방향 54킬로미터에 디젤 잠수함 1척, 43킬로미터에 1척이야. 음문데이터상으로 2004년에 진수된 041 유안元급이야. 나머지 2척은 보이지 않아."

"잡아라. 괭이갈매기 대기시켜."

"유령이 이미 쐈어. 목표설정도 정확히 되어 있고."

대한은 다소 풀어진 표정으로 고개를 끄덕였다. 최정용은 나름대로 신속하고 효율적으로 유령을 운용하는 것 같았다.

"유령 연결해봐."

─최정용입니다.

최정용은 아영이 보안회선을 개방하는 즉시 고개를 내밀었다. 대한이 착 가라앉은 목소리로 말했다.

"이대로 동진하면서 푸저우와 하이난, 잔장에 남은 중국의 잔류 함대를 청소하고 귀환해라. 기간은 사흘, 사흘 이내에 중국 영해 밖으로 나올 수 있는 대형함은 모조리 가라앉히되 함의 안전에 위협이 느껴지면 작전종료 여부와 관계없이 즉시 귀환해라."

─알겠습니다. 회장님.

"이상이다. 무운을 빈다."

─감사합니다. 아웃.

대한이 손짓으로 외선을 차단하게 하자 아영이 말했다.

"잔류 전투함 타격 끝났어. 돌아갈 거야?"

대한은 검붉은 화염을 내뿜는 화면에다 시선을 돌리면서 고개를 끄덕였다. 당초 계획은 중국 남해안을 깨끗이 청소하고 올라갈 생각이었으나 일본의 태클 때문에 마음이 급해져버렸다.

"일단 제주해상으로 올라가면서 독도의 상황부터 알아보자. 대신 풍백을 재무장시켜서 푸저우 인근의 공군기지와 잔장 해군기지에 돌풍 두 발씩 날려주는 걸로 마무리하지. 남은 전투함들은 최 대령에게 맡겨도 크게 무리 없을 거다."

"알았어. 풍백 다시 출격시키고 바로 출발할게."

"참. 도요 보유물량 전부 같이 쏴버려라."

"20발이나 되는데?"

"그래. 중국 남해안에 있는 레이더 기지는 모조리 작살내는 거지 뭐."

대한은 심드렁하게 대답하며 조종석에서 일어났다. 화풀이는 제대로 했지만 기분은 썩 나아지지 않았다.


사이토는 난감한 표정으로 물에 빠진 아군 특수부대원들을 구조하는 모터보트들을 노려보았다. 일부 모터보트들은 필사적으로 시추선에 달라붙어 승선을 시도하고 있었다. 만재수량으로 따지면 무려 9만 톤에 가까운 거대한 시추선, 기함 하타카제보다 10배는 큰 배였다. 당연히 헬기를 동원해야 했다. 그러나 문제는 거기부터였다.

특수부대원을 태운 대잠헬기가 갑판에 접근하기가 무섭게 사방에서 총탄이 쏟아졌고 종국에는 헬기까지 시커먼 연기를 내뿜으며 하타카제로 귀환해버렸다. 휴대용 대전차 미사일에 피격되어버린 것, 궁여지책으로 모터보트를 동원해 특수부대를 투입하려 했지만 워낙 높은 선체와 요소요소에 배치된 한국군의 견제사격 때문에 진입은 커녕 가까이 다가가는 것조차 힘이 들었다. 최초 접근을 시도한지 불과 20분도 채 안 되는 짧은 시간 동안 대잠헬기 한 대가 기동불능상태에 빠졌고 특수부대원을 태운 모터보트 2척은 아예 가라앉아버리고 말았다. 그리고도 저항은 수그러들 기미가 보이지 않았다.

"골치 아프군."

짜증스런 상황이지만 본격적인 함포사격을 할 수는 없었다. 하이드레이트를 대량으로 다루는 배에다 중화기를 썼다가는 자칫 대형 폭발로 이어져 가까이 접근한 아군 함정들에게도 피해가 발생할 수 있었다. 물론 곧 제압이야 되겠지만 시간이 너무 많이 흐르고 있었다. 나란히 선 쿠도의 구겨진 인상도 펴지질 않았다. 잠시 갈등하는 사이 통제실에서 올라온 하타카제의 함장 나카타가 바짝 다가서며 말했다.

"제독. 한국공군입니다."

"제길! 얼마나 되나? 거리는?"

"F-15K 4대만 확인됩니다. 거리 160킬로미터, 곧 대공미사일 사정거리에 들어옵니다."

사이토는 슬쩍 쿠도에게 시선을 던졌다. 다케시마 분쟁이라는 큰 목적은 달성했으니 이 정도 선에서 끝내자는 의미, 사실 KADIZ 가까이까지 공자대 기체들이 전개되어 있으니 한국공군은 큰 문제가 아니다. 그러나 군이 공군까지 부딪히는 건 일을 너무 크게 끌고 가는 모양새였다. 일을 더 크게 만드는 건 자칫 여론의 집중포화를 받을 수 있었다. 쿠도 역시 큰 이의가 없는 표정, 쿠도가 망원경에서 눈을 떼며 말했다.

"좋습니다. 돌아갑시다. 대신 정상적인 일은 못하게 해야겠습니다. 함교에 팔랑스 몇 발 쏘고 끝내죠."

"뭐요?"

사이토는 화들짝 놀라며 한쪽 눈을 치켜떴다. 사실 팔랑스는 기본적으로 미사일 근접방어에 쓰는 발칸이라 두터운 장갑을 가진 전투함에다 직접 쏘아서는 큰 피해가 나지 않는다. 그러나 민간 선박의 함교에 발포할 경우는 이야기가 많이 다르다. 민간인 인명피해도 상당수 생길 것이고 십중팔구 국제사회의 비난이 쏟아지질 터였다. 그러나 쿠도는 그의 우려를 간단히 일축해버렸다.

"왜요? 뭐가 이상합니까? 저 배에는 군인이 타고 있어요. 민간인 선박이 아니라는 이야기입니다. 생각해보세요. 당장 수십억짜리 헬기가 못 쓰게 됐고 아군 특수부대원의 피해도 만만치 않습니다. 그만한 대가는 받아내야지요. 쏘세요. 솔직히 배를 못 쓰게 하는 정도는 아무것도 아닙니다."

미간을 좁혔지만 사이토는 금방 마음을 결정했다. F-15 4대가 레이더에 나타났으면 F-35를 단숨에 KO시켰다는 풍백이라는 괴물도 곧 나타날 터, 시간을 끌어서 좋을 일은 없었다.

"좋소. 나카타 함장. 즉시 병력 철수시켜라. 해역을 이탈한다. 팔랑스 대기시켜라. 시추선 함교에다 정확하게 5초만 연속사격하고 떠난다. 서둘러라."

"네. 제독."

즉시 함내방송을 개방하고 병력철수를 명령하는 나카타의 모습을 물끄러미 쳐다본 쿠도는 비릿하게 웃음을 빼물었다. 말이 5초지 발사속도가 분당 3,000발이나 되는 시스템이고 보면, 무지막지한 20mm 대구경 총탄 350발을 한꺼번에 얻어맞게 될 민간선박의 함교는 삽시간에 쑥대밭이 될 것이었다. 특수부대의 철수가 신속하게 진행되는 사이 선수船首 팔랑스가 불쑥 고개를 들어올렸다. 무장통제실의 보고가 이어졌다.

─팔랑스 가동! 발사대기!

"목표 시추선 함교. 5초간 연속사격한다."

─목표 시추선 함교! 5초간 연속사격!

무장통제실의 연속된 복창, 나카타가 망원경을 눈으로 가져가며 나직하게 소리쳤다.

"사격─개시!"

투두둥!

묵직한 진동이 함교까지 흘러들어왔고 거의 동시에 시추선 함교에서 시뻘건 불꽃과 연기가 솟구쳤다. 정확히 5초, 팔랑스는 스르륵 공회전을 하며 멈춰 섰지만 순식간에 벌집이 되어버린 시추선 함교는 아예 제 형상을 찾아보기 어려웠다. 유리창이 모조리 날아간 것은 물론이고 외부구조물까지 너덜너덜 주저앉아 속이 훤하게 보일 정도였다. 타격을 확인한 사이토가 함대 무선을 개방하며 말했다.

"전 함대, 작전종료! 돌아간다! 함대 우현전개! 반속전진!"

망원경에서 눈을 떼는 쿠도의 입가에는 여전히 비릿한 웃음이 매달려 있었다.


제주 남동쪽 350km 부근 해상에서 아군 전투기들이 귀환한다는 연락을 받은 대한은 바득바득 이를 갈았다. 아군 전투기들이 독도 해상에 도착했을 때는 이미 할 짓 다 한 일본함대가 유유히 공해상으로 빠져나간 뒤라는 이야기, 독도에서만 경찰관 4명이 전사했고 9명이 부상했다. 시추선에서는 무려 16명의 민간인 사상자가 발생했으며 해병대원 4명 전사에 7명이 부상했다. 당연히 반격을 가해야 하는 상황, 그러나 제대로 된 이지스함 3척이 끼어 있는 함대에다 대함미사일 몇 발 발사해봐야 크게 위협도 되지 않고 일본의 의도대로 일만 더 커질 뿐이었다.

어정쩡하게 흉내만 낸 중국군 이지스함이라면 EMP로 먼저 타격하고 최대한 피해를 강요할 수 있겠지만 최신장비로 도배한 일본의 공고급 이지스 구축함은 이야기가 달랐다. 따지고 보면 EMP미사일도 원거리에서 요격해버리면 그만이었다. 결국 현실적인 문제와 독도 인근에서 가능하면 분쟁을 만들지 않으려는 한국정부의 입장이 더해져 빈손귀환이 결정된 것이었다.

"얍삽한 것들! 국제사법재판소? 그려 함 가봐라. 시빗거리를 만들어서라도 어떻게든 밟아준다. 기다려라. 네미럴!"

한참을 주저리주저리 험한 욕설을 뱉어낸 대한은 욕설이 끝나자 한숨을 푹 내쉬면서 조종석에 기대앉았다. 이미 일이 터져버린 상황이니 뒷일은 대통령과 외교관들의 몫이었다. 지금 손을 대서 긁어 부스럼을 만들 이유는 없었다.

"휴…… 독도 문제는 일단 보류다. 독도를 빼면 뒷마당은 대충 정리가 된 셈이니 일단 미래시티로 들어가자. 가서 소모한 장비들 보급하고 전선 잠시 돌아본 다음, 새벽에 다시 제주로 나오자."

"알았어. 준비시킬게."


미래시티로 돌아온 대한은 보급명령을 내린 뒤 아영을 남겨놓고 즉시 잉커우로 향했다.

어둑해지기 시작하는 서해와 요동반도를 신속하게 가로지른 운사와 풍백2기는 미래포스와 111기계화여단의 숙영준비가 한창인 잉커우 외곽의 중국군 야전기지 연병장으로 부드럽게 착륙을 시도했다. 아영이 미리 통보를 해놓았는지 연병장 한쪽에 한인욱 준장과 이연수 중령이 나란히 대기하고 있었다. 운사가 일으킨 흙먼지가 가라앉기 시작하자 이연수가 재빨리 다가와 거수경례를 했다.

"어서 오십시오. 대장."

"수고한다. 전황은?"

이연수는 한인욱이 서 있는 쪽으로 대한을 안내하며 재빨리 상황을 정리했다.

"전선은 진저우와 푸신의 연장선상입니다. 저항이 예상외로 강해서 오늘 밤은 돌파하기 어려울 것 같답니다. 비교적 순순히 잉커우를 넘겨준 것이 좀 이상했는데 진저우와 푸신에 병력을 집중시켜서 방어선을 꾸리려는 의도였던 것 같습니다. 머리수만 30만이 넘는답니다."

"히유. 지겨운 놈들. 예나 지금이나 여전히 총알받이 작전이로군."

대한이 나직하게 휘파람을 불자 한 발 앞으로 나선 한인욱이 가볍게 거수경례를 하며 말을 걸었다.

"하지만 중국군의 보급과 통신이 정상이 아니라 진저우만 돌파하면 바로 베이징을 압박할 수 있을 겁니다. 한인욱 준장입니다. 회장님."

대한은 격의 없이 손을 내밀었다.

"반갑습니다. 준장님."

"존칭은 생략하십시오. 여긴 전쟁터입니다."

당분간 휘하에서 그의 명령을 받을 사람이지만 장성에 대한 예우는 해주는 편이 나을 것 같았으나 한인욱의 반응은 반대였다.

"하지만 연배가……."

"계급이 우선입니다. 의장께서는 회장님을 자신과 동급으로 놓고 예우하라 명령하셨습니다. 그만한 대접을 받을 만한 분이라고 하시더군요. 더구나 목숨이 왔다 갔다 하는 최전선에서 존대를 하면서 명령을 내릴 수는 없습니다. 생략하십시오."

한인욱은 단호하게 하대를 요구하며 합참의 명령서를 내밀었다. 아마도 최문식의 배려일 터였다. 쓰게 웃으며 명령서를 받아든 그는 일단 동의를 표명하고 이연수를 돌아보았다.

"쩝…… 일단 알겠습니다. 들어가죠. 이 중령. 이동 상황실은 어디지?"

"저쪽입니다."

이연수는 흑표전차들 사이에 끼어 있는, 안테나들이 줄줄이 달린 중형 트레일러를 가리켰다. 미래포스와 111여단의 시스템 연동을 위해 가져온 한인욱의 야전사령부였다. 기본적으로 미래포스가 보내는 데이터를 여단의 작전에 활용하는 용도지만 아영이 조금 손을 보면 데이터를 주고받는 용도로도 충분히 사용이 가능했다.

"좀 답답하군요."

트레일러 안으로 들어선 그의 첫 번째 말, 크지 않은 트레일러 안은 20여 개의 모니터와 컴퓨터들로 꽉 들어차 있었다. 외부와 차단되어 있는 건 물론이고 한인욱의 자리로 들어가려면 7명이나 되는 정보장교들을 지그재그로 피해서 움직여야 했다. 어렵게 안쪽으로 들어온 한인욱이 의자 두 개를 돌려놓으며 말했다.

"야전에서 이 정도면 최고의 대우를 받는 겁니다. 앉으시죠."

"감사합니다."

"하대하십시오."

다시 정색을 하는 한인욱의 요구에 대한은 어쩔 수 없이 고개를 끄덕이고는 이연수에게 시선을 돌렸다.

"중국군 배치 상황은 정리가 됐나?"

"네. 오늘 17:00시 상황입니다. 대위. 이쪽 모니터에 작전지도 올려라."

이연수의 명령에 정보장교 하나가 재빨리 키보드를 두드렸다. 트레일러 가장 안쪽 벽에 달린 비교적 큰 모니터에 푸신과 진저우, 차오양 일대의 1/50,000지도가 올라왔다. 몇 번 더 키보드를 두드려 군사기호들을 떠오르게 만든 정보장교가 신속하게 보고를 시작했다.

"잉커우에는 베이징 군구 기갑사단들과 선양 군구 패잔병들을 집중 배치한 것 같습니다. 푸신 쪽은 27, 38집단군 보병이 주력입니다. 비좁은 전선에 워낙 많은 병력이 집중되어 있기도 하고 진저우에서는 시가전까지 불사하고 있습니다. 그래서 북한군도 마땅한 대안을 찾지 못하는 것 같습니다. 그리고 내일 아침이면 보병들도 배치가 시작될 것으로 보여서 아무래도 친황다오까지는 거의 철벽이 되지 않을까 싶습니다."

"종심이 엄청나게 깊은 셈이군. 8포병대 전술 핵탄두들은 움직임이 없었나?"

"츠펑의 8포병대 19사단은 아직 조용합니다. 그리고 안산의 제8포병대 기지에서 철수를 시도하는 전술핵미사일 발사대 20기 정도를 탈취했다는 보고가 있었습니다. 외견상 제8포병대는 아군 해커부대의 공격으로 발사 시스템이 전체적으로 다운된 것으로 보입니다. 초전에 집중적으로 투사된 EMP미사일의 효과도 상당히 컸던 것 같습니다. 그리고……."

정보장교는 전선의 상황과 피아간의 장단점을 비교적 정확하게 요약해서 보고했다. 또한 가끔은 대한이 미처 생각하지 못했던 보급 문제들까지 하나하나 거론하면서 제법 쓸 만한 대안을 내놓고 있었다. 대한은 새삼 명찰과 계급장을 확인했다. 대위 최성수. 퉁퉁한 얼굴에 검은색 뿔테 안경을 쓴 전형적인 범생이 스타일이었으나 눈빛만은 생생하게 날이 서 있었다. 야전 정보장교로 쓰기에는 조금 아깝다는 느낌이 들었다.

그가 이름 석자를 기억 속에 집어넣는 동안에도 최성수의 보고는 이어졌다.

"……오늘은 오전에 중국군 휴대용 대공미사일에 수호이−25 공격기 4대가 추락해서 북한공군이 폭격을 자제하는 것 같습니다. 제 생각일 뿐입니다만 내일 새벽 공세를 시작하기 직전에 대대적인 공습을 감행할 것으로 보입니다."

"아마 그렇겠지. 중국군 주력은 어디라고 보나?"

"중국군의 주력은 진저우−친황다오 축선으로 전개된 베이징 군구 주력 3개 기갑사단이라고 보셔야 합니다. 이들이 무너지면 중국군은 한꺼번에 무너질 수도 있습니다. 그러나 아시다시피 38집단군의 19, 28, 32사단은 99식 신형전차 400여 대가 주력입니다. 자칭 세계최강이라고 떠드는 전차이니만큼 북한군의 열악한 전차로는 상대가 어려울 겁니다."

중국의 99식 전차는 러시아의 T-72에 대항하기 위해 1981년부터 새로 설계를 시작해서 2000년에 인민해방군에 배치되기 시작한 신형이었다. 125mm활강포를 비롯해 사격통제장치, 열영상 장비 등 최신 무장을 갖춘 중국의 하이엔드 전차였다. 물론 중국군의 자랑이 모두 사실은 아니겠지만 객관적인 전력상 T-62를 개량한 북한군 주력 천마호가 상대하기에는 버거운 것이 사실이었다.

이어 몇 가지 우려되는 사안에 대한 보고를 받은 대한이 엷게 미소를 보였다.

"비교적 정확하군. 좋아. 북한군의 움직임은?"

"배후로 침투한 저격여단 병력이 꾸준히 후방을 교란하고 있지만 워낙 병력이 밀집되어 있어서 쉽지 않은 모양입니다. 현재는 내일 새벽의 본격적인 공세를 위해 병력을 집결시키는 중입니다. 하지만 특단의 조치가 있지 않고는 단기간에 중국군을 밀어내기 어려울 것으로 판단합니다. 최악의 경우에는 전선이 이대로 고착될 수도 있습니다. 만일 친왕다오에 있는 11, 14 포병대가 진저우 배후로 전개되면 밀려날 가능성도 없지 않습니다."

"가능하겠지. 북한군 전선 사령관은 누구지?"

이연수가 재빨리 말을 받았다.

"양용수 대장입니다."

"815기갑이라…… 재밌군. 그 양반 끝까지 선봉에 서고 싶은 모양이네. 스피커폰으로 연결해라. 잠깐 이야기해야겠다."

"네. 대장."

이연수는 재빨리 헤드셋을 몇 번 두들기고는 대한에게 넘겨주었다. 곧장 양용수의 목소리가 흘러나왔다.

— 양용수요. 김 회장입네까?

"그렇습니다. 지난 며칠 고생이 많으셨습니다."

— 거 흰 소리 하지 맙세. 고생을 했으면 김 회장이 더 했디. 고저 김 회장 덕에 여기까지 온 기야. 기래 무슨 일이요?

"내일 새벽에 공세를 취할 예정이라고 들었습니다."

— 기래요. 자꾸 늦어져서리 조금 전에도 부위원장 동지에게 또 한 소리 들었다. 정신 바짝 차리고 밀어붙일 생각임메. 새벽 4시에 우리 공군의 집중적인 폭격이 있을 기요. 이후에 7, 8, 16기갑이 대대적인 포격을 시작하고 보병을 시내로 투입할 생각이디. 김 회장이 전화를 한 거 보니끼니 다른 좋은 생각이 있는 것 같은데?

"비슷합니다. 일단 3시50분을 전후해서 진저우 일대에 광범위하게 EMP공격을 하겠습니다."

— EMP? 그 자기폭풍인가 하는 기거 말이요?

"그렇습니다. 작전이 한결 수월해지실 겁니다. 공군에는 마음 놓고 폭격하라고 전하십시오."

— 그거야 고마운 이야기디. 그렇게 전하겠음메.

"그리고 진저우 시 남쪽 개활지에 전개되어 있는 기갑사단들은 우리에게 맡겨주십시오. 북조선군의 진저우 공격시점에 맞춰 우회해서 직접 돌파하겠습니다."

기갑부대를 치겠다는 그의 말에 양용수의 목소리가 확 밝아졌다. 나름대로 고민이 있었다는 뜻, 그러나 반응은 조심스러웠다.

─ 괜찮겠소? 99식 땅크가 무려 400대가 넘는다던데?

객관적인 시각으로 보면 미래포스는 400대의 99식 전차를 주력으로 하는 중국 최강 베이징 군구의 3개 기갑사단과 정면으로 부딪힐 만한 전력은 절대 아니었다.

일반적으로 중국의 집단군은 대략 10만 명 이내의 인민해방군으로 구성되며 그 예하에는 4개 보병사단과 포병 및 기계화사단 각 1개가 소속되며 여단급의 공병, 통신, 전자전부대가 별도로 배속되어 있었다. 그 중에서도 베이징 군구의 27, 38, 65집단군은 최신예 장비가 가장 먼저 도입되는 중국군 최강의 부대였고 그 주력인 3개 전차사단을 모조리 끌어 모은 부대가 지금 진저우 남쪽 평원에 전개된 전차부대였다. 부대원 머리수로만 따져도 3만 명은 간단하게 넘어서는 대병이었다.

그런데 미래포스의 전력은 달랑 보병 일천에 현무장갑차 25대, 전투차량 45대, 운사 4기가 전부였다. 거기에 111여단이 보유한 운사 16대와 아파치 공격헬기 7대, 흑표 전차 21대, 장갑차 22대, 해병대 1,700명을 전부 합친다고 해도 외견상 사단급 전력으로 보아주기 어려웠다. 중국군 주력 3개 기계화사단과 비교하면 당연히 빈약해 보일 수밖에 없었던 것이다. 그러니 양용수의 입장에서는 정말 못미더운 이야기, 만일 김대한이라는 이름 석 자가 빠졌다면 아예 헛소리로 치부할 웃기는 이야기였다. 대한이 씩 웃었다.

"후후. 너무 걱정 마십시오. 해안에서 따로 지원을 할 겁니다."

─ 뭐 김 회장이 기렇다면 기런 줄 알아야디. 기럼 공군의 폭격지원은 4시, 부대 전개는 4시 10분으로 하갔소.

"그러십시오. 그리고 오늘 자정 무렵에 베이징의 중앙군사위원회 건물들을 타격할 겁니다."

─ 오호! 기런데…… 베이징은 방공망이 아주 조밀하다고 들었는데 가능하갔소?

"탄도미사일을 사용할 예정입니다. 탄두 사이즈를 조정해서 정확하게 군사위원회 부속건물들만 날려버릴 겁니다."

─ 흠. 기거 듣던 중 반가운 소리로군 기래. 뙤놈들 당분간 제정신이 아니갔구만.

"최근 통신 쪽에 문제가 많았기 때문에 통신이 두절되더라도 작전이 되도록 나름대로 큰 그림은 그려가지고 나왔을 겁니다. 그래도 하루 이틀 정도는 정상적인 군대 운용이 어렵겠죠. 원용해 부위원장께도 보고 드려주십시오."

─ 암. 그래야디. 이런 보고라면 언제라도 환영이디. 즉시 보고하갔소. 이거이 기분 최고로구만. 이참에 베이징까지 쌩쌩 밀어붙여보자우. 내레 99식 땅크들만 쓸어내면 땅위에서는 무서울 기 없음메.

기분이 좋아졌는지 양용수는 전화기에 소리가 들릴 정도로 가슴을 팡팡 두드리며 시원시원하게 대답했다. 큰 고민이 사라졌다는 뜻일 터였다. 대한이 다시 말했다.

"오늘 자정부터 미래포스와 111여단이 진저우 남쪽에 있는 요하 지류로 기동하겠습니다. 전방부대에 통보해주십시오. 이상입니다."

─ 기래. 당연히 해야디. 우리 편끼리 총질하는 일은 없어야 하니끼니. 또 연락합세.

"수고하십시오."

전화를 끊은 대한은 뜨악한 표정을 짓는 한인욱을 돌아보면서 희미하게 웃음을 보였다. 아마도 베이징을 공격한다는 이야기 때문일 것이었다.

"베이징을 폭격하는 건 중국군 해커부대 때문입니다. 이것들이 한국 시스템 공격을 시도하더군요. 숫자가 워낙 많아서 일일이 막기도 그렇고…… 그래서 모여 있는 놈들을 통째로 날려버릴 생각입니다. 탄두 사이즈를 줄여서 피폭범위를 한정할 것이고…… 정확하게 군사위원회 건물 몇 개만 날릴 겁니다."

그의 간단명료한 대답에 한인욱이 크게 고개를 끄덕였다.

"그 이야기를 듣고 싶었습니다. 죽고 죽이는 와중이긴 하지만 명분상 민간인 피해는 가능하면 줄이는 게 좋겠다 싶어서요."

"일단 그렇게 아시고…… 부대의 야영 준비는 중단시키고 즉각 휴식을 명령하세요. 자정부터 기동을 시작하겠습니다. 이동시에는 미래포스가 선두로 나갑니다. 흑표의 성능을 무시하는 것이 아니라 작전지역의 상황을 파악하고 임기응변으로 신속하게 대응하는 건 현무장갑차들이 훨씬 유리하기 때문입니다. 기타 구체적인 기동계획은 현지에 도착해서 지형을 확인한 뒤에 하달하겠습니다."

"그러죠. 강이 얼어 있고 강폭도 좁아서 도하는 어렵지 않을 겁니다."

"도하는 경심京沈고속도로를 기준으로 하겠습니다. 새벽 3시30분까지 남북으로 폭넓게 전개해서 도하를 준비하십시오. 미래포스도 준비해라."

"알겠습니다. 회장님."

이연수의 대답, 대한은 각 부대에 신속하게 명령을 전달하는 한인욱을 남겨두고 이연수와 함께 이동상황실을 빠져나왔다.

권총 손잡이를 잡을 때조차 피부가 달라붙는다고 느껴질 정도로 매서운 날씨, 하지만 비좁은 공간보다는 훨씬 나은 기분이었다.

얼음처럼 차가운 공기를 들이마시며 몇 발 쯤 걸음을 떼자 누군가 멀리서 손을 흔들며 급히 뛰어왔다.

"어이! 이 중령! 소개 좀 시켜줘야지!"

111여단 병사들과 똑같은 군복차림이지만 목에 카메라를 건 것으로 보아 종군기자지 싶었다. 뒤따르던 이연수가 움찔 걸음을 멈추고 고개를 절레절레 흔들었다. 아는 사이인 것 같았다.

"아는 사람인가?"

"예. 기자생활을 잠시 같이 했습니다. 이번 111여단 출정에 종군기자로 따라왔더군요. 김상영이라고 동갑내기인데 한 번 물면 절대 놓지 않아서 불독이라는 별명이 붙은 정치부기자입니다. 정말 지독한 녀석이죠. 지난 정권에 대놓고 개기다가 한직으로 밀려났는데 이번에 명예회복을 하겠다고 종군기자를 자청했답니다."

이연수가 김상영의 배경을 설명하는 사이 번개같이 달려온 김상영이 그의 앞에서 잠시 호흡을 가다듬고는 대뜸 손을 내밀었다.

"안녕하십니까. 회장님. 저 D일보 김상영이라고 합니다."

작은 키에 가무잡잡한 얼굴이지만 선하게 생긴 큰 눈동자가 나쁜 인상을 지워버렸다. 얼결에 손을 맞잡자 김상영이 재빨리 이연수를 가리키며 말을 이었다.

"이 친구와는 오랜 동료였습니다. 이 친구 빽으로 단독 인터뷰 한

번 안 되겠습니까?"

대한이 황당하다는 표정을 짓자 이연수가 다급하게 김상영을 끌어냈다.

"야야. 어디서 헛소리야. 넌 원래 목적인 111여단이나 잘 챙겨. 회장님 너랑 소꿉장난 하실 정도로 한가하신 분 아니다. 얻어맞기 싫으면 찌그러져 짜샤."

"그럼 패던지."

"이 자식이!"

이연수가 주먹을 불끈 쥐었지만 김상영은 태연했다.

"내가 너한테 한두 번 맞아봤냐? 힘들게 얼굴 봤는데 몇 대 더 맞는다고 물러설 거 같냐?"

"뭐라고?"

대한은 티격태격하는 두 사람을 무시해버리고 타고 온 운사로 걸음을 옮겼다. 전쟁이 끝난 뒤라면 몰라도 이 와중에 인터뷰에 응해줄 생각 같은 건 없었다. 이연수는 한참을 실랑이 한 뒤, 종국에는 팔을 꺾어 무릎을 꿇려놓고 나서야 뒤따라 달려왔다.

"죄송합니다. 대장. 워낙 지독한 녀석이라서요."

"후후. 떼어는 놓은 건가?"

"예. 몇 대 쥐어박았습니다. 그렇지 않으면 떨어져나갈 놈이 아닙니다. 후후. 미래그룹을 고소하겠다고 방방 뜨더군요."

"그래? 재미있는 친구로군."

"고소 같은 건 안 할 겁니다. 입만 살아 있는 녀석이에요."

"나중에 써먹을 데가 있을 수도 있으니까 너무 험하게 다루지는 마라."

"알겠습니다."

"난 일단 서울에 들러서 제주로 내려갔다 오겠다. 부대는 자정에 기동을 시작해서 새벽 3시 30분까지 고속도로 남쪽에 공격대형으로 대기시켜라."

"준비시키겠습니다. 다녀오십시오."

대한은 재빨리 운사에 올라타 계기판의 버튼 몇 개를 가볍게 두들 겼다.

"회장이다."

—신원확인. 반갑습니다. 회장님. 운사1호기가 '미래1호기'로 전 환됩니다.

시동을 걸 때면 언제나 들려오는 부드러운 목소리, '미래1호기'라 는 의미는 대한이 탔다는 것을 뜻했다. 아영은 항공기든 차량이든 대 한이 어디에 타더라도 그가 탄 기체를 '미래1호기'로 지정하고 그 기 체를 미래그룹의 모든 무장 항공기와 무장 차량에 전송해서 최우선 보호 대상이 되도록 만들어놓았다. 따라서 대한이 운사1호기를 타고 있는 동안은 모든 미래그룹의 무력이 자동으로 운사1호기를 보호하 게 될 것이었다. 그가 나직이 말했다.

"미래시티로 간다. 최고속도."

—목적지 미래시티. 최고속도. 이륙합니다. 회장님.

도어가 자동으로 닫히고 우웅하는 낮은 모터 소리가 귓전을 때리 기 시작하자 대한은 조용히 눈을 감고 등받이에 기대앉았다. 앞으로 45분 남짓은 혼자 조용히 생각할 수 있는 시간이 될 것이었다.

한영직은 서해를 일직선으로 가로지르면서 레이더에 떠오른 적기의 숫자를 확인했다. 전부 118대에 거리는 220km, 위치는 산동성 쯔보 상공이었다. 아르고스가 전송한 대로라면 전투기가 72대고 나머지 46대는 미그 계열의 공격기와 수송기였다. 반면 이들을 요격하기 위해 출격한 아군 전투기는 달랑 풍백 4개 편대 16기, 워낙 숫자의 차이가 크다보니 얼핏 목숨을 걸고 적기의 전방침투를 차단하러 가는 모양새였다. 따지고 보면 지난 닷새 동안 10여 차례의 출격을 통해 불가능하다고 생각했던 작전을 무수하게 치러온 마당이니 별로 새삼스러울 건 없었다.

괜한 웃음을 흘리면서 레이더 화면을 헬멧에서 지워버리고 캐노피 너머의 새카만 밤하늘을 노려보았다. 1월 13일 밤 11시, 기분이 묘했다. 수십만의 인명이 한꺼번에 죽어나가는 살벌한 전쟁터가 무덤덤하기만 했던 것, 물론 군인의 신분인 이상 전쟁을 운명처럼 옆구리에 매달고 다녀야 했고 죽음조차 옆자리에 태우고 조종간을 잡아왔다. 당연히 민간인들보다는 훨씬 더 전쟁이라는 괴물의 현실감이 느껴져야 했다. 그런데 정말 묘하게 느낌이 없었다. 지금도 절정으로 치닫는 전쟁의 한가운데를 향해 날아가는 상황인데도 가슴속은 거짓말처럼 너무나 무덤덤했다.

─논네! 이거 머리 수가 너무 많은데? 공대공미사일 전부 소진되면 개싸움 해야 되는 거 아니우?

강상민의 목소리, 달고 나온 대공미사일은 기체당 8발씩 전부 128발이니 모두 명중한다고 가정해야 겨우 임무를 완수하는 숫자라는 이야기였다. 그가 픽 웃었다.

"인마. 꽁지벌레. 회장님 명령 기억 안 나나? 무리한 전투는 절대 회피한다. 원거리에서 타격하고 곧장 중국 영공을 벗어날 거다. 알아들어?"

— 아 그거야 알지만 몇 대라도 살아서 베이징으로 넘어가면 아군 지상군이 피해를 보잖우. 그러니 깨끗이 처리하는 게 어떨까 싶어서 말이우.

"그래서? 미사일이 모자라면 개싸움이라도 하자는 거냐?"

— 아니…… 뭐 그렇다는 이야기죠. 뭐 안 될까……요?

"시끄럽다. 이것들이 중국군의 마지막 공군세력이기 쉽다. 이번 작전이 끝나면 당분간 중국공군의 움직임은 없을 거야. 80킬로미터 이내로 들어오면 연사하고 철수한다. 이상."

— 쩝…… 알았수. 이상.

강상민이 몇 마디 더 토를 달아보려고 했지만 그냥 무시해버리고 대대무선을 개방했다.

"킬러 대대! 곧 중국 영공이다. 적기와의 거리 80킬로미터까지 교신통제에 들어간다. 고도 2만, 마하1.5로 순항한다."

— 꽁지벌레. 로저.

— 레드 스콜피온 로저…….

편대장들의 보고를 받으며 부드럽게 조종간을 당겼다. 가파른 상승, 해안과의 거리는 빠르게 줄어들고 있었다. 순식간에 해안방공망을 통과하고 고도 2만에서 기체가 수평을 되찾자 한영직은 거리부터 다시 확인했다. 정확하게 12시 방향 90km, 적은 아직도 아군의 존재를 눈치채지 못하고 있었다. 대대무선을 개방한 그가 나직이 말했다.

"편대장 명령에 따라 편대별로 연속발사하겠다. 종말유도는 아르고스에게 맡긴다. 발사!"

—꽁지벌레 로저.

편대장들의 보고가 연이어 들어오고 곧장 10여 발의 미사일이 선두편대의 기체에서 떨어져나와 은색 섬광을 내뿜으며 일제히 가속을 시작했다.

"주작편대. 폭탄창 개방! 2발씩 8발 연속 발사한다. 발사!"

—미친개 폭탄창 개방! 2발 발사합니다!

—대머리독수리…… 피닉스…….

한영직은 편대기들의 사인을 확인하지도 않고 미사일 안전장치를 풀었다. 가벼운 진동, 그의 명령과 함께 공대공미사일 2발이 부드럽게 기체를 떠나고 있었다. 시선을 캐노피 너머로 들었다. 칠흑같이 어두운 밤하늘은 은색 꼬리를 매단 수십 개의 미사일 궤적으로 아름답게 빛나고 있었다.


쉬차이허우는 총참모부장의 전황을 보고받으면서 급히 상황실을 빠져나왔다. 물론 말이 전황보고이지 여기저기서 올라온 단편적인 보고들을 짜깁기해서 종합한 어정쩡한 보고였다. 북조선의 선전포고가 나오고 남한의 개전선언이 이어진 지 불과 닷새만에 아시아 최강이라고 자부하던 중국의 자존심 인민해방군은 정말 형편없이 무너져 내리고 있었다. 그저 전투력의 일부라고 치부했던 통신망의 괴멸이 현대전을 얼마나 망가트릴 수 있는지를 단적으로 보여주는 극단적인 예였다.

"……결국 전체적으로 보면 이건 절대 북조선 놈들 짓일 수 없습니다. 남한 개자식들이 몇 년을 두고 치밀하게 준비해온 음모입니다."

총참모부장은 여전히 구구절절 핑계를 늘어놓고 있었다. 다 아는 뻔한 보고, 짜증이 솟구칠 수밖에 없었다.

"빌어먹을! 그걸 누가 모르나? 깨끗하게 당했다는 것 말고 다른 보고는 없나? 당신 총참모부장 맞아?"

당장 진저우와 푸신으로 전개한 베이징 군구 지상군을 제외하면 정상적인 전력을 유지하고 있는 부대가 전무했다. 항모를 포함해서 수백 척이 넘는다고 자랑하던 대양해군은 아예 통신이 두절되어버렸고 밤낮으로 북상을 시도하는 공군도 허베이 성 상공에 발을 들여놓는 순간부터 모조리 한국공군의 밥이었다. 몇 시간 전에 광저우와 난징 군구의 마지막 남은 공군 전력이 허페이 기지를 출발했다는 보고가 들어왔으나 큰 기대는 하지 않았다.

이제 남은 희망이라고는 오로지 베이징 군구 지상군과 제8포병대 잔류부대의 전술핵이 전부였다. 잉커우와 대련에 한 방씩만 떨어트려 놓으면 최소한 시간은 벌 수 있으리라는 판단, 복도에 우뚝 멈춰 선 쉬차이허우가 짜증스럽게 물었다.

"츠펑은 아직도 회복이 안 된 건가?"

"송구합니다. 부주석. 어제 미사일 관련 보충부품 재고를 모두 긁어 보냈습니다만 도로사정이 워낙 좋지 않고…… 미사일 본체는 물론이고 사일로와 이동차량들까지 심각한 피해를 입은 상황이어서 시간이 걸릴 것 같답니다."

"얼마나!!"

"확실치 않습니다. 부품수급이 얼마나 되느냐에 따라 다를 겁니다. 물건이 모두 있다는 전제로 이틀이라는 보고입니다."

"젠장! 이틀이면 베이징이 함락될 수도 있어! 그걸 바라는 건가!?"

"……."

"무슨 짓을 해서든 조립해서 무조건 쏘라고 해! 아니면 모조리 총살이라고 전해!! 핵잠수함들도 당장 서해로 들어오라고 하고! 전략핵이라도 쏴야겠어!"

"핵잠들은 내일 새벽에 한국 남해안 해군기지와 산업단지들을 공격하고 나서 곧장 발해만이나 황해로 북상할 겁니다. 이틀입니다. 딱 이틀만 버티면 우리가 이깁니다. 이틀은 우리 지상군이 충분히 버텨줍니다."

"제기랄! 남해안이고 뭐고 지금 당장 북상하라고 해! 베이징이 공격당하는 판에 한가하게 적 후방이나 공격하겠다는 거야 뭐야!"

"알겠습니다. 오늘 밤 정기 접선 때 즉시 북상하라는 명령서를 내려 보내겠습니다. 어? 뭐냐?"

참모장은 이야기하다 말고 뒤를 돌아보았다. 어지러운 발자국 소리가 들렸던 것, 상황실에서 누군가 허겁지겁 달려나오고 있었다. 통제장교, 바락바락 악을 쓰는 장교의 입에서 실로 엄청난 이야기가 튀어나왔다.

"탄도 미사일입니다! 2기!! 목표가 베이징 같습니다!!"

"뭐…… 뭐라고!!"

"52초 후면 베이징 상공입니다!"

"이게 무슨 헛소리야!!"

쉬차이허우는 고함을 지르면서 무작정 상황실로 뛰었다. 한국이 아무리 막나간다고 해도 베이징 같은 대도시에 핵을 떨어트리지는 않을 것이다. 당연히 뒷수습이 불가능하기 때문, 그런데 현실이 엉뚱했다. 당장 탄도미사일이 머리 위로 떨어지고 있었다. 그나마 후진타오 주석과 군부요인들이 군사위원회 부지 지하 100m의 핵기지로 내려와 있다는 것이 천만다행이었다. 도시가 완전히 날아가 버려도 지하기지는 통신망을 유지한 채 전쟁을 독려하고 진두지휘할 수 있는 최적의 장소였다. 하지만 지금은 통신망 자체가 완전히 망가진 상황이라 심각한 문제로 번지게 될 것이 뻔했다. 물론 생존이야 하겠지만 군을 지휘하는 건 거의 불가능하다고 보아야 했다.

재빨리 상황실로 뛰어든 쉬차이허우가 다급하게 물었다.

"어디냐?"

"베이징 상공입니다! 방공미사일들이 집중적으로 발사되고 있지만 확률은 반반입니다!"

레이더통제관의 보고, 말은 반반이지만 마하 10을 넘나드는 고속의 탄도미사일을 요격한다는 건 사실 꿈같은 이야기였다. 미사일로 탄막을 형성해서 요행히 맞아주길 바라는 것일 뿐이었다. 통제관이 소리쳤다.

"목표지점이 팔일대루입니다! 으악! 여깁니다! 군사위원회 상공입니다! 탄두 분리! 8초 후 지상에 접촉! 7! 6! 5! 4!……"

쉬차이허우는 통제관의 비명 같은 카운트다운을 들으면서 그대로 눈을 감아버렸다. 상황실이 있는 지하기지는 도시가 핵공격을 당했을 경우에 대비해 요인들의 생존을 고려해 설계된 곳이었다. 그러나 나가는 통로가 봉쇄되는 건 이야기가 달랐다. 군사위원회 건물에 한 치의 오차도 없이 정확하게 핵공격을 받는 건 고려대상이 아니었던 것, 이제 여기서 지상으로 올라가는 건 현실적으로 불가능했다. 물론 지하기지에서부터 북쪽의 만리장성까지 이어지는 통로를 만들어놨지만 워낙 정확한 타격이라 통로가 폭발의 충격에 버틸 수 있을지는 아무도 몰랐다. 이제는 운명에 맡기는 수밖에 없었다.

쿠쿵!

다음 순간, 묵직한 진동이 발밑을 뒤흔들었다. 통제실 모니터 십여 개가 시퍼런 불꽃과 연기를 내뿜었고 조명 역시 몇 십 개는 한꺼번에 터져나간 것 같았다. 매캐한 전선 타는 냄새가 강하게 콧날을 자극했다. 반사적으로 무릎을 꿇은 쉬차이허우는 조심스럽게 방안을 돌아보았다. 지상은 극심한 충격을 받았지만 상황실은 비교적 멀쩡했다. 모니터와 컴퓨터 몇 대만 새로 공급하면 쉽게 복구할 수 있을 정도의 경미한 피해였다.

"통신망과 퇴로를 확인해라! 서둘러!!"

그의 괴성과 함께 통제관들이 놀란 메뚜기 떼처럼 뛰어다니기 시작했다.


대한이 진저우 전선으로 돌아온 것은 새벽 3시가 훨씬 넘어서였다. 그나마도 제주 남쪽 해상에서 벌어진 대대적인 대잠작전이 예상보다 일찍 종료된 덕분이었다. 구축함 7척과 호위함 14척, 보조함정 20여 척, 잠수함 5척, 대잠초계기 6대, 대잠헬기 8대, 한마디로 대한민국 해군을 총동원한 초대형 대잠작전. 밤 10시를 전후해서 시작된 한국해군 사상 최대의 해상작전은 반경 30km 해역에 돌고래 20발과 소노부이 50여 대를 깔아 해역을 완전히 봉쇄하는 것으로 피 말리는 소리 싸움의 막을 올렸다.

거대한 음탐 포위망에 걸려든 첫 번째 희생자는 상급 공격원잠 2척이었다. 해역의 안전을 확인하기 위해 가장 먼저 해역으로 들어온 모양새, 공격원잠들은 새벽 1시를 조금 넘긴 시간에 패시브 소노부이 2개가 나란히 깔린 남동 방어선을 통과해 포위망 안으로 들어왔고 20여 분 뒤에는 진급과 하급이 차례로 남쪽과 남서 방어선에서 모습을 드러냈다. 대한으로부터 잠수함들의 정확한 음문 정보를 넘겨받은 아군 함대는 즉시 적함의 존재를 확인했고 2시 정각에 국산 능동어뢰 청상어 10발과 미사일 어뢰 괭이갈매기 6발을 일제히 발사하는 것으로 본격적인 잠수함 사냥이 시작되었다.

바다 속은 삽시간에 난장판으로 변해버렸다. 뒤늦게 어뢰를 감지한 중국 잠수함들은 일제히 기만체를 토해내며 필사적으로 회피기동을 시작했고 어뢰들은 중국 잠수함들의 추진소음을 따라 집요하게 캄캄한 바다 속을 헤집었다.

그러나 문제는 있었다. 남동해의 바다는 간만에 따라 바뀌는 조류潮流의 영향이 해류보다 훨씬 강력한데다 동중국해의 대륙붕 수괴水槐에 부딪힌 북태평양 난류가 잘게 부서진 채 크게 방향을 틀어 북동진하는 복잡한 양상을 띠고 있었다. 따라서 해류의 두께도 비교적 얇고 폭도 아주 좁았다. 거기에 겨울이라는 계절적 요인이 더해지면서 해류간의 온도차까지 심해져 음파의 산란이 극단적으로 심했다.

잘게 부서진 해류와 변온층 몇 군데만 통과해버리면 제아무리 고성능 소나라고 해도 적함의 위치를 정확하게 찾아내기 어려운 상황, 애당초 중국 잠수함들이 제주 남쪽 해상을 핵잠수함들의 집결지로 삼은 이유이기도 했다.

결국 아군 함대는 괭이갈매기 15발과 청상어 21발을 소모한 뒤에야 하급 핵잠수함 1척과 진급 핵잠 1척, 상급 공격핵잠수함 2척 중 1척 등 3척을 격침시키고 나머지 1척에 심각한 피해를 입힐 수 있었다. 그러나 마지막 남은 상급 공격원잠은 선체에 제법 심각한 타격을 입은 상태에서도 절묘하게 어뢰들의 추격을 뿌리치고 북태평양 난류와 대륙붕 수괴가 부딪히는 지독한 소음 속으로 숨어버리고 말았다.

그런데 음파의 산란과 소음이 심한 지역에서 작정을 하고 숨은 잠수함을 찾아낸다는 건 건초더미에서 바늘 찾기나 다름이 없었다. 마지막 흔적이 있던 제주 남동해상을 따라 1시간 이상 수색을 계속하던 해군은 달아난 잠수함이 SLBM(잠수함발사 탄도미사일)을 보유하지 않은 상급 공격원잠으로 본토에 대한 심각한 위협이 없다는 판단 아래, 제주 해상에 214급 잠수함 2척을 매복시키고 24시간 호위함 2척을 배치하는 선에서 작전을 종료했다. 1시간 반에 걸친 초대형 해전의 마무리, 아주 만족스런 결과는 아니지만 외견상 성공적인 작전이었다. 훗날 해전사에 제주해전이라고 이름 붙여진 사상 최대의 해양작전은 그렇게 끝이 났다.

간간이 괭이갈매기를 날려 보조 패를 던지면서 줄곧 상황을 지켜본 대한은 타격을 입은 상급 잠수함에 대한 추격이 본격적으로 시작되는 시점에 작전해역을 이탈해서 잉커우 전선으로 복귀했다. 전략

핵을 보유한 하급과 진급이 남해의 심연 속으로 사라져버린 이상 더이상 해역에 남아 있을 필요가 없다는 판단이었다.

"한마디로 평지네."

대한의 무덤덤한 혼잣말, 아영의 치우비에서 뻗어나온 입체 영상이 미래1호기가 되어버린 현무장갑차 조종석의 비좁은 공간을 채웠다. 낮 시간 내내 탐사기체가 진저우 일대를 스캔해 구성한 작전지역의 3차원 화면, 화면은 전차 하나하나의 위치까지 세밀하게 표시되어 있었다. 주간에 찍은 사진이니 변동이 없지 않겠지만 새벽에 새로운 이동사항을 확인할 때까지의 참고자료로는 충분했다.

미래포스와 111여단은 진저우 서쪽을 흐르는 랴호허강 지류를 마주하고 있었다. 납작한 구릉 몇 개를 끼고 있어서 중국군의 직접적인 시계에서 벗어난 지역이었다. 강을 경계로 양군의 교전이 치열하게 벌어진 듯, 여기저기가 포격과 화재의 흔적이었다. 아영이 말했다.

"강변에 배치된 중국군 보병들은 크게 걱정하지 않아도 될 것 같아. 어제 그제 이틀간 벌어진 북한군과의 대규모 교전 때문에 RPG의 숫자가 많지 않고 대전차 지뢰도 거의 없어."

"중국군 기갑사단들은?"

"주력부대는 강변에서 15킬로미터 정도 떨어져 있어. 나름대로 자체 대공방어능력을 보유한 부대인데다가 워낙 넓게 포진하고 있어서 북한 공군으로서도 타격하기가 쉽지 않을 거야."

베이징 군구의 3개 기갑사단은 진저우 남쪽의 낮은 구릉지대와 농지에 폭넓게 전개되어 있었다. 고속도로와 국도 등 요충지를 중심으로 주력이 배치되어 있지만 워낙 범위가 넓었다. 따라서 조밀한 방공망의 위험부담을 감수한 채 진입하기도 부담스러웠고 광범위한 클러스터 집속폭탄을 사용한다고 해도 부대에 심각한 타격을 입히기는 어려워 보였다. 대한이 고개를 끄덕였다.

"위험부담은 큰데 마땅한 목표는 없다?"

"응. 그런 셈이야. 대신 밀집도가 낮아서 기계화 부대를 이용한 고속 돌파에는 더 유리할 수 있어. 어쨌든 북한공군의 목표는 고속도로 북쪽의 65집단군 방어선 쪽으로 집중될 것 같아."

"99식 전차가 EMP방어 되나?"

"설계상으로 보면 일부 부품에 전자파 차단 재료가 채용되어 있어. 하지만 한계가 있어서 기본적으로 미약하게라도 전력이 공급되는 무선 통신망과 컴퓨터, 미사일 통제시스템은 어쩔 수 없이 영향을 받게 되어 있어. EMP폭심에서 반경 100미터는 전차에 시동을 걸기 어렵고 어느 정도 거리가 있으면 전자제품만 영향을 받을 거야."

"흠…… 일단 전차의 기동과 수동 장전 정도 되는 거니까 정상적인 부대 운용은 안 된다는 이야기로군."

"응. 하지만 대응이 빠른 흑표 전차라면 몰라도 K300장갑차들은 피해가 나올 수 있어."

"알았다. 그 정도면 됐어. 계획대로 가자. 어차피 주공은 현무장갑차와 흑표니까. K300은 보안시스템 전투차량들의 보호를 받게 하자."

"응."

미래포스의 현무장갑차와 보안시스템의 전투차량들은 주무장인 40mm 레일건과는 별도로 미군의 아이언피스트와 유사한 능동방어

시스템을 장착하고 있었다. 자동 통제시스템으로 작동하는 소형레일 건 형태로 제식명칭은 따로 없고 대원들 사이에서는 '저격수'라는 이름으로 불리는 물건이었다. 2006년에 개발된 미군의 아이언피스트는 마하2 언저리를 오가는 RPG나 대전차미사일의 근거리 발사체를 요격했지만, 저격수는 근거리에서 발사되는 마하3 이상의 135mm 활강포탄까지 요격할 수 있도록 설계되어 있었다. 111여단의 K300 장갑차도 속도와 방호력 면에서 그리 밀리는 장갑차가 아니지만 능동방어가 가능한 미래의 전투차량에 비교할 수는 없었다. 일반적으로 방호력이 없는 전투차량이 방호력을 갖춘 장갑차량을 보호하는 우스꽝스런 모양새지만 쓸데없는 피해를 감수할 필요는 없었다.

조수석에서 몸을 일으킨 대한이 전투복 헬멧을 찾아 쓰고 장갑차 포탑에 올라앉자 아영이 말했다.

"시간 돼가."

대한은 시간을 확인했다. 3시 45분, 양용수에게 약속한 EMP 공격 시간이었다.

"벌써 시간이 이렇게 됐군. 우선 한인욱 준장하고 이연수 중령, 전차장들 전부 연결해라."

"응. 이야기해."

언제나처럼 아영의 대답은 즉시였다. 그가 나직이, 그러나 힘있게 말했다.

"오늘! 우리는 중국이 세계최강이라고 떠드는 베이징 군구의 3개 전차사단을 앞에 두고 있다. 긴 이야기하지 않겠다! 누가 세계최강인지 보여준다! 기 전송한대로 공격로는 고속도로를 중심으로 한 정면

돌파다. 작전은 4시 05분에 시작! 나와 미래포스 1중대가 고속도로를 돌파하고 북쪽은 미래포스 2, 3중대, 남쪽 개활지는 111여단이 맡는다. 단, 111여단 K200장갑차 부대는 2개 팀으로 나눠 소속부대 전차를 따라 진행하되 미래포스 전투차량과 함께 전개해라. 후위 청소는 북한군 815군단 8사단이 맡을 것이다. 우린 이대로 진시錦西까지 밀어붙이고 진시에서 아침식사를 한다! 무운을 빈다! 이상!"

대한은 대답도 듣지 않고 무전기를 꺼버린 다음 아영을 내려다보았다. 아영이 기다렸다는 듯 재빨리 말했다.

"03시47분. 돌풍 15발 발사대기. 치우 발사관 개방."

"발사."

"발사!"

치우에서 연달아 솟구치는 15개의 은색 섬광이 전투복 헬멧 화면에 비춰졌다. 아영의 작품일 터였다.

"순항고도 돌입. 목표 상공까지 45초."

대한은 헬멧 전면유리를 걷어 올리고 새카만 서쪽 하늘에 시선을 던졌다. 순간적으로 뺨을 할퀸 매서운 새벽바람이 작은 회오리를 만들며 비명을 내질렀다.

"운사, 풍백 전부 대기시켜."

"응."

아영의 대답, 기다림은 길지 않았다. 그가 몇 번 입김을 내뿜기도 전에 서쪽 하늘에서 새하얀 섬광이 잇달아 명멸했다. 반경20Km짜리 돌풍—2 15발의 광범위한 EMP공격, 폭음은 거의 들리지 않았다. 그리고 몇 분, 폭풍전야처럼 침묵을 유지하던 밤하늘은 느닷없는 굉음으로 깨어나기 시작했다. 북한에 80대밖에 없다는 수호이—25 공격기가 모조리 동원된 것 같았다. 귀청을 찢을 듯한 무지막지한 진동과 폭음이 3분이 넘게 지겹도록 진행되더니 어느 순간, 거짓말처럼 폭음이 사라졌다.

항공기가 남긴 소음은 날카로운 여운을 남기면서 아득하게 동쪽으로 멀어져갔다. 남은 건 구릉의 실루엣 너머로 번져나오는 은은한 주황색이 전부였다. 그리고 몇 초, 은은한 포성이 귓전을 두드리기 시작했다. 815기갑의 제압사격이 시작된 것이었다. 나름 톱니바퀴처럼 깔끔하게 맞물리는 공격, 이제 시작이었다.

그가 부대 통합무선을 개방하고 나직하게 소리쳤다.

"부대! 기동대기! 대오를 정비하라!"

새삼 오한이 느껴졌다. 이 전투가 마지막이 되기를 빌었다.


새벽 04시, 지칠 줄 모르고 계속되던 포성이 갑자기 뚝 끊어졌다. 그는 헬멧을 벗어 해치 아래로 떨어뜨리고는 느릿하게 치우비를 가동했다. 뺨을 할퀴던 매서운 한기가 사라지고 바람소리가 귓전을 맴돌았다. 전쟁터에 어울리지 않는 무거운 침묵, 가랑거리는 흑표전차의 아이들링 소음만 마른 나뭇가지에 매달린 잔설을 흔들었다. 강풍에 휘날리는 검붉은 귀면 깃발을 슬쩍 올려다본 대한이 아랫배에서부터 묵직하게 목소리를 뽑아 올렸다.

"부대!! 함성!!"

"후우!! 하!!"

짧게 끊어지는 두 마디 함성이 차가운 밤하늘을 뒤흔들었다. 그가 말을 이었다.

"오늘은! 대한민국 전차가 만주를 휘젓게 되는 기념비적인 날이다! 적의 주력은 중국 최강이라는 베이징 군구 3개 기갑사단이다! 우린 흑표전차 21대와 현무장갑차 25대가 전부지만 계산은 간단하다. 적의 주력이 99식 전차 400대와 80식 잡동사니 200대 선이니 우리 전차 한 대당 적 전차 13대만 깨뜨리면 끝이다. 공격헬기들 몫까지 계산하면 숫자는 훨씬 더 줄어든다! 간단히 끝내고 밥 먹자! 배고프다!"

—푸핫⋯⋯.

별것 아닌 농담에 와자하는 웃음이 무선망을 떠돌았다. 머리수로 따지면 수만이나 되는 대군을 앞에 둔 만큼 모두들 긴장했다는 뜻, 몇 초 시간을 두고 웃음이 가라앉기를 기다린 그가 다시 소리쳤다.

"최강 대한민국 육군의 위력을 보여준다!! 걸리는 건 모조리 쓸어내라! 가자! 부대 앞으로!!"

—미래포스! 앞으로!!

이연수의 뾰족한 복창과 전차장들의 복창 소리가 무선망을 줄달음쳤다. 바람 가르는 소리를 나직하게 토해낸 운사들이 가장 먼저 허공으로 솟아올라 호버링을 시작하고 이어 묵직하게 으르렁거린 흑표전차의 무한궤도가 얼어붙은 대지를 쥐어뜯으며 앞으로 튀어나갔다.

대한이 탄 현무1호차가 납작한 구릉 사면을 벗어날 무렵, 무선망에서 경쾌한 발 구르는 소리가 들려왔다. 그리고 이연수의 쉬어버린 목소리가 귀에 익은 노래를 터트렸다.

압록강을 건너는 순간부터 미래포스의 군가가 되어버린 노래, 몇 년 전 크라잉넛이라는 젊은 락 그룹이 정말 신나게 부른 현대판 독립 군가였다.

신대한국 독립군의 백만 용사야! 조국의 부르심을 네가 아느냐!
삼천리 삼천만의 우리 동포들 건질 이 너와 나로다!
나가! 나가! 싸우러 나가! 나가! 나가! 싸우러 나아가세!
원수들이 강하다고 겁을 낼 건가! 우리들이 약하다고 낙심할 건가!
정의의 날쌘 칼이 비끼는 곳에! 이길 이 너와 나로다!
나가! 나가! 싸우러 나가! 나가! 나가! 싸우러 나가!

대한 역시 목이 터져라 악을 쓰면서 발을 굴렀다. 기도비닉 같은 건 아예 신경조차 쓰지 않았다. 어차피 다시는 기어오를 엄두를 내지 못하게 하는 것이 목표, 그냥 정면으로 부딪혀 힘으로 돌파할 생각이었다.

압록강과 두만강을 뛰어 건너라! 악독한 원수 무리 쓸어 몰아라!
조국 강산 회복하는 날 만세를 불러보세!
나가! 나가! 싸우러 나가! 나가! 나가! 싸우러 나가!
독립문의 자유종이 울릴 때까지 싸우러 나아가세! 헤이!

마지막 후렴 부분에서 고래고래 소리를 지를 무렵 하얗게 얼어붙은 강이 눈에 들어왔다. 군가는 순식간에 무선망에서 사라졌다. 속도를 줄이지 않은 채 고속도로 교각을 끼고 얼음판 위로 뛰어내리자 좌우로 1중대 장갑차 7대가 나란히 따라붙었다. 아영이 낮게 중얼거렸다.

"헬기! 지향 ECM가동!"

—ECM 가동!

"연막탄!!"

—연막탄!!

측면 장갑에서 튀어나간 연막탄들이 건너편 기슭으로 날고 순식간에 희뿌연 연막이 시야를 가렸다.

"부대! 도하한다!! 자유사격!!"

—도하!! 자유사격!

대한의 명령이 끝나기도 전에 바람처럼 강을 건넌 27대 공격헬기들이 강 건너 둔덕에다 줄줄이 예광탄을 쏟아냈다. 문득 공격헬기 27대와 흑표전차 21대, 현무장갑차 25대가 일제히 강으로 뛰어드는 장면을 직접 눈으로 보았으면 싶다는 허튼 생각이 들었다. 카메라를 들이대면 제법 멋진 화면이 나오겠다 싶었으나 그건 책상머리에 앉은 호사가들이나 떠들어댈 이야기였다. 현실은 거칠게 움직이는 장갑차 위에서 필사적으로 중심을 잡는 것이 전부, 그나마도 장갑차 포탑에 올라앉은 대한에 한해서나 가능한 이야기였다. 다른 대원들은 비좁은 전차 안에서 손바닥만한 모니터 몇 개를 보는 것이 다일 터였다.

퉁! 투두둥!

좌우에서 연달아 레일건이 불을 뿜었다. 교각 한쪽이 퍽 터져나가면서 작은 폭발과 함께 불꽃이 튀고 중국군 하나가 교각 뒤에서 튀어나와 허겁지겁 둔덕을 뛰어올라갔다. 아마도 RPG쯤을 쥐고 이쪽을 노렸던 모양이었다. 이어 대전차 미사일 몇 발이 연막을 뚫고 날아왔지만 '저격수'의 요격을 벗어나지는 못했다. 강 중간쯤에서 대여섯 개의 폭발이 느껴지고 수십 개의 예광탄 줄기가 연막탄을 뚫고 건너갔다. 간간이 중기관총 총탄도 날아들었지만 위협이 느껴지지는 않았다.

"지뢰소개!"

—파동포! 지뢰소개 모드! 발사!

파동포를 장착한 차량들이 강력한 금속성을 토해냈다. 강변에서 수십 개의 모래기둥이 순간적으로 솟구치고 둔덕 일부가 조각칼로 잘라낸 것처럼 무섭게 터져나갔다. 삽시간에 넓지 않은 강을 가로질렀다. 불과 1분여 초, 방어선의 중국군 보병은 예상외로 무력했고 병사들은 장갑차가 강변으로 올라서기가 무섭게 뿔뿔이 흩어져 달아나기 시작했다. 북한공군의 폭격과 815군단의 제압사격에 장시간 시달린 때문인지 도하가 끝날 때까지도 변변한 저항을 하지 못한 채 퇴각하는 데 급급한 모양새였다. 대전차 참호들이 수도 없이 보였지만 저항은 간간히 날아오는 중기관총탄이 전부였다. 아마도 통신두절로 인한 극단적인 불안감이 크게 한몫했을 터였다.

간단하게 도하 종료.

둔덕 위에 올라서자 시야가 툭 트였다. 사각을 확보한 1중대 체인건들이 줄줄이 불을 뿜었다. 그대로 전진, 둔덕 너머의 대전차 참호 10여 개를 건너자 저항은 아예 사라져버렸다. 배후에 정렬된 수십 대의 전투차량들에서 한꺼번에 불길이 치솟았다. 예광탄 소나기가 한차례 휩쓸고 지나간 다음이었다. 뒤따라 전개한 장갑차들이 좌우로 날개를 만들면서 달리기 시작했다. 삽시간에 수백 미터, 워낙 빠른 기동이라 장갑차 좌우로 낙오병들이 상당수 눈에 띄었으나 그냥 무시해버렸다. 뒤따르는 전투차량들이 알아서 휘저을 터, 굳이 신경 쓸 이유가 없었다.

"이대로 전진한다! 1호차는 고속도로로 전개하겠다! 12, 13, 14호차는 따르라! 11호는 나머지를 지휘해서 고속도로 좌우를 소개疏開하라!"

—현무11! 하나다섯!

아영은 울퉁불퉁한 농지들을 고속으로 달리면서도 절묘하게 고속도로로 올라가는 경사로를 찾아냈다. 미리 확인해둔 자리, 순식간에 고속도로로 올라서서 속도를 올렸다. 눈 깜짝할 사이 시속 40Km, 그러나 장애물이 워낙 많아서 더 속도를 올리는 건 불가능했다.

—12시04분! 거리 3250! 적 전차! 6대!

"사격!"

아영의 보고와 대한의 명령이 이어지고 거의 동시에 레일건 포구가 불을 뿜었다. 날카로운 섬광이 밤하늘을 가르고 멀리서 불길이 솟구쳤다.

—사격종료! 6대 완파!

—11시43분! 거리 3400! 19대! 연사!!

콰쾅!

한 발 늦게 강력한 폭음이 터졌다. 대한은 좌우에서 연신 터지는 포구섬광을 슬쩍 돌아본 다음 고속도로 좌우로 눈을 돌렸다. 방어선에서 밀려난 보병들이 아군 장갑차가 줄기줄기 쏟아내는 예광탄들을 피해 정신없이 달아나고 있었다. 무선망은 발사명령과 타격 결과보고가 정신없이 이어졌다.

　—사격종료! 17대 완파! 2반파!

　—12시08분! 거리 3310! 24대! 11시52분! 거리 3600! 12대!! 연사!

　사거리 내로 들어오는 전차의 숫자가 눈에 띄게 늘어나고 있었다. 고속도로 아래를 달리는 전차들도 쉬지 않고 섬광을 쏟아냈다. 치우 탐사기체와 공격헬기가 각각의 전투차량으로 전송하는 정확한 데이터, 타격은 한 치의 오차도 없었다.

　최성수는 모니터에 시선을 준 채 혀를 내두르고 있었다. 도저히 믿을 수 없는 상황, 헤드폰에서 흘러나오는 미래포스의 무전은 '발사, 격파, 요격' 세 단어를 연신 외쳐댔고 공격헬기들이 보내오는 데이터도 순식간에 수십 대씩 줄어드는 적 전차들의 숫자를 적나라하게 보여주고 있었다. 적 전차의 숫자는 시간이 갈수록 빠르게 줄어들었다. 그런데 111여단의 흑표들은 겨우 선두전차가 초탄을 발사한 상황, 선봉부대가 이제 막 적 전차들을 사정거리에 넣은 것이었다.

　사실 99식 전차의 능동장갑을 관통하려면 신형 철갑탄을 사용한다고 해도 최소 1Km 이내에서 타격해야 했는데 미래포스 장갑차들이 가진 빈약해 보이는 40mm짜리 주포는 무려 4km 가까이 떨어진 전차들을 간단하게, 그것도 일격필살로 완전히 박살을 내고 있었다. 빗나가는 것도 드물고 맞기만 하면 무조건 완파였다.

　"운사 공격헬기에 채용된 20mm 레일건의 파괴력을 한 번 보긴 했지만 이건 정말 믿을 수가 없구만."

한인욱의 허탈한 목소리, 최성수는 입을 다물어버렸다. 그간 미래 포스와 합동작전이 없었던 것은 아니지만 실전에서 현무 레일건의 교전장면을 본 적은 없었고 따라서 미래포스를 강력한 특수부대 정도로 치부했던 것이 사실이었다. 그래서 99식 전차가 집중되어 있는 6사단과 20사단을 현무 장갑차 25대만으로 돌파하겠다는 이야기를 들었을 때, 지나친 자신감이 아닌가 하고 생각했던 것이었다.

그런데 오늘 본 미래포스의 위용은 두 사람의 상상을 간단히 초월 해버렸다. 주포의 가공할 파괴력에다 시속 100km가 넘는 엄청난 기동력, 거기다 적의 대전차 미사일과 전차포탄까지 실시간으로 요격 해버리는 괴력에는 적당한 수사를 찾아내기 어려웠다. 그저 괴물이 라는 생각뿐이었다. 한인욱이 쓰게 웃으며 말했다.

"후후. 적이 아니니 그걸로 됐지. 어쨌거나 우린 우리 일에 집중하자. 먹잇감은 많으니까."

"네. 여단장님."

"상황 정리해라."

"부대 전방은 고속도로 남쪽에 주둔한 65집단군 16기갑입니다. 99 식 전차 60대가 주력이고 나머지는 T-65급의 구형입니다. 아군 선두 부대가 접촉했습니다만…… 저쪽의 직접응사는 아직 없습니다. 아무래도 장님이 된 것 같습니다."

"EMP때문이겠지. 가능하면 대전차 미사일은 사용하지 않도록. 보급이 쉽지 않아."

"전달되어 있습니다. 아직 대전차 미사일을 사용한 전차는 없습니다. 초탄에 적 전차 15대 전파, 6대 반파입니다."

"괜찮은 시작이로군. 새로 들어온 텅스텐 철갑탄이 쓸 만한 모양이야."

"23대 완파. 선두차가 농지를 따라 해안 쪽으로 전개합니다."

"김 회장의 지시대로인가?"

"그렇습니다. 16기갑 주력과 MLRS, 자주대공포대가 배치된 지역입니다."

"좋아. 일단 그 정도면 망신은 면했군. 중국군 보병은?"

"낙오병이라고 이야기 하기도 힘들 정도로 많은 숫자가 진격로 주변에 깔려 있습니다. 이미 유기적인 전투력을 상실한 부대지만 최소한 사단 규모는 넘는 것 같습니다. 그래도 보병 주력은 시내 쪽에 집중되어 있어서 이쪽 방어선은 비교적 숫자가 적은 편입니다."

"휴. 적은 게 사단이라…… 머리 아프군."

"북한군 8기갑이 바짝 따라붙었습니다. 815군단 기계화 보병까지 전개되고 있어서 큰 위험은 없습니다."

"알아. 그래도 부담스러운 건 사실이지."

나직이 뇌까린 한인욱이 대형 모니터의 작전지도를 올려다보는 순간, 최성수가 빠르게 말했다.

"16기갑 주력과 접촉입니다. 초탄 발사합니다."

한인욱의 시선이 최성수의 모니터로 돌아왔다.

## 전쟁의 뒷모습

대한은 진저우 서쪽의 소도시 진시 외곽에서 속속 집결하는 부대에 보급과 휴식을 명령했다. 새벽 6시, 하늘은 부옇게 밝아오고 있었으나 눈앞의 진시는 거의 유령도시나 진배없었다. 집단군 사령부가 설치되어 있던 시청 건물은 아군의 포격으로 완전히 폐허가 되어 있었고 길가에는 주저앉은 장갑차와 트럭들이 시커먼 연기를 끊임없이 뿜어내고 있었다. 간간이 스타카토로 툭툭 끊어지는 아군 체인건의 파열음이 들려왔다. 도처에 무수히 깔린 패잔병을 처리하는 상황일 터였다.

그와 아영이 장갑차에서 내리자 이연수가 재빨리 다가왔다.

"중대별로 보급 시작했습니다."

"수고했다. 피해는?"

"전사 1, 부상 3, 전투차량 1대 완파입니다."

"전사?"

전사라는 말에 대한의 눈 꼬리가 확 치켜져 올라갔다.

"보안시스템 전투차량이 전복되면서 운 없이 깔렸습니다. 무장은 떼어내 보급트럭에 올리고 차량은 폭파했습니다."

"젠장. 전사라……."

원정군에서 나온 첫 번째 전사자였다. 지그시 입술을 깨문 대한이 아영을 돌아보며 물었다.

"111여단은?"

"전사 9에 부상자 23, 흑표전차 1대 기동불능에 장갑차 3대 전파야. 부대는 남쪽 농지에 집결하고 있어."

"진저우 시내는?"

"시가전이 진행되고 있어. 워낙 병력이 밀집된 상황이라 건물 하나하나를 소개하면서 전진하니까 시간이 상당히 걸릴 거야."

"좋아. 이 중령. 고속도로와 국도에 2중대를 배치해서 퇴로를 차단해라. 3중대는 진시 남쪽으로 북상하고 있는 포병대를 공격해서 초토화해라. 어차피 전선이 뒤엉켜버려서 오늘은 더 밀어붙이기 어렵다. 전사자 운구와 부상자 후송에 각별히 신경 쓰고."

"네. 대장."

"시가전이 마무리되면 중국군 패잔병들을 차오양 쪽으로 퇴각하게 만들면서 따라 올라가라. 포병대만 잡으면 친황다오까지는 허허벌판이니까 해안 쪽 전선은 이대로 양용수 대장에게 맡겨도 충분할 거다. 우린 최대한 빨리 츠펑 핵기지를 장악하고 남은 핵탄두들을 회수하는 것을 1차 목표로 한다. 이후 북한군 425군단과 합류해서 청더까지 진군, 베이징을 압박해라."

"베이징까지 들어가실 생각입니까?"

이연수가 눈을 반짝이며 물었다. 전쟁에 참여한 군인으로서 상대의 수도에 진입하는 건 뭐니 뭐니 해도 놓치고 싶지 않은 장면일 터였다. 대한이 씩 웃었다.

"그래야겠지. 하지만 진짜 목표는 장자커우張家口야."

"장자커우요? 무슨 이유가 있습니까?"

장자커우 시는 베이징 군구 소속 육군 제65집단군 사령부가 있는 베이징 북서쪽에 인접한 도시였다. 전략적인 목표는 없는 곳, 하지만 대한은 굳이 장자커우를 지목하고 있었다.

"아직은 몰라도 돼. 구체적인 명령은 츠펑 핵기지를 장악한 뒤에 전달하겠다. 알아서 잘 처신하겠지만 푸신에서 밀려난 중국군이 차오양 방면으로 집결할 테니 각별히 신경을 쓰도록. 그리고 베이징에 가까이 갈수록 생화학 공격도 대비해야 할 거다. 북한공군이 생화학 무기 단지들을 집중적으로 폭격했고 당장 생화학무기 사용허가를 내릴 최고위층도 없겠지만 위험은 상존한다. 대원들에게 숙지시켜라."

"명심하겠습니다. 대장은 미래시티로 돌아가시겠습니까?"

"그래. 이 정도면 중국 북부군은 무장해제다. 이제 뒷수습을 해야지. 한 준장하고 잘 협의해서 손발을 맞춰봐. 운사 무인기는 돌려보낼 테니까 활용하도록 하고…… 그리고 여단 참모 중에 최성수라는 친구 신경 좀 써라. 부대 참모로 써먹으면 좋을 것 같다."

"전역 시켜서 스카우트 하라는 말씀이십니까?"

"비슷하다. 뭐. 그만하면 얼굴도 빠지지 않고 체격도 쓸 만하거든.

자네 남편감으로도 쓸 만한 것 같아서 말이야. 잘 꼬셔봐."

"네?"

대한은 뜨악한 표정을 짓는 이연수를 남겨놓고 막 내려앉는 운사를 향해 서둘러 몸을 돌렸다. 사악한 웃음이 입가를 맴돌았다. 쓸 만한 것들은 두고두고 대를 이어 부려먹어야 했다.

미래시티로 돌아온 대한과 아영을 가장 먼저 맞은 건 대통령 특사 자격으로 나타난 차영태였다. 돌아오는 길에 이태식과 장시간 통화를 했지만 얼굴을 맞대고 협의해야 할 일이 너무나 많았던 것이다.

"치우천왕께서 돌아오셨군. 어서 오십시오. 천왕폐하."

차영태는 응접실로 들어서는 대한에게 장난스럽게 허리를 굽혔다. 북한과 조선족 사이에 떠도는 '치우천왕 재림'의 소문이 군 지휘부를 통해 보고 된 모양이었다.

"아이고. 낯간지럽게 왜 이러세요. 앉으십쇼."

쓰게 웃은 대한은 서둘러 차영태의 손을 맞잡으며 건너편으로 자리를 잡았다.

"하하. 그러지. 오랜만이야. 김 회장. 이젠 하대도 영 껄끄럽군 그래."

"후후. 건강하시죠?"

"죽겠네. 이런 때 괜히 수방사는 맡아가지고 승진도 물 건너갔고 여차 실수하면 제대로 징계감이야."

차영태는 짐짓 죽겠다는 표정을 지었다. 사실 수도방위사령관이라는 직책 때문에 야전에는 나가보지도 못하고 내부 단속이라는 생색

안 나는 일에 매달려 허덕대는, 이래저래 스트레스만 받는 상황일 터였다. 대한이 다시 웃었다.

"하하. 진급에서 누락되면 저나 좀 도와주십시오."

"김 회장을 도와? 또 무슨 일이 있나?"

그의 말에 솔깃한 차영태가 바짝 다가앉았다.

"후후. 별 건 아니고 군정 사령관 어떠십니까? 범위가 워낙 넓어서 힘은 좀 드실 겁니다."

"군정?"

"뭐 거기까지만 들으셔도 뒷이야기는 대충 감이 오실 겁니다. 기무 사령관에 수방사령관까지 지내신 분께 더 길게 이야기하는 것도 실례 같군요. 한 번 생각해보십쇼."

잠시 눈을 가늘게 뜬 차영태가 정색을 하며 입 꼬리를 말아 올렸다.

"흠…… 그렇군. 재미있는 생각이야. 내 심각하게 생각해보지."

차영태가 감을 잡았다 싶어진 대한은 슬그머니 말을 바꿔버렸다.

"그건 그렇고…… 북한과 합의는 잘 끝난 겁니까?"

"그렇지가 않아. 김 회장이 빠지니까 이견을 좁히기가 어렵다더군. 그래도 '항복문서 초안'은 작성이 끝났네. 오늘 전황발표가 나온 직후에 공식적으로 항복권유를 할 모양이야. 아침 9시20분이니까 곧 하겠군."

"무조건 항복이겠죠?"

"당연하지. 즉시 항복하지 않을 경우 베이징을 직접 폭격하겠다는 협박도 좀 넣었다더군."

남북한 당국이 내놓은 권유문은 간단했다. '남북 양국 정부는 더 이상의 확전을 원하지 않으며 중국은 즉시 무조건 항복하고 전범처벌과 배상에 나서라'는 것, 물론 지하에 갇힌 지 몇 시간 안 되는 중국 수뇌부가 즉각적인 반응을 보일 리는 없지만 명분을 쌓아두는 건 언제나 필요한 일이었다. 나쁠 것은 없었다. 대략 권유문 전문을 설명한 차영태가 이어 시급한 사안들을 거론했다.

"어쨌거나 남북한 합의에 대해서는 자네가 중재를 좀 해야겠어. 하루 날을 잡아보지."

"대통령의 요청인가요?"

"그런 셈이지. 안 되면 뒷덜미라도 잡아오라고 하시더군."

"후후. 알겠습니다. 그래야지요. 하지만 미국, 러시아와의 합의가 선행되어야 합니다. 하루만 시간을 주십시오."

"미국? 러시아? 그것들 또 한 발 걸치려나?"

"당연하겠죠. 어차피 전후처리에는 그 사람들 힘이 필요합니다."

"하긴. 그 인간들이 앉아서 주워 먹을 콩고물을 놓칠 리가 없지. 죽일놈들."

"후후. 한꺼번에 너무 많이 먹으면 배탈 납니다. 차근차근 가야죠. 대통령께는 오면서 대충 말씀을 드렸습니다."

"쩝…… 할 수 없지. 그래서 국정원장이 요즘 바빴던 모양이군."

"그럴 겁니다. 오늘 양국 정보계통 수장들과 점심식사를 같이 하기로 했습니다. 군에서는 그냥 모른 척 해주십시오."

대한은 주섬주섬 담배를 꺼내 차영태에게 권하고 자신도 한 대 빼물었다. 차영태가 반문했다.

"서울에서?"

"예. 그 사람들 회담에 응하는 조건이 저를 만나는 것이더군요."

담뱃불을 붙여 한 모금 빨아들인 차영태가 대뜸 욕설을 입에 담았다.

"여우같은 것들. 뭐 일단 알겠네. 그렇게 하지."

"자…… 그건 그렇고…… 하얼빈하고 장춘 쪽은 전황이 어떻습니까?"

"하얼빈에 주둔하던 2개 사단은 의외로 쉽게 항복을 했다더군. 지금은 부대 주둔지에다 감금한 채 무장해제 중이라고 들었어."

"예상보다 좀 빠르군요."

"그래. 하지만 지역이 워낙 넓고 각지의 공안 사무실을 일일이 점검해야 하는 상황이라 시간이 좀 걸릴 걸세. 오늘부터는 날씨도 좋지 않아진다고 하니 아무래도 길게 봐야 할 거야. 그리고 치안유지는 당분간 조선족 출신 군인과 경찰관을 활용하기로 했다더군. 중국인이나 다름없어서 일부에서는 우려를 표명하고 있지만 워낙 적응이 빠른 사람들이고…… 지난 며칠 동안 한족들에게 많이 시달린 상황이라 나름 협조가 될 거라는 판단이야. 북한정보국이 흘린 루머가 대부분이긴 하지만 조선족과 만주족 중에 한족 폭도들에게 맞아죽은 사람들이 상당히 많다는 소문이 떠돌아서 한족에 대한 감정이 많이 상해 있어."

대한은 그럴 줄 알았다는 듯 가볍게 고개를 끄덕였다.

"다행이군요. 만주족 반응은 어떤가요?"

"여전히 조심스럽지만 전체적으로는 환영하는 분위기야. 일단 한족들의 숫자가 턱없이 줄어들고 연합군이 진주하면서 공포분위기에서는 벗어났으니까. 물론 한족들의 숫자가 많이 줄어서 장사하는 사람들은 당장 생활이 어려울 거야. 거기다 위안화가 종잇조각이 되어버려서 더할 걸세. 조만간 식량지원부터 해야 할 것 같아."

전쟁 직후 식료품 사재기가 꽤나 길게 진행되었기 때문에 당장 필요한 식량이 많지는 않을 터, 많지 않은 식량을 배급해서 주민들로부터 호감을 얻어놓는다면 다음 단계로 넘어갈 때 제법 도움이 될 터였다. 대한이 말했다.

"그러죠. 단, 조선족과 만주족, 몽골족 등 소수민족에 한해서 식량과 식수를 배급하십시오."

"무슨 뜻인가? 흠…… 한족은 가능하면 동북3성에서 떠나달라?"

"그렇습니다. 최대한 한족의 비율을 줄여놓은 상태에서 다음 단계를 준비해야 합니다."

동북3성 각지에 흩어져 사는 조선족의 인구는 300만 남짓이었고 만주족은 대략 700만 언저리였다. 기타 소수민족까지 합치면 전부 1,100만, 동북3성 전체 주민이 1억 남짓이니 소수민족은 전체 인구의 11퍼센트에 불과했다. 물론 입소문을 타고 퍼진 흉흉한 소문 때문에 요령성에 거주하는 인구의 40퍼센트 이상이 피난을 떠났고 지린성과 헤이룽장성의 한족들은 아직도 북상하는 한국군을 피해 내몽골자치구를 통해서 베이징으로 향하고 있었다. 인구의 절반 가까운 사람들이 전쟁을 피해 도시를 떠난 상황, 특히 북한군에 밀려 피난을 떠난 요령성의 대도시들은 거의가 텅텅 비다시피 했다. 그러나 아직도 인구의 반 이상은 한족이었다. 이들을 최대한 몰아내는 것이 뒷수습의 단초였다.

"무슨 소리인지 대충은 알겠네."

"그래도 남아 있는 한족들은 결국 포용해야겠지만 일단은 최대한 줄여놓는 것이 급선무입니다. 배상금은 배상금대로 접수하고 소수민족들은 그들대로 독립시켜야 합니다. 물론 동북3성은 남북한의 영향력 안에 넣어야겠지요."

"알아들었어. 의장께 그렇게 전하지. 대통령과는 자네가 따로 시간을 잡도록 하게. 난 이만 나가봐야겠어. 자네도 바쁘겠지만 나도 정신없이 바쁘다네."

"멀리 나가지 않겠습니다. 들어가십시오."

"수고하게."

자리를 털고 일어서는 차영태를 배웅한 뒤 대한은 제자리에 털썩 주저앉아 길게 담배연기를 뿜어냈다. 등받이에 상체를 깊게 기댄 채 눈을 반쯤만 뜨고 창밖에 펼쳐진 푸른 하늘을 올려다보았다. 정말 오래간만에 가져보는 느긋한 시간, 유태현과 유민서가 기다리는 회의실로 건너가기 전에 담배나 한 대 더 피울 생각이었다.

그러나 다시 담배를 입으로 가져가려던 그는 갑자기 응접실 문이 열리는 소리에 움찔 놀라 동작을 멈췄다. 그가 있는 방에 노크 없이 들어올 수 있는 사람은 오로지 하나, 유민서였다. 목소리에는 시퍼렇게 날이 서 있었다.

"누가 담배 끊는다고 했던 거 같은데요? 이 남자가 아닌가?"

'젠장! 죽었다……'

대회의실로 건너가면서 줄기차게 잔소리를 들은 대한은 회의실 문

앞에서 다시 한 번 담배를 끊겠다고 다짐을 한 뒤에서야 겨우 문을 열 수 있었다. 그의 말이 떨어지기가 무섭게 유민서는 어느새 배시시 웃고 있었다. 불과 1초 전까지만 해도 얼음장 같은 표정을 유지하던 얼굴, 예쁜 여자는 확실히 요물이라는 생각을 새삼 떠올리면서 무겁게 회의실로 들어섰다.

"어서 오십시오. 회장님. 고생하셨습니다."

유태현의 인사말, 대회의실에는 아영을 제외한 10여 명의 그룹 최고 경영진이 모두 모여 있었다. 전쟁이라는 초대형 변수를 마주한 상황에서 근 열흘을 밖으로만 돌다가 소집한 회의여서 다들 긴장한 표정이 역력했다. 대한이 자리에 앉자 유태현이 먼저 입을 열었다.

"전황은 어떻습니까?"

정부가 발표하는 것 이외에는 최고경영자들에게도 정보가 통제된 상황이니 모두들 궁금할 수밖에 없었다. 대한은 간단하게 전황을 설명하고 긴급한 사안들을 보고받기 시작했다.

전쟁의 와중이지만 그룹의 매출은 여전히 기하급수적으로 증가하고 있었다. 러시아에서 매입한 유전이 정상가동을 시작했고 기 판매된 인터셉터의 $CO_2$ 탱크들이 본격적으로 회수되면서 고정적인 신규 매출이 발생했다. 거기에 이성과 한대, 한영그룹 매출의 확대가 본격화됨으로 인해 로열티 수입도 폭발적으로 늘어나고 있었다. 거기에 초전도체 기술이전 대금 25억 달러가 송금되면서 단기적인 자금 유동성도 상당한 여유가 생긴 셈이었다. 물론 무기생산으로 천문학적인 액수를 지출했지만 어떤 방식으로든 정부로부터 회수될 자금이었다. 이제 그룹 운영은 유태현과 경영진에게 그냥 맡겨두어도 충분할 만큼 든든하게 자리를 잡아가고 있었다.

이어 거론된 시급한 자금집행과 원자재 수급에 대한 이야기가 마무리되어갈 무렵 아영이 돌아와 귓속말을 했다. 한국과 일본 정부의 성명전이 시작되었다는 이야기, 생중계이니 보아둘 필요는 있었다.

"TV 켜봅시다. 일본 아이들 뭐라고 떠드는 지는 봐둬야죠."

대한이 TV쪽으로 돌아앉자 아영은 고개만 까딱하고 회의실 벽에 걸린 대형 모니터에다 뉴스 채널을 띄웠다. 뉴스는 일본 외무성의 기자회견이 진행되고 있었다. 아영이 말했다.

"일본의 주장은 기본적으로 독도에서의 분쟁이 한국의 도발로 인해 일어났다는 겁니다. 자국영해 안에서 시추작업을 하면서 시추선에 군대를 주둔시켰으므로 이는 엄연한 국제법 위반이자 일본의 주권을 침해하는 폭거라는 주장입니다. 이번 분쟁도 엄연히 한국 측이 평화롭게 영해를 순찰하던 일본 선박에 먼저 총격을 가했으니 한국의 책임이라는 겁니다. 그리고 이번 사건의 근간은 지난 20년간 일본이 줄곧 주장해왔던 영유권 문제 해소를 한국이 회피해왔기 때문이니 즉시 국제사법재판소에서 영유권 소재를 명확하게 가리자는 요구입니다."

"놀고 있네. 썩을 놈들. 또 시비냐?"

"우리 정부는 우리 영토와 영해를 침범해 민간인을 학살하고 시설물과 선박에 무차별 포격을 가한 일본의 행태를 분명한 침략행위로 간주하며 이를 엄중히 경고한다는 짤막한 성명을 냈습니다. 일본대사관에는 피해보상과 재발방지 조치를 요구하는 공문서를 내보내는 선에서 1차적인 대응을 마무리한 것 같습니다."

"재미없군. 당장은 손을 쓸 방법이 없으니……."

대한의 혼잣말을 유태현이 받았다.

"회장님. 일본문제는 일단 정부에 맡겨놓으십시오. 어차피 여력이 없습니다."

"압니다. 어르신. 열불이 나서 견딜 수가 없다는 게 문제죠."

대한은 입술을 잘근잘근 깨물며 TV에다 시선을 고정했다. 언젠가는 필히 손을 봐줘야 할 놈들, 그러나 지금은 때가 아니었다. 그가 고개를 가로저으며 차가운 목소리로 입을 열었다.

"미래정밀."

"네. 회장님."

유민서가 재빨리 대답했다.

"9시리즈 여객기 신규제작분 현황은?"

"3대가 제작 중에 있습니다. 먼저 외부도장을 마친 1대는 내장 조립을 위해 대기중이고 1대는 외부도장 건조작업 중입니다. 마지막 1대는 엔진조립 단계입니다."

"2대는 움직일 수 있다는 이야기로군."

"그렇습니다."

"좋아요. 그 2대는 즉시 써야겠습니다. 내장은 추후에 조립하는 것으로 하고 비행 테스트부터 실시합시다. 이유는 묻지 말고 모레 저녁까지 모든 테스트를 마치고 대기하도록 조치하세요. 무거운 박스들을 날라야 하니까 시트 브라켓들을 연결해서 중량물 박스 고정대로 활용할 방법을 찾아놓고 테스트 비행사들은 비상 대기시키도록."

"알겠습니다. 조치하겠습니다."

유민서가 노트북 키보드를 두드리기 시작하자 대한은 곧장 자리에서 일어났다.

"나머지 사안은 유태현 사장님께서 결론을 내려주십시오. 전 머리 아픈 사람들 만날 준비를 좀 해야겠습니다."

시간이 꽤 흐른 상황, 이것저것 검토해야 할 사안들이 많이 남았지만 지금은 움직여야 했다.


아영으로부터 헤이든 CIA국장과 프리마코프 SVR국장의 프로필과 해킹한 양국의 전쟁관련 보고서들을 요약해서 보고받으며 시내로 이동했다.

약속장소인 삼청동 국정원 안가에 도착한 것은 11시30분이 조금 넘은 시간, 그의 차가 진입로로 들어서자 굳게 닫혀 있던 정문이 신속하게 열렸다.

잔설이 쌓인 구불구불한 도로를 5분쯤 달리자 산장 분위기가 나는 깔끔한 2층 건물이 모습을 드러냈다. 약속시간은 아직 여유가 있었으나 다른 사람들은 벌써 도착한 듯 현관 건너편으로 검은색 대형차량들이 줄줄이 세워져 있었다. 현관 앞에 차를 세우자 검은색 정장을 한 중년의 요원이 재빨리 다가섰다.

"어서 오십시오. 회장님. 원장님께서는 중앙홀에서 기다리십니다."

아니나 다를까 현관에는 깔끔한 정장의 백인들 10여 명이 바짝 긴장한 채 대한에게 시선을 던지고 있었다. 아마 CIA나 SVR의 경호원과 보좌관들일 터였다. 깨끗이 무시, 요원의 안내를 따라 홀 건너편의 대회의실로 들어섰다. 가장 먼저 눈에 들어오는 건 가볍게 목례를 건네는 국정원장 박기철, 헤이든과 프리마코프는 소파에 기대앉아 있다가 느릿하게 몸을 일으켰다. 헤이든이 먼저 입을 열었다.

"결국 이렇게 만나는군요. 미스터 김."

"반갑습니다."

차례로 두 사람과 악수를 나눈 대한은 박기철이 권하는 대로 자리를 잡았다. 대한 몫의 찻잔이 들어오고 잠시 불편한 침묵이 흐르자 박기철이 바로 이야기를 시작했다.

"미스터 프리마코프도 영어가 유창하시니 미팅은 영어로 진행하겠습니다. 괜찮으시겠습니까?"

프리마코프가 가볍게 고개를 끄덕여 긍정을 표했다. 구레나룻이 덥수룩한 50대의 전형적인 슬라브계 러시아인, 푸근한 인상이지만 눈빛은 무척이나 사나워 보였다. 반면 프리마코프보다 연배가 조금 위인 헤이든은 깡마른 체격에 날카로운 인상의 유대인이었다. 박기철이 말을 이었다.

"어렵게 두 분을 모신 이유는 충분히 예상하실 겁니다. 바로 본론으로 들어가지요. 우리 정부는 이 정도 선에서 중국의 항복을 받아내고 싶습니다. 더 이상의 인명피해가 나는 것은 피하고 싶으니까요. 양국의 협조가 필요합니다."

"종전에 대해서는 근본적으로 찬성입니다. 하지만 러시아가 중국이 항복하도록 귀국을 도울 이유가 있을까요? 중국은 과거 소련의 동맹이었습니다. 소련이 무너지면서 서로 독자노선을 걷게 됐지만 중국이 무너지는 건 반갑지 않은 일입니다."

굳은 표정의 프리마코프의 말에, 헤이든이 빙긋이 웃으며 끼어들었다.

"쉽게 이야기하십시다. 우리가 얻는 게 뭐요?"

박기철이 말을 받았다.

"중국이라는 거인을 여러 조각으로 나눠놓는 일입니다. 양국에 득이 되면 되었지 실이 되지는 않을 겁니다."

"중국이 분리된다면 물론 그렇겠지요. 하지만 이 자리에서 추상적인 이야기는 도움이 되지 않습니다. 손에 잡히는 이야기를 합시다. 구체적으로 무엇을 줄 수 있소?"

헤이든은 대놓고 대한에게 시선을 던졌다. 네가 대답하라는 뜻일 터였다. 세 사람의 얼굴을 차례차례 돌아본 대한이 어깨를 으쓱해 보이며 입을 열었다.

"나라를 대표하는 자리에 굳이 저를 끼워 넣으신 것도 그렇고…… 제게 대답까지 요구하시는 건 더 의외인데요? 뭐 저라면 이렇게 대답하겠습니다. 일단 중국이 한국에 핵공격을 시도한 것이 분명한 이상 미국은 명분이 있습니다. 한미군사동맹에 따라 개입을 선언하시고 하이난을 점령, 주둔하십시오. 한 100년 정도만 조차하시면 향후 동남아시아 시장개척에 확실한 교두보가 될 겁니다. 물론 저항은 없을 겁니다. 중국해군은 완전히 괴멸되었으니까요. 러시아는 내몽골 자치구와 간쑤성의 만리장성 서쪽과 치롄산맥 이북을 몽골에 편입시키는 선 어떻습니까? 자위관 인근의 유전과 내몽골 자치구 북동쪽 끝의 초대형 금광들만 해도 큰 도움이 될 겁니다."

프리마코프가 급히 상체를 일으키며 말했다.

"유전과 금광 개발권을 넘기겠다는 뜻이오?"

"아아. 그거야 몽골 정부와 합의하셔야 할 문제지요. 몽골 대통령은 긍정적인 답변을 내놓았으니 이야기가 쉽게 풀릴 겁니다. 그리고 신장위구르 자치구를 독립시켜서 러시아의 영향권에 놓으십시오. 내몽골과 신장 정도면 러시아는 충분한 이권을 확보하신 겁니다. 아! 대신 할흐홀 탐삭블라크부터 장춘까지 내려오는 철도는 미래그룹에 양도해주십시오. 이유는 아실 겁니다."

"……."

프리마코프는 미간을 잔뜩 좁힌 채 입을 다물었다. 생각이 필요할 터였다. 대한이 다시 말을 이었다.

"상대적으로 미국의 이권이 좀 부족한 편인데…… 티베트와 하이난에 인접한 광시좡족 자치구를 독립시켜서 미군이 주둔하세요. 티베트는 전략적인 효과가 별로 없겠지만 광시좡족 자치구 확보는 중국이 베트남 등 동남아시아로 영향력을 확대하는 걸 효과적으로 차단하게 될 겁니다. 이권은 현지에서 알아서 챙기시고요. 그리고…… 중국에서 압수한 핵탄두와 바다 속에 가라앉은 핵탄두는 회수되는 대로 전량 미국, 러시아 양국에 양도하겠습니다. 핵무기 확산을 막는 취지지만 우라늄 가격만 해도 제법 짭짤할 겁니다. 참! 참고삼아 이야기해두지만 한국은 핵탄두를 보유하지 않았습니다."

굳이 핵탄두를 넘겨주겠다는 말을 꺼낸 것은 한국은 핵탄두를 보유하지 않았으며 앞으로도 보유할 생각이 없다는 명확한 선언인 셈이었다. 헤이든이 재미있다는 표정으로 말을 받았다.

"뭐 그렇다면 핵 부분은 믿어드리지요. 그러나 광시좡족이 독립을 원하지 않을 경우는 어찌하시겠습니까?"

헤이든은 간단하게 입장을 정리했다. 미사일 사거리 협정에 대해 말을 꺼낼까도 생각했지만 굳이 거론하지는 않았다. 이미 끝난 사안을 거론해서 시간을 끌 이유는 없었다. 대한의 대답도 간단했다.

"글쎄요. CIA의 수장께서 그런 말씀을 하시니 좀 우습군요. 현지의 한족들을 밀어내고 그 자산을 광시좡족에게 나눠준다고 해도 싫다고 할까요? 당장은 한족을 밀어내는 과정에서 부작용이 좀 생기겠지만 그거야 미국의 능력이면 얼마든지 정리가 가능할 텐데요? 심리전은 CIA가 저보다 한 수 위이신 것으로 알고 있는데…… 아닌가요? 향후 세계의 대권을 중국에 넘겨줘도 된다고 생각하시는 모양입니다?"

대놓고 하는 비난, 헤이든이 허탈한 웃음을 머금었다.

"하하. 이거 한 방 맞았군요. 그럼 한국과 북조선이 챙기는 건 뭡니까? 우리도 알아야 윗분들을 설득하지요. 동북3성인가요?"

"그런 셈입니다. 동북3성을 중국으로부터 독립시키되 전역을 무역자유지역으로 선포할 생각입니다. 전세계 누구라도 자유롭게 투자가 가능하며 영구 이주도 가능한 지역으로 만들되 향후 2년간은 미래그룹이 집중투자해서 산업 인프라를 구성할 겁니다. 주력은 목축과 밀, 옥수수가 되겠지만 미개발 지역에 남은 자원들은 무한대입니다. 물론 당분간 한족의 이주는 막을 생각입니다."

"주체는 누가 됩니까? 한국? 아니면 미래그룹?"

"한국과 북조선이 공동관리하게 될 겁니다. 물론 이권도 나눠가지겠지요."

"말은 그렇게 해도 미래그룹이 주체가 되겠군."

헤이든의 혼잣말, 들으라는 소리일 터였다. 대한은 그냥 빙긋이 미소만 내보였다. 프리마코프가 구레나룻을 쓰다듬으며 말했다.

"이거 바빠지겠군요. 당사국 대통령들의 회합도 가져야겠지요?"

러시아는 불만 없다는 뜻, 대한이 느릿하게 말을 받았다.

"그래야지요. 하지만 선행조건이 있습니다."

"말씀해보시오."

"중국에 투자한 유럽지역 국가들과 일본의 불만은 미, 러 양국에서 알아서 정리해 주셔야 합니다. 다들 적지 않은 피해를 보았을 테니 회수하고 싶을 겁니다."

"그거야 지금부터 손을 대야겠지요."

"그리고 중국의 핵무장 해제에도 양국의 힘이 필요합니다. 우린 핵무기를 다룰 전문가가 없으니까요. 관련자들 파견도 준비해주십시오."

"알겠소."

"마지막으로 하나만 더, 미국 연방은행이 가지고 있는 중국의 금괴가 얼마나 됩니까?"

헤이든이 고개를 갸웃했다.

"확실히는 모릅니다. 상당량이 있다는 이야기만 들었어요. 확인해보지요. 그런데 그건 왜요?"

"아마 115톤이 조금 넘을 겁니다."

미국의 연방 준비은행은 국제통화기금 등 국제금융기관이나 외국 중앙은행의 금괴를 일괄해서 보관하고 있었다. 물론 8,000톤에 달하는 미국 정부 소유의 금은 켄터키 주 포트녹스Fort Knox와 필라델피아,

덴버 등의 군부대 금괴저장소에 따로 보관했으나 나머지는 모두 12.5Kg짜리 국제규격으로 만들어져 뉴욕연방은행 지하금고에 보관되어 있었다. 한국이 맡겨놓은 금괴는 겨우 2톤에 불과했지만 중국은 보유 금괴 750톤 중 115톤을 미국에 맡겨 이자를 챙기고 있었다. 대한은 그 금괴를 거론한 것이었다.

"전쟁배상금은 받아야지요. 얼마 되지 않지만 우선 챙겨야겠습니다. 항복문서 조인 후에 공식적으로 소유권을 이전하겠습니다. 인출을 중지해주십시오."

헤이든은 고개를 설레설레 저으며 양손을 들어보였다.

"대단한 사람이군요. 당신. 대통령의 평가가 전혀 틀리지 않았어. 일단 알겠소이다. 대통령께 보고를 드리고 승인을 받아보겠소."

"감사합니다. 이제 대충 합의가 끝났으니 전 일어서야겠습니다. 더 자세한 사안은 세 분이 상의를 하시고…… 아! 오늘 저녁은 박기철 원장님께서 거하게 모실 겁니다. 맛있게 드십시오. 후후."

천연덕스럽게 이빨을 드러내 보인 대한이 툭툭 자리를 털고 일어서자 박기철이 엉거주춤 일어나 머리를 숙였다. 완전히 압도된 표정, 나이 든 양반의 인사를 받는 것이 다소 껄끄러웠지만 내친걸음이었다. 가볍게 목례만 하고 방을 나섰다. 일단 각자의 이권을 쫓아 손을 벌리는 지저분한 전쟁의 뒷모습은 이걸로 정리가 된 셈, 남은 건 깔끔한 마무리였다.

# 이삭줍기

　중앙군사위원회 위원이자 원자바오 총리 후임으로 총리서리에 임명된 증지위안은 거창하게 장식된 인민정부 현관을 들어서면서부터 아찔한 현기증을 느꼈다. 지난 며칠 거의 눈을 붙이지 못한 상황, 더구나 군사위원회 간부들이 지하벙커에 고립된 이후에는 아예 집무실에서 밤을 새웠다. 잠시라도 휴식을 취한 뒤였지만 몸은 물 먹은 솜처럼 축축 처지고 있었다.

　집무실로 들어서자마자 외교부장 양제츠와 국방부 수석비서 리밍 상장이 달려 들어왔다. 리밍이 다급한 목소리로 말했다.

　"총리. 분위기가 심상치 않습니다."

　국방위원회와 4총부 건물 피폭에서 요행히 살아남은 사람 중 하나였다. 덕분에 격무에 시달리지만 죽은 것보다는 나을 터였다. 증지위안이 심드렁한 목소리로 반문했다.

"무슨 분위기? 더 나빠질 것도 있나?"

"진저우 방어선이 무너진 것 같습니다."

정색을 한 리밍의 대답, 증지위안은 의자에 엉덩이를 붙이려다 말고 벌떡 일어섰다.

"뭐라고?"

무려 30만이 넘는 지상군을 몰아넣은 비좁은 진저우-푸신 전선이 하루아침에 무너진다는 건 상상조차 하지 못했던 것, 시간을 벌면서 남부군의 지원을 기다릴 요량이었으나 이젠 그조차 물 건너간 모양새였다. 리밍이 다시 말했다.

"북조선 탄극이 친황다오 인근에서 관측되었다는 보고입니다. 물론 보고가 사실이더라도 전선이 마구 뒤엉켜버린 상태여서 당장 더 내려오지는 못할 겁니다. 하지만 앞으로 하루이틀이면 친황다오가 위험합니다."

"도대체 뭐가 어떻게 돌아가는 거야! 매년 수조 위안을 쏟아 부은 우리 군대가 겨우 북조선 군에 밀려서 베이징이 위험해? 장난하나!?"

개전 이래 고위 간부들의 입에서 거의 매일 나오다시피 한 단어들과 거의 똑같은 단어들이 다시 튀어나왔다. 그러나 세 사람 모두 그걸 의식하지는 못했다. 상황이 워낙 다급했던 것, 지방군이 베이징으로 올라오려면 시간이 더 필요했다. 가장 가까운 지난 군구의 병력이 북상하는 것조차 베이징에서 더 남쪽으로 내려가려는 피난민 행렬에 가로막혀 턱없이 시간을 잡아먹고 있었다. 지난 군구 병력이 베이징 동쪽으로 전개해서 탕산과 청더에 제대로 된 방어선을 구축하려면 최소한 3, 4일은 시간이 더 필요했다. 리밍이 입을 다물자 양제츠가 조심스럽게 입을 열었다.

"어젯밤 미국대사관을 통해 한국정부의 공식 전통문이 들어왔습니다."

"어제 위성방송에서 떠들던 헛소리겠지. 그래서 뭐?"

"무조건 항복 요구는 동일합니다. 그런데 토를 하나 더 달았습니다. 베이징에 남북한 연합군이 진주하는 것을 전제로 모든 적대행위를 중단하겠다는 겁니다. 지금으로서는 신중하게 검토를 해야……."

"자네. 지금 무슨 소리를 하는 건가. 그걸 말이라고 하나? 베이징에 이민족 군대를 진주시키자고? 말도 안 되는 소리 집어치우게! 내 눈에 흙이 들어가기 전에는 안 돼!"

증지위안이 불같이 화를 냈지만 양제츠는 시종일관 차분하게 말을 이었다.

"총리. 상황이 너무 좋지 않습니다. 미국 대사 말로는 미국이 개입을 검토하고 있답니다."

"미국이 개입한다고?"

"우리가 한국을 공격했으니 한미동맹의 자동개입조항에 따른다는 명분입니다. 러시아가 반대하지 않았다는 이야기도 하더군요. 이러다가는 자칫 청대 말의 치욕적인 상황이 재현될 수도 있습니다."

"헛소리 집어치워! 수전노 미국은 중국과 적대시하지 못해!"

"세상이 바뀌었습니다. 총리. 사실 미국도 경제가 무너져가는 판이라 어디든 돌파구가 필요한 형편입니다. 미국정부의 입장에서는 전쟁이 재기의 필수요건이라고 생각할지도 모릅니다. 추락을 거듭하는 미국은 물론이고 서구열강의 경제를 활성화하려면 중국의 몰락이 필수라고 판단할 수도 있다는 겁니다. 중국의 약진이 미국과 유럽의 경기를 둔화시켰다는 논리가 최근 들어 힘을 얻고 있었으니까요. 그런데 우리가 남북한 연합군에게 일방적으로 몰리고 있습니다. 당연히 미국의 입장에서는 절호의 기회라고 생각할 겁니다."

"괜한 소리야."

"아닙니다. 러시아가 한 발 물러섰다는 이야기까지 흘리는 걸로 보아서는 절대 괜한 소리가 아닙니다."

"젠장! 지금은 중국도 달라졌어! 썩어빠진 청대와 현대의 중국을 비교하지 마라! 감히 무능한 만주족 황제와 중국 공산당을 어떻게 같은 위치에 두고 이야기할 수 있나! 헛소리하려면 당장 옷 벗어!!"

"하지만……."

"시끄럽다! 유엔대사는 도대체 뭘 하고 자빠진 거야! 안전보장이사회 소집해서 막으라고 해!! 우린 상임이사국이야!"

"유엔의 위상이 예전 같지 않다는 건 아시지 않습니까. 더구나 현직 유엔사무총장은 한국인입니다."

"제기랄! 그래서? 항복이라도 하자는 건가? 응! 그런 거야!!"

증지위안의 목소리가 더 커지자 양제츠가 깊숙이 머리를 숙였다.

"총리. 재고하십시오. 일단 협상테이블에 올라가야 우리 목소리를 낼 수 있습니다. 지금은 외국대사관들을 통해야만 겨우 베이징의 목소리가 외부로 흘러나가는 형편입니다. 지금처럼 일방적으로 한국의 언론플레이에 당해서는 죽도 밥도 안 됩니다. 일단 저것들을 협상테이블로 끌어내야 합니다. '종전협상' 정도의 단어로 시작하면 국민들의 자존심을 다칠 일도 없습니다. 러시아를 가운데 세워서 시간을 벌면서 저들의 공세를 늦추는 겁니다. 이대로는 절대 안 됩니다."

"이봐. 외교부장. 당신은 군인이 아니라 전쟁을 몰라. 세상 어느 전사를 훑어봐도 종전협상 기간 동안 공세가 늦춰진다는 이야기는 없어. 팽팽한 접전이 아닌 이상 공세는 절대 늦춰지지 않는다. 도리어 더 강력해지지. 협상에서 유리한 고지를 점하려면 일단 상대를 최대한 압박해야 하니까."

"……"

단호한 대답, 양제츠는 입을 다물어버렸다. 평소 우유부단한 성격으로 유명하던 증지위안의 행태를 생각하면 정말 의외의 반응인 셈이었다. 따지고 보면 후진타오가 증지위안을 총리자리에 앉힌 건 그가 만만했기 때문이었다. 그런데 지금은 어찌 말을 붙여보기조차 힘들 정도로 강경한 자세로 일관했다. 자리가 고집을 만들었나 하는 생각을 떠올리는 순간, 증지위안이 리밍을 돌아보며 물었다.

"리밍 상장. 군사위원회 지하벙커 진척상황은 어느 정도인가?"

"아직입니다. 중장비를 최대한 동원했지만 수직갱도가 너무 깊어서 수습하기가 쉽지 않고 청더 연결통로 쪽도 시내구간이 200미터 이상 무너졌습니다. 단기간에 구조는 어렵습니다. 현장 지위관의 보고로는 빨라야 한 달입니다."

핵공격을 받아도 3개월 이상 생존이 가능하도록 식량과 통신수단 등 모든 것이 갖춰진 기지지만 자로 잰 것처럼 정확한 직격탄을 맞는

바람에 기지로 이어지는 통로와 통신수단이 모두 차단된 것이 문제였다. 명령을 받고 싶어도 받을 방법이 없었다.

"젠장! 이대로 가야겠군. 좋다. 일단 친황다오와 탕산을 포기한다. 최대한 빨리 청더와 톈진에 방어선을 꾸려라. 베이징 시가전도 불사하겠다. 인근의 피난민을 몰아서 적의 기동로를 막아도 좋다. 어떻게든 시간을 벌어라."

"알겠습니다. 총리!"

"외교부는 총력을 기울여서 러시아의 지원을 끌어내라. 필요하다면 동북3성의 이권을 일부 넘겨주어도 좋다. 유엔대사도 전력을 다해서 안전보장이사회를 소집하라고 해. 서둘러!"

"그러죠. 총리."

양제츠는 못내 아쉬운 표정으로 총리집무실을 나섰다. 군인은 아니지만 전세가 기울었다는 건 분위기만으로도 느낄 수 있었다. 더구나 민간인을 앞세워 전선을 유지하려 하는 건 군인으로서 정말 파렴치한 행동이었다.

증지위안의 입에서 나온 '민간인 동원'이라는 두 단어는 불과 12시간만에 엄청난 결과를 초래했다. 양군 사이에 끼인 수만 넘는 피난민이 양군의 총격에 노출되는 최악의 사태가 터져버린 것이었다. 사건의 발단은 14일 자정을 전후해 퇴각명령을 하달 받은 친황다오의 65집단군 패잔병이 만리장성 서쪽으로 퇴각하면서 모든 교량과 도로를 폭파하면서부터였다.

친황다오에 고립된 민간인은 대략 100만, 그런데 상대가 문제였다. 한국군이었다면 도로에 장사진을 친 민간인의 소개를 위해 속절없이 시간을 까먹었겠지만 친황다오로 진군한 부대는 북한군 815군단이었다. 사령관 양용수는 패잔병과 민간인이 뒤섞인 군중에게 시간을 빼앗길 생각이 전혀 없었다. 양용수는 피난민을 무시한 채 인정사정없이 공격을 명령했고 피난민들은 북한군을 피해 무작정 탕산을 향해 달아나기 시작했다.

결국 친황다오 시내의 샛강을 건너려는 민간인들을 사이에 두고 일이 터졌다. 샛강 건너의 중국군 잔류 수비대가 강으로 진입하려는 북한군 8기갑 선봉부대를 향해 RPG를 발사한 것이었다. 8기갑은 즉각 응사를 시작했고 양측의 십자포화에 휘말린 민간인들이 사방으로 달아나면서 삽시간에 눈덩이처럼 피해를 키워버렸다. 총에 맞은 사람의 숫자도 만만치 않았지만 깔려죽은 사람의 숫자가 상상을 초월했다. 사망자만 수천, 치료를 받지 못해 아무것도 아닌 작은 부상 때문에 죽어가는 사람도 부지기수였다.

"끙…… 이거 일이 엉뚱하게 진행되네."

아영의 보고를 받은 대한이 허리를 두드리며 중얼거렸다. 대한이 다시 부대로 합류한 것은 15일 오전 11시, 미래포스는 츠펑 핵기지를 눈앞에 두고 있었다. 아영이 배시시 웃으며 말했다.

"어제 민서한테 너무 시달렸나봐? 아파?"

픽 웃은 대한은 황급히 주변을 돌아보았다. 다행히 주변에는 아무도 없었다. 사실 지칠 만도 한 것이 14일 오후에는 이태식과의 면담, 야간에는 장시간에 걸친 합참회의로 진을 뺐고, 숙소에서 밤새 유민서에게 시달린 뒤, 당일 새벽에는 남북 대표단과의 잇단 회의로 제법

긴 시간을 보냈다. 제아무리 대한이라고 해도 지칠 수밖에 없는 강행군이었다. 대한이 아영의 등판을 퍽 치며 말했다.

"인마. 농담 그만하고 핵기지 스캔이나 해봐."

"호호. 스캔하고 자시고 할 것도 없어. 다 달아나고 몇 없어. 수동으로 기지 출구를 열었는지 폐쇄도 되지 않고 그냥 열려 있고…… 시스템상 핵탄두는 총 42개인데 전부 100킬로톤 이하의 소형 전술핵이야. 경비병력은 29명, 전원 출구에 몰려 있어. 활성화된 탄두는 하나도 없고."

원래 츠펑 기지의 8포병대는 정예병 1개 대대규모에 지휘관은 소장이었다. 그런데 푸신과 차오양에서 밀려난 패잔병들이 기지로 몰려들자 겁먹은 지휘관이 야반도주를 해버렸고 부대원들까지 해가 뜨자마자 뿔뿔이 흩어져 기지를 떠난 것이었다. 남은 건 달랑 하사관 몇 사람이 지휘하는 2개 분대뿐이었다.

"그래? 그럼 1개 분대만 진입시켜서 정리하고 기지는 111여단에게 맡기자. 우리 아이들더러 처리하고 따라오라고 해. 우린 우회해서 장자커우로 직행한다. 친황다오 상황에 대한 여론이 어떻게 돌아갈지 몰라서 당장 이삭줍기부터 해야겠다."

"현지화면 녹화해놓은 거 좀 있는데 매스컴에 뿌릴까? 분명히 중국군이 먼저 발포했어. 어차피 민간인들의 이동을 제한한 것도 중국군이니까 변명의 여지가 없을 거야."

"소문이 이상해지면 곤란하다. 일단 화면 편집해서 중국군이 민간인들을 공격했다고 대대적으로 선전하고 현 중국군 지휘부를 코너에 몰자. 최양익이 시켜."

"알았어. 데이터 전송하고 지시해 놓을게."

"가자. 여기서 시간 끌 이유 없다."

"응."

진입로에서 돌아 나온 대한은 미래포스 1개 분대를 기지 안으로 진입시키고 111여단 병력 1개 중대를 기지 경비로 남겨 놓은 다음 청더를 멀리 북쪽으로 우회해서 장자커우로 직행했다. 어차피 청더 방향은 중국군 패잔병과 피난민들이 워낙 많이 몰려 있어서 베이징 진출에 시간이 걸린다는 판단이었다.

끝없이 이어지던 평원이 느닷없이 불쑥 솟아오른 산지에 가로막혔다. 내몽고에서 화북평원으로 이어지는 '바람의 길' 장자커우張家口, 몽골과의 교류가 활발하던 관문도시답게 도로는 문자 그대로 뻥뻥 뚫려 있었다. 문제라면 목표인 65집단군 사령부가 시 남쪽 외곽에 위치하고 있다는 것뿐이었다. 다퉁에서 베이징으로 이어지는 고속도로 변이어서 접근은 그런대로 용이했지만 얼마 안 되는 산악구간을 관통하는 고속도로 주변의 고지에 자리 잡은 대공 포대들이 다소 부담스러웠다. 그래도 중국군이 아직 아군의 기동을 포착하지 못한 상태여서 특별한 움직임을 보이지 않았다. 통신망과 방공망 붕괴의 덕을 톡톡히 보는 셈이었다.

'뭐 어차피 통신망이 멀쩡했으면 이런 생각은 절대 못했겠지. 후후.'

장갑차 위로 머리를 내민 대한은 잔뜩 흐린 밤하늘을 올려다본 다음 시간을 확인했다. 밤 11시 50분, 야간 기습시간으로는 그런대로 괜찮았다.

"이대로 진입한다. 대공포대부터 타격해."

"응. 풍백 대기시켰어."

"가자!"

지체없는 기동명령, 선두부대가 산지 초입에 들어서기가 무섭게 상공에 대기하던 풍백이 고지의 대공포대 4군데를 집중 타격했다. 검붉은 연기가 솟구치는 산악도로를 최고속도로 관통하고 검문소 몇 곳을 무인지경으로 돌파했다. 65집단군 전체가 동부전선으로 빠져나간 마당이어서 베이징의 뒷문은 활짝 열린 것이나 마찬가지였다. 65집단군 사령부가 가까워지면서 검문소의 규모가 커졌으나 운사의 공중지원까지 받는 미래포스의 발목을 잡는 건 불가능했다.

사령부 건물과 공항 관제탑의 실루엣이 야시경에 뚜렷하게 들어올 무렵, 저항이 거칠어지기 시작했다. 선두 장갑차가 진입로에 들어서는 순간 2발의 대전차 미사일이 날아들었다. 집단군 전체가 빠져나갔어도 사령부 수비를 위해 상당한 규모의 병력을 남겨 놓았던 것, 장갑차 포탑 위의 저격수가 잇달아 불을 뿜고 사령부 진입로가 희뿌연 연기로 가로막혔다.

콰콰쾅!

천지를 뒤흔드는 폭음이 날카롭게 이어졌다.

"기동중지!! 부대하차!! 횡으로 전개한다!"

츠펑 기지에서부터 무려 10시간 가까이 비좁은 장갑차에 갇혀 지낸 미래포스는 찬바람을 마주하자마자 무섭게 용트림을 했다. 하차한 병력이 순식간에 횡으로 전개되고 동시에 전위로 나선 10여 대의 장갑차에서 일제히 섬광이 뿜어져나갔다. 연병장 안에서 막 기동을 시작하던 수십 대의 전차가 줄줄이 불길을 토해내며 포탑을 허공으로 들어올렸다. 포탄이 몇 발 날아오긴 했지만 '저격수'의 눈을 벗어나지 못했고 저항은 순식간에 끝이 나버렸다. 본관을 중심으로 제법 많은 숫자의 총구화염이 보였으나 조직적인 저항으로 보기엔 많이 모자랐다. 불과 2분 여, 20여 대의 전차와 전투차량 수십 대가 모조리 불길에 휩싸이자 1호차에서 뛰어내린 대한이 진입로를 일직선으로 달리며 소리쳤다.

"사령부 본관 타격!! 흔적도 남기지 마라!!"

투두둥!

삽시간에 20여 발, 내력기둥에 집중타를 얻어맞은 4층짜리 사령부 건물은 거짓말처럼 통째로 무너져버렸다. 건물 외부에서 총질을 해대던 병력들도 거의 한꺼번에 묻혀버리고 말았다. 간간이 보이던 총구화염도 순식간에 사라졌다.

"진입한다! 부대! 약진 앞으로!!"

대한의 명령, 1개 소대가 장갑차를 앞세운 채 신속하게 연병장으로 진입했다. 연병장 우측의 가건물들은 장갑차의 체인건만으로도 풍비박산이 되어갔고 요행히 살아남은 놈들은 제풀에 놀라 뿔뿔이 달아나기 시작했다. 가건물들이 쑥대밭이 되는 동안 이연수가 무선 망에서 악을 썼다.

―1중대! 공항! 관제탑을 장악해라! 2중대는 별관으로 간다! 3중대는 가건물들에서 나온 것들을 쓸어내라!

―1중대 하나다섯!

─2중대 하나⋯⋯.

대한은 중대장들의 보고를 들으며 2중대를 따라 형체를 알아볼 수 없을 정도로 무너진 본관건물을 빠르게 우회했다. 별관은 본관 뒤쪽의 납작한 구릉에 벙커처럼 지어놓은 튼튼한 건물이었다.

무너진 돌더미들을 돌아서자 묵직한 총성과 함께 예광탄이 쏟아지기 시작했다. 벙커의 기관총좌, 거의 동시에 레일건이 불을 뿜고 벙커의 두꺼운 콘크리트가 순간적으로 터져나갔다. 뿌연 돌가루가 시야를 완전히 가렸다. 총성은 사라졌다.

─정문! 정문 힌지!

이연수의 고함, 정문은 벙커 외벽에서 조금 안으로 밀려들어간 비스듬한 경사도로 끝에 있는 두툼한 철문이었다.

쾅! 쾌쾅!

경사로로 들어선 선두 장갑차의 레일건이 가차없이 철문 힌지를 두들겼다. 철문은 단 2방에 떨어져나가 휘청거리며 통로 안으로 날아갔다.

─체인건!

드르르륵!

둔탁한 굉음과 함께 수십 개의 예광탄이 자욱한 돌가루 속으로 쏟아져 들어갔다.

─사격중지! 진입한다!!

운사 2대가 강력한 회오리바람을 일으키며 벙커 옥상에다 총탄을 퍼부었다. 순간적으로 말려 올라가는 먼지들을 뚫고 1개 소대가 벙커 안으로 진입하자 이연수가 주변 소개와 경계를 명령하고 1호차로 달려왔다. 대한은 가볍게 장갑차에서 뛰어내려 사방을 휘둘러 보았다. 워낙 넓은 개활지여서 저격수의 존재를 걱정할 필요는 없었다. 이연수가 헬멧 보안창을 열며 말했다.

"이것들 안 빼갔을까요?"

"모르지. 하지만 베이징이 위험한데도 전차대대에다 보병대대까지 꼼짝도 않고 웅크리고 있다는 건 이유가 있기 때문일 거다."

아영이 몇 번이나 확인한 장소, 지난 며칠 24시간 감시를 했는데 물건을 빼가는 움직임은 전혀 없었다. 워낙 규모가 크다보니 지도부의 지시 없이 멋대로 이동시키지는 못할 터였다.

"알겠습니다. 그럼 전 공항 쪽으로 가보겠습니다."

"그래. 인근 방공포대는 깨끗하게 정리해라. 곧 9시리즈 기체들이 접근할 거다. 진입할 때 EMP에다 레이더 킬러까지 광범위하게 쏘겠지만 그래도 위험하다. 위험요소는 조건 없이 청소해. 특히 서쪽은 공항에서 반경 4킬로미터까지 경계부대를 배치해라. 서둘러."

"알겠습니다."

이연수가 자신의 장갑차로 달려가자 대한은 느릿하게 헬멧을 벗은 다음 치우비를 가동하고 곧장 벙커 안으로 들어갔다. 중요한 사안이니만큼 직접 눈으로 확인하고 싶었다.

벙커는 예상대로 깊숙한 지하기지로 이어졌다. 미래포스 1개 소대가 길을 열며 길고 긴 터널을 따라 신속하게 전진했다. 터널은 건물 복도라고 해도 믿을 정도로 깔끔했는데 가운데는 엉뚱하게도 철로가 깔려 있었다. 흔히 보는 투박한 침목들은 없었지만 평행한 철로 두

줄이 터널의 경사로를 따라 한없이 길게 이어졌다.

날카로운 총성과 수류탄 폭음이 몇 번 더 터지더니 이내 조용해졌다. 소대장 김명후의 낮은 목소리가 들려왔다.

—상황 끝! 철로가 끝났습니다!

미래포스 원년 멤버로, 하사로 전역해 4년 동안 장교로 승진한 쓸만한 대원, 첫 대면에서 조인호와 함께 대한에게 흠씬 두들겨 맞기도 해서 나름 애착이 가는 녀석이었다. 대한이 말했다.

"20미터 이상 물러서서 대기하라."

—하나다섯!

얼마 지나지 않아 무릎을 꿇고 경계 중인 대원들의 모습이 보였다. 터널의 끝은 짐을 실어 나르는 소형전차 몇 대와 꽤나 튼튼해 보이는 초대형 금고문이었다.

"아영아. 열어라."

"응."

아영은 재빨리 금고 라커에 달라붙어 시스템을 쇼트 시켜버리고 수동 다이얼을 몇 번 돌리더니 곧장 핸들을 밀어냈다. 육중한 문은 아주 천천히 횡으로 밀려나갔다. 한쪽 발을 금고에 들여놓은 대한이 낮게 휘파람을 불었다.

"휘유~ 오래 걸리겠군."

한쪽의 길이가 50m는 될 법한 거대한 장방형의 금고 안은 수십 개의 철제 팔레트와 그 위에 올려진 황금색 물체들로 가득했다. 반대편은 투명한 비닐로 싸놓은 수없이 많은 정육면체의 돈더미, 아영의 해킹결과가 정확하다면 중국정부 소유의 금괴 410톤과 외화 3,200억 유로였다. 보통 사람 같으면 가져갈 엄두조차 내지 못할 엄청난 규모였으나 대한의 표정은 그저 심드렁했다.

그가 금고 한쪽에 서 있는 소형 지게차를 발로 툭툭 차며 말했다.

"보안시스템 병력 진입시켜라. 최대한 빨리 내가자."

일단 뒷주머니가 뿌듯해졌다. 당분간 동북3성에 엄청나게 쏟아부어야 할 투자비는 대충 챙긴 셈, 올 겨울은 제법 따뜻할 것 같았다.


다음날 새벽, 대한은 활용 가능한 운사와 풍백을 총동원해서 짐을 실은 9시리즈 2대와 송골매 8대를 호위해 서울로 돌아왔다. 여유를 두고 안전하게 움직일 수도 있었지만 하루 이틀 더 걸리리라고 생각했던 4개국 정상의 회동이 예상보다 빨리 이루어졌기 때문에 서두른 것이었다. 원용해는 이미 청와대 영빈관에서 대기중이었고 미국 대통령 오배넌과 러시아 대통령 메드베데프가 급거 서울로 날아온 상황, 물론 실무선의 협상은 이미 끝난 상태여서 4개국 수장의 선언적 의미가 강한 회담이지만 선언문 낭독이 끝날 때까지 가까이에서 상황을 지켜보는 편이 바람직했다. 겸사겸사 미, 러 양국 대통령도 한번쯤 만나둘 생각이었다.

두 사람이 청와대에 도착할 무렵 시작된 회담은 오래지 않아 끝이 났다. 이어 3개국 정상이 지켜보는 가운데 이태식이 성명서를 낭독하는 장면이 전세계로 생중계됐고 대한은 영빈관에서 느긋하게 TV를 지켜보고 있었다. 한창 성명서가 낭독되는 사이 반가운 얼굴이 영빈관 응접실로 들어왔다.

"안녕하십니까? 회장님. 부회장님. 박성렬입니다."

청와대 전산실 보안팀장으로 영전한 박성렬, 감색 정장에 단정하게 깎은 머리 때문에 전혀 사람이 달라보였다. 처음엔 전혀 누군지 알아보지 못하고 엉거주춤 인사를 받았다가 이름을 이야기하고 나서야 웃음을 터트렸을 정도였다. 대한이 환하게 웃으며 그의 어깨를 툭툭 두들겼다.

"이야. 이거 옷이 날개라더니 사람이 완전히 달라보이네. 박 과장. 아니 아니지. 이제 무시무시한 청와대 보안팀장님인가?"

서른도 안 된 젊은 나이에 일개 해커에서 청와대 보안팀장으로 일거에 뛰어오른 셈이니 사실 상전벽해桑田碧海가 따로 없었다. 그러나 박성렬은 곧바로 죽는 소리를 했다.

"어이구. 회장님. 그런 말씀 마세요. 솔직히 여기 고리타분해서 못해먹겠습니다. 부회장님하고 일할 때는 긴장감이 팍팍 느껴졌는데 이건 완전히 노인네 놀이터에요. 에효…… 언제쯤 회사로 돌아갈 수 있을까요?"

자유로운 분위기에서 일하다가 의전을 생각하지 않을 수 없는 딱딱한 청와대에서 일을 하려니 죽을 맛이라는 이야기, 충분히 이해가 가는 대목이었다. 그가 픽 웃었다.

"짜식. 그거야 대통령 마음이지. 뭐 보안시스템만 완벽하게 꾸며놓고 나면 빠져나올 수도 있겠다."

"그거야 벌써 끝났죠. 그런데 대통령께서 못 가게 잡으십니다. 회장님께서 말씀 좀 해주세요. 죽겠습니다. 네?"

"후임 제대로 키워 놔. 그럼 말씀 드려보마. 하지만 큰 기대는 하지 마라. 상대는 대통령이야."

"감사합니다. 회장님. 후임 키우고 있습니다. 곧 됩니다. 흐흐흐."

그의 긍정적인 대답에 박성렬의 얼굴이 금방 환해졌다. 대한이 한다고 하면 못할 리가 없다는 판단. 그러나 대한이 시한을 못 박지 않았다는 건 생각하지 못하고 있었다.

"후후. 그건 그렇고 합의문 전문은 나왔냐?"

"네. 여기 있습니다. 조금 전 비서실장께서 회장님께 전해드리라고 주더군요."

박성렬은 들고 있던 단단하게 밀봉된 두툼한 대봉투를 그에게 넘겨주었다. 봉투를 받아든 대한이 열어보지도 않고 말했다.

"명색이 보안팀장이니 대충 알지? 간단히 요약해봐."

"네. 전문은 중국의 무분별한 팽창주의 정책과 대외적인 만행, 특허침해나 유해한 제품의 수출 등 국제사회를 상대로 자행한 무책임한 행동들을 규탄하고 중국 내의 심각한 인권문제 등을 한꺼번에 거론했습니다. 이웃나라들과의 분쟁을 힘으로 해결하려 했던 것과 핵선제공격에 대한 부분도 함께 거론됐고요. 한마디로 중국은 국제사회의 일원으로서의 자격이 없다는 논리입니다. 이후 본문에서는 이번 전쟁이 전적으로 중국의 책임이며 더 이상의 인명피해를 막기 위해 중국의 무조건 항복을 전제로 만주족 및 조선족, 티베트, 장족, 위구르 등 소수민족 4개국의 독립과 내몽골 자치구의 몽골반환을 선언했습니다. 별도로 중국의 핵무장 해제와 자치구 내의 중국군 무장해제, 해당지역의 치안유지 등을 위해 4개국 군대가 당분간 자치구에 진주한다는 조항이 달려 있고 독립예정지역에 거주하는 한족은 즉시 해당지역을 떠나라는 조항까지 명문화 되어 있습니다."

"얼씨구? 한족은 해당지역을 떠나라고?"

"네. 분명히 명시되어 있습니다. 해당지역을 침략하고 장기간 수탈한 책임을 져야 한다는 거죠. 이주할 때는 10,000유로 이상의 재물을 소유하지 못한다는 단서도 달려 있습니다."

대한은 고개를 갸웃했다. 향후 해당지역에서의 국민투표 등 다음 단계를 생각하면 분명히 필요한 조치, 하지만 그 과정에서 문제가 터질 가능성이 농후했다. 물론 각 자치구의 한족 소개작업에 필요한 명분을 제공하는 의미에서는 분명히 큰 의미가 있었다. 그러나 해당지역 거주자의 반발이 만만치 않을 것이고 자칫 폭동 등 극단적인 혼란에 직면할 가능성도 없지 않았다.

"쩝…… 한족을 몰아내는 부분이 너무 과격한데…… 이거 누가 주장한 거지?"

실무진의 합의사항에는 없었던 내용이이라 누구의 주장이었는지가 궁금했다.

"메드베데프 러시아 대통령이 강력하게 주장해서 추가한 항목입니다."

"흠…… 재미있군. 러시아라……."

대한은 한 손으로 턱을 괸 채 입술을 비틀었다. 일견 몇 가지 이유를 떠올릴 수 있지만 섣불리 결론을 내릴 수는 없었다. 시간을 두고 길게 곱씹어보아야 할 문제였다. 잠시 머릿속을 정리한 그가 다시 물었다.

"미군의 개입문제는 명기되지 않은 건가?"

"그렇습니다."

"일단 구체적인 이권문제는 빠진 셈이로군. 이면 합의서는?"

"봉투 안에 따로 들어 있는 걸로 알고 있습니다."

"알았어. 다음에 또 보지. 박 과장은 이만 들어가 봐."

"네. 그럼."

박성렬이 목례를 하고 사라지자 대한은 주섬주섬 이면 합의서를 꺼내들었다. 미, 러 양국 대통령과 만나기 전에 대략이나마 읽어둘 생각, 면담이 이뤄지려면 최소한 4개국 정상이 함께하는 오찬 시간은 지나야 할 것이었다.


영빈관에서 주는 간단한 식사로 점심을 때운 대한은 아영과 나란히 앉아 차분하게 전황을 점검하면서 나른한 오후시간을 보냈다. 남들의 눈을 고려해 노트북 하나를 가지고 들어온 터라 마음 놓고 전황데이터를 점검할 수 있었다. 오전에 새로 찍은 위성사진과 아르고스가 보내온 공중촬영 영상들을 대략 훑어보고 미래포스에 몇 가지 추가 명령을 내린 뒤에야 의전비서가 전갈을 가져왔다. 영빈관 중회의실로 오라는 전갈, 두 사람은 곧장 회의실로 건너갔다.

서넛이 쓰기엔 과하게 크다 싶은 회의실에서 10여 분을 기다리자 오배넌과 메르베데프가 나란히 회의실로 들어왔다. 오배넌이 성큼 다가서며 손을 내밀었다.

"오랜만이오. 김 회장. 아영 양. 우리 만난 지가 벌써 6개월이 넘었나?"

"그렇게 됐군요. 안녕하십니까?"

"그런데도 어제 본 것 같군. 반가워요. 참! 러시아 대통령과는 처음일 거요. 인사하시오."

"안녕하십니까. 이쪽은 제 동생입니다."

대한의 한국말을 아영이 재빨리 러시아어로 통역을 했다. 메르베데프가 놀랍다는 표정으로 대한과 아영의 얼굴을 번갈아 쳐다보며 손을 내밀었다. 대한이 손을 마주잡았지만 메르베데프의 시선은 아영을 향하고 있었다.

"안녕하시오. 완벽한 러시아어를 하는군요. 러시아에서 공부했소?"

"아닙니다. 편의상 제가 통역을 하겠습니다. 통역사들은 내보내 주시지요."

아영은 짧게 대답한 다음 한 발 뒤로 물러섰다.

"호오…… 역시 대단한 남매야. 두 사람 다 미국에서 공부를 했으니 영어는 당연히 원어민 수준일 테고…… 이제 보니 러시아어까지 완벽하게 구사하는구먼."

오배넌이 슬쩍 두 사람을 칭찬하고 나섰다. 미국과의 인연이 적지 않다는 사실을 은근히 강조한 셈, 그러나 메르베데프는 밝은 얼굴로 제 자리로 돌아가 앉았다. 사실 구소련이 몰락한 이후, 해외에서 러시아어를 제대로 구사하는 사람을 찾아보기 어려웠다. 소위 잘나간다는 서방측 기업인들의 경우에는 더 심했던 것, 그런데 아영의 러시아어는 정말 완벽에 가까웠다. 오래간만에 능숙한 러시아어를 구사하는 외국의 기업인 총수를 만난 셈이니 기분이 좋을 수밖에 없었다. 메르베데프가 말했다.

"솔직히 일개 기업인을 미, 러 정상이 함께 만난다는 게 모양새가 아주 우스웠지. 헌데 직접 만나보니 그것도 아니로군. 어렵게 시간을 낸 보람이 있어요. 반갑소. 김 회장."

"저도 반갑습니다."

칭찬의 의미일 터, 대한은 가볍게 목례를 했다. 아영이 대한의 말을 러시아어로 통역하자 메르베데프는 다시 한 번 놀란 표정으로 두 사람의 얼굴을 번갈아 쳐다보았다.

"김 회장도 러시아어를 하는 겁니까?"

대한에게 따로 통역을 하지 않았던 것, 동시통역으로 나노라디오에 전송된다는 것을 알 리 없는 메르베데프로서는 당연한 반응이었다. 대한이 빙그레 웃었다.

"알아듣기만 합니다."

"이런. 이거 아주 오래간만에 마음 편하게 이야기를 나누겠군요. 하하."

메르베데프가 껄껄 웃음을 터트리고 몇 마디 더 인사말이 오가자 오배넌이 슬슬 본론을 꺼내들었다.

"자자. 놀러 온 것이 아니니 이제 급한 사안부터 정리를 하십시다."

"말씀하십시오."

아영의 통역이 워낙 적재적소에 부드럽게 이루어져서 세 사람 모두 각자의 모국어를 그냥 사용하는 데도 대화는 아주 자연스러웠다.

"조금 전 식사를 하는 동안 우리 대사관에서 보고가 올라왔는데…… 중국 지도부가 공식적으로 우리의 요구를 거부했다더군."

일본주재 중국대사관에서 나온 즉각적인 반응, 중국은 이른바 '서울회담'의 합의를 서방열강의 중국 죽이기로 규정하고 강경한 자세를 내보였다. 책임을 질 만한 사람이 마땅치 않다보니 더더욱 강경한 반응이 나온 셈이었다. 어쩌면 당연한 일, 무조건 항복은 고위층 정치생명의 종점을 의미하기도 했다. 오배넌이 말을 이었다.

"그래서 미국은 즉시 다음 조치를 취하기로 결정했소. 잠시 후, 한미 방위조약에 따라 정식으로 중국에 선전포고를 할 것이며 2~3일 내로 필리핀 해상의 7함대가 홍콩해상을 봉쇄하고 해병대가 하이난에 상륙할 것입니다. 거기에 더해 한국 주둔 보병2사단과 제6기병여단이 하이난으로 전개하기 위한 준비를 끝냈소. 아까 모두들 계신 자리에서 거론하기도 했지만 미국은 이 정도면 합의 사항을 충실히 이행하는 겁니다."

"이해했습니다."

"알다시피 중국 남부의 지상군은 건재합니다. 물론 통신을 비롯해 많은 문제점을 안고 있지만 해당지역에서는 여전히 왕이지요. 지난군구는 기갑사단을 북상시키는 중인데…… 나머지 군구는 극히 일부만 이동시키고 있습니다. 남부지역 군구의 주력은 그냥 자기 자리를 지키고 있다는 뜻이오. 그게 무슨 의미인지 아시겠습니까?"

대한은 미간을 좁힌 채 오배넌의 눈을 건네다보았다. 현재 지상군이나마 정상적인 전력을 유지하고 있는 군구는 광저우 군구와 난징 군구, 스촨의 청두 군구 세 군데뿐이었다. 물론 란저우 군구의 전력도 비교적 멀쩡한 편이지만 위구르 반군과의 국지전에서조차 열세에 몰린 상황이라 전력을 빼낼 수는 없다. 그렇다면 미국과 광저우 등 3개 남부 군구의 교감이 어느 정도 있었다는 의미일 수도 있었다. 그가 차분하게 물었다.

"남부군 지역사령관들과 모종의 합의가 있으셨습니까?"

"이런. 이런. 너무 빨리 가지 마십시다. 우리가 홍콩을 봉쇄하는 마당에 그 사람들하고 이야기가 될 리가 있겠소? 그저 능력보다는 욕심이 많은 자들이니 욕심을 좀 자극했을 뿐이오."

"욕심이요?"

"폐일언하고 간단히 이야기해서 1주일 이내에 전쟁을 끝내줄 테니 동북3성에서 벌이는 미래그룹의 사업에 우리 국영회사들의 지분참여를 인정해달라는 이야기요. 러시아의 요구도 마찬가지입니다."

대한은 인상을 찌푸렸다. 새삼 지분참여를 거론하는 건 남쪽에서 주워 먹을 이권이 모자라다는 이야기였다.

"말씀드렸듯이 동북3성의 문호는 언제나 열려 있을 겁니다. 외국 자본의 적극적인 투자가 필요한 지역이니까요."

모호한 대답, 조용히 듣기만 하던 메르베데프가 슬쩍 끼어들었다.

"그런 일반적인 투자를 이야기하는 것이 아니오. 김 회장. 오배넌 대통령께서는 미래투자개발 법인의 지분을 생각하시는 것 같더군. 이태식 대통령께서는 무조건 안 된다며 난색을 표명했고 말이오. 그래서 만난 김에 직접 이야기하는 거요."

대한이 입가에 맺혀 있던 미소를 털어내버리고 정색을 했다.

"저야 불만 없습니다만…… 감당하실 수 있겠습니까?"

"감당하다니?"

"새로 독립하는 나라들을 지원하시면서 미래투자개발 지분매수에 소요되는 비용을 감당하실 수 있겠느냐는 이야기입니다. 투자개발 지분의 몇 퍼센트를 생각하고 계신지는 모르겠습니다만 미래그룹은 향후 2년간 5,000억 유로 이상을 동북3성에 쏟아 부을 겁니다. 그만한 자금을 감당하실 수 있으십니까?"

대한의 단도직입적인 말에 두 사람의 눈빛이 확 달라졌다. 말이 쉬워 5,000억 유로지 현재의 환율로 따지면 1조 달러에 육박하는 엄청난 액수였다. 오배넌이 눈매를 크게 치켜 올리며 반문했다.

"5,000억 유로라고 했소?"

"그렇습니다. 미래투자개발 지분의 20퍼센트만 확보하시려고 해도 최소 2,000억 유로는 필요하실 겁니다."

"휘유…… 이거야. 또 한 방 맞았군. 여전히 단위가 달라. 이번에도 '0'이 하나가 더 붙었군. 후후후. 졌어요. 졌어."

오배넌이 끌끌거리며 헛웃음을 토해내자 대한이 마주 웃으며 말을 이었다.

"대신 이렇게 하시죠. 만일 더 이상의 출혈 없이 중국이 항복한다면 미, 러 양국 건설업체들의 참여를 적극적으로 수용하겠습니다. 물론 한국이나 유럽 업체들과 경쟁을 하셔야겠지만 대략 500억 유로선의 건설 프로젝트를 양국업체에 하청하는 선으로 밸런스를 잡지요. 그리고 향후 동북3성에 산업 인프라가 갖추어지는 대로 미국과 러시아 양국 기업이 원하는 지역을 10년간 무상 임대하겠습니다. 단 서조항은 있습니다. 고구려 법에 따르셔야 하며 도박과 환경유해산업은 안 됩니다. 나머지는 환영입니다."

어차피 광범위한 인프라 건설을 단기간에 추진하려면 한국건설업체들만으로는 힘이 부칠 가능성이 높았다. 인심을 쓰는 것도 나쁘지 않았다. 미국과 러시아의 입장에서는 꽤나 구미가 당기는 제안, 500억 유로가 결코 적은 돈이 아닐 뿐더러 프로젝트에 파생되어 생겨나는 일자리와 경제적인 파급효과 역시 만만치 않았다. 메르베데프는 말없이 고개만 주억거렸고 오배넌은 슬그머니 말을 돌렸다. 계산기를 두들겨볼 시간이 필요하다는 뜻일 터였다.

"오호. 고구려? 나라 이름도 벌써 정한 거요?"

"원래 그 땅에 있던 나라입니다. 새로 정하고 말고 할 일이 아니죠."

대한은 단호한 표정으로 잘라 말했다. 북한과 동북 3성 유목민족의 노동력이 한국의 자본과 결합되는 새로운 나라, 고구려라는 이름이 어색할 이유는 없었다. 잠시 대한과 눈을 마주친 오배넌이 크게 고개를 끄덕였다.

"그렇군. 뭐 알겠소. 어쨌거나 이렇게 되면 이번에는 그저 김 회장이 하자는 대로 해야겠군. 그렇게 하지. 러시아도 크게 이의는 없으시지요?"

두 사람이 따로 밀약이 있었는지 메르베데프는 가볍게 고개만 까딱했다. 이어 너털웃음을 터트린 오배넌이 선선히 웃으며 자신의 생각을 털어놓았다.

"사실 우린 중국에 한국의 탄도미사일이 떨어지는 순간부터 광저우 군구 사령관 리진커우 상장에게 줄을 댔어요. 다 쓰러져가는 베이징에 붙어서 괜한 용을 쓰다가 쫄딱 망하느니 좀 기다렸다 정국을 장악하는 편이 낫지 않겠느냐는 제안을 해봤지. 물론 뒷돈도 좀 찔러주고 재래식 무기제공 약속도 하면서 말이오."

"재미있군요. 그래서요?"

"솔직히 처음에는 밑져야 본전 아니냐는 생각으로 작전을 승인했어요. 그런데 이 친구들이 의외로 혹하더란 말이오. 거기다 시간이 지나면서 전황이 극단적으로 몰리기 시작하니까 덥석 미끼를 물더군."

"그런가요? 요구조건은 뭐죠?"

"간단해요. 전쟁 배상금의 탕감. 남부의 4대 군구에는 책임을 묻지 말라는 이야기지. 자치구 독립과 핵무장 해제, 북부의 이권양도만으로 끝내자는 요구였소. 어차피 가난한 북부와 내륙지역 자치구를 억지로 먹여 살리느라 '중원'이 헉헉댈 이유가 없다는 논리더군. 중원이라는 단어가 구체적으로 뭘 뜻하는지는 몰라도 의미는 충분히 전달이 됐지. 더 쉽게 이야기해서 리진커우는 편협하고 무능한 현 지도부와 같이 죽지 않겠다는 생각이오. 난징, 스촨, 지난 3대 군구 사령관과는 자신이 따로 합의를 끌어내겠다고 하더군."

베이징의 결연한 항전의지와는 상반된 의외의 반응, 상대적으로 피해가 덜한 남부지역이 심각한 타격을 입은 북부를 먹여살려야 한다는 덜 떨어진 강박관념의 발로이기가 쉽지만 그래도 고대로부터 내려온 지나족 특유의 인해전술의 가능성을 생각하지 않을 수 없었다. 자치구들을 독립시켜준다고 해도 어차피 중화 문화권으로 편입된 지역이니 이번 위기만 적절히 탈출하면 머지않아 다시 대세를 장악할 수 있다는 같잖은 생각을 하고 있을지도 몰랐다. 머리수는 그만큼 무서운 무기였다.

물론 대한이 시퍼렇게 눈을 뜨고 있는 한 그들 마음대로 되지는 않을 테지만 두고두고 신경을 써야 하는 부분이었다. 대한이 반문했다.

"가능하다고 보십니까?"

"충분해요. 리진커우는 영악한 사람이오. 대세가 기울었다는 건 잘 알고 있어요. 나머지 군구 사령관들도 바보가 아닌 이상 불리한 전쟁을 계속하자고 고집하지는 못할 거요. 그리고…… 합의에 실패한다고 해도 상관은 없지 않겠소? 자체협상이 결렬되면 그때는 내전이 될 테니까 말이오. 후후후."

내한은 비릿하게 웃는 오배넌의 얼굴을 건네다보며 내심 혀를 내둘렀다. 미국은 대한의 생각보다 훨씬 더 깊게 이 전쟁에 개입되어 있었다. 전쟁의 시작과 끝뿐만 아니라 중국 자체의 내전상황까지 고려하면서 불철주야 돈벌 궁리에 몰두한 모습, 어쩌면 미국은 중국의 내전을 바라고 있을지도 몰랐다. 어려운 경제에 확실한 돌파구가 생겼으니 최대한 활용하겠다는 생각일 터였다. 대한이 무겁게 말했다.

"그럼 이대로 베이징을 제압하라는 뜻인가요?"

"그런 셈이오. 이왕이면 뱀 대가리는 깨끗하게 잘라달라고 하더군. 그 사람들 입장에서는 목소리 큰 늙은이들이 살아 있으면 별로 재미없겠지."

"좋습니다. 수용하지요. 그러나 항복문서 조인식을 양보할 수는 없습니다."

"물론이오. 대신 조인식에는 4대 군구 부사령관들이 참석하는 선으로 가닥을 잡았으면 하더군. 군구 사령관들의 면을 봐달라는 이야기요. 그리고…… 구체적인 항복조건은 각 군구 부사령관과 남북 연합군 실무자가 따로 만나 정리하는 것이 좋겠소. 뭐 김 회장이라면 벌써 준비를 해놨겠지만 말이야. 그리고……."

오배넌이 몇 마디 말을 더했지만 귀에 들어오지는 않았다. 중국 지도부의 고립으로 인해 조금은 막막했던 종전 수순이 자연스럽게 정리되는 모양새, 이것으로 베이징의 운명은 결정된 셈이었다.

# 이카루스의 꿈

대한은 하얗게 얼어붙은 눈밭 위에 어렵게 발을 내렸다. 천하의 아영도 한겨울의 무시무시한 강풍이 몰아치는 백두산 정상에 운사를 착륙시키기 어려웠던 것. 흰색의 세상 백두는 한껏 머금은 아침햇살을 눈부신 은빛으로 줄기줄기 뿜어내고 있었다. 사방을 비스듬히 둘러친 새하얀 능선이 시리도록 푸른 백두의 하늘을 절묘하게 잘라냈다.

"어쩌다보니 처음이네."

대한은 툴툴거리면서 발밑에 부서진 눈을 걷어찼다. 웬만하면 다들 한번쯤은 다녀온 백두산, 그러나 대한은 이런저런 이유로 여태 엄두도 내지 못했다. 아영을 만나기 전에는 돈이 없어서였고 만난 후에는 시간이 없었다. 물론 시간을 내려고 마음을 먹었으면 못할 일도 아니었지만 현실은 촌각의 여유도 쉽게 내주지 않았다. 따지고 보면 오늘도 시간여유는 없었다. 그러나 민족의 역사에다 멋대로 큼직한 획을 그은 셈이니 최소한 백두대간의 큰형님에게 보고는 해야 하지 않겠느냐는 생각으로 열 일 젖혀두고 날아온 것이었다.

뒤따라 내린 유민서가 재빨리 팔짱을 끼며 물었다.

"꼭 가야 할 곳이 여기였어요?"

"그래. 돌려받았으니 산신령께 인사라도 먼저 드려야지."

대한은 반대쪽으로 달라붙은 아영과 유민서를 번갈아 돌아보며 씩 웃었다. 몸매의 굴곡이 모두 드러나는 얇은 옷차림의 아영과 오리털 파카에 모자까지 쓰고 눈만 내놓은 유민서의 대조적인 느낌은 흰색의 세상에서도 여전했다. 양팔에 감기는 가벼운 압력을 기분 좋게 즐기면서 느릿하게 걸음을 옮겼다. 지난 새벽 얼어붙은 눈이 내딛는 발 밑에서 한 박자씩 늦게 뿌드득거렸다. 유민서가 하얗게 웃었다.

"하여간 오빠는 희한한 사람이야. 이 와중에 이게 제일 중요한 일이었어?"

"그래. 이제 내가 빠져도 전쟁은 끝난 거나 마찬가지거든. 이것도 내겐 중요한 일이고."

대한은 마주 웃음을 보였다. 사실 미국의 참견질 덕에 전쟁은 예상보다 조금 더 빨리 뒷모습을 드러냈다. 오배년의 말대로 남부의 군벌들이 등을 돌린 것이 결정적인 타격, 특히 베이징 인근까지 전개되던 지난 군구 2개 기갑사단이 회군을 결정하면서 베이징은 급격하게 무너져 내렸고 결국 고립무원이 되어버린 베이징은 중국 최대 군벌인 베이징과 선양 양대 군구 패잔병의 거대한 무덤이 되어버리고 말았다.

"그런데 오빠. 뭐 좀 물어봐도 돼요?"

"아프게만 물지 마라. 후후."

그의 썰렁한 대답에 유민서가 갑자기 한숨을 폭 내쉬었다.

"에효. 가뜩이나 추운데 썰렁한 농담 좀 하지 말아요. 하여간 아영이도 그렇고 오빠도 유머감각은 완전히 꽝이야. 그 좋은 머리 뒀다 뭐해요? 농담이 그게 뭐야?"

잔소리가 시작된다 싶어진 대한이 얼른 말을 돌렸다.

"알았다. 알았어. 묻고 싶은 게 뭔데?"

"그럼 이건 일단 저금. 다음에 보자고요. 호호. 아까 전황 보고서 보니까 연합군 사령부가 자금성에 주둔한다고 하던데……."

"그게 왜?"

"좀 심한 거 아니야? 자존심만 센 중국 사람들 길길이 뛰지 않을까?"

"글쎄? 이런 상황에서 지들이 뛰어봤자지. 이참에 확실히 찍어 눌러놓지 않으면 또 덤빌 거야. 괜찮아."

대한은 자신 있게 결론을 내렸다.

이틀 전인 지난 1월 17일 밤, 갑작스럽게 시작된 베이징 공습은 잔뜩 찌푸린 밤하늘로 일제히 솟구친 도요 50발과 돌풍 20발의 한바탕 불꽃놀이가 그 서막을 열었다. 짧은 불꽃놀이가 지나간 밤하늘로 풍백 20기와 북한공군 수호기 공격기 70여 대가 날아들어 칠흑같이 어두워진 도시에다 줄기차게 화려한 섬광을 내리꽂았고 세 차례에 걸친 대규모 공습이 끝난 뒤에는 북한군 815군단과 425군단이 동시에 실시한 대대적인 제압사격이 불꽃놀이의 피크를 장식했다.

그리고 미명이 밝아오는 새벽, 전차를 앞세운 연합군 보병의 전격적인 베이징 진입이 살벌한 파괴와 살육의 시작을 알렸다. 중국군 패잔병의 저항은 예상보다 미미했으나 건물에 은신해서 끈질기게 저항하는 특수부대들은 제법 위협적이었다.

연합군은 건물 하나하나를 힘으로 부수면서 빠르게 시내로 진입했다. 우선 중국군 잔류세력을 몰아넣은 자금성 인근을 포위해 집중적으로 타격하면서 동시에 방송국과 관공서, 유무선 전화국, 은행 등을 신속하게 장악한 다음, 중국군 사령부의 항복을 대내외에 공표하는 것으로 전쟁에 마침표를 찍었다.

최후까지 저항하던 중국군 잔류 병력이 백기를 들어올린 건 오후 4시 무렵, 미래포스의 진입과 레일건 난사가 초대형 콘크리트 가루로 구름을 만들어낸 직후였다. 베이징 일대에서 간간이 벌어지던 중국군의 저항도 다시 밤이 되기 전에 완전히 사라져버렸다.

전투가 끝난 베이징의 상황은 심각했다. 불과 24시간밖에 안 되는 짧은 전투였지만 기갑세력을 포함해 피아 합계 15만이 넘는 엄청난 대병이 부딪힌 시가전은 상상을 초월하는 결과를 토해냈다. 인구 1,800만의 초대형 거대도시 베이징을 완벽하게 초토화해버리고 만 것이었다. 특히 마지막 순간까지 전투가 벌어진 천안문 일대는 집중적인 공습과 제압사격, 기갑부대의 난입을 온몸으로 받아냈고 결국 건물의 흔적을 거의 찾아볼 수 없을 정도로 거의 평지가 되어버렸다. 엄청난 화력이 집중되는 현대의 시가전이 어떤 결과를 내놓을 수 있는지를 여과 없이 보여준 전투였다.

이어 대한은 마지막으로 미래포스와 111여단을 자금성 안에다 주둔시키고 북한군 815군단 사령부를 천안문 초입에 설치하도록 조치한 다음 몸을 빼냈다. 항복문서 조인식을 아예 자금성 안에서 치를 생각이었다. 사실 말이 나올 소지가 다분한 과격한 조치, 당하는 중국인들의 입장에서 보면 엄청나게 자존심이 상하는 일일 터였다. 그러나 엄밀하게 따지면 자금성은 북방민족인 원元나라의 황성자리에 명의 영락제가 세운 건물이고 명대 이후 여진의 후예인 후금(청)이 다시 수도로 삼은 자리이기도 했다. 역사를 돌아봐도 베이징이 한족의 손에 쥐어져 있던 기간은 수천 년의 긴 시간 속에 불과 몇 백 년에 불과했다.

대한이 굳이 중국의 항복을 자금성에서 받기로 한 건 애당초 북방의 소유였던 동북아시아의 주도권을 돌려받는다는 상징적인 의미이자 한족 중심의 극단적으로 왜곡된 아시아 역사를 바로잡자는 의도가 깔려 있었다. 대한이 지나가는 말처럼 중얼거렸다.

"사실 지난 60년 동안 중국정부가 해왔던 지독한 역사왜곡을 생각하면 이건 아무것도 아니야. 진짜 전쟁은 지금부터다. 서로 대놓고 총질을 하는 건 끝났지만 주도권 싸움은 이제 시작이니까. 할 일이 부지기수다. 더 바빠질 거야."

"뭐 어쨌든 전쟁이 끝난다니까 기분 좋아요. 그런데 한족들은 진짜 다 내쫓는 거예요?"

"명분이 생겼으니 일단은 최대한 밀어붙여야지. 당장은 욕을 얻어먹을지 몰라도 훗날을 생각하면 백지에서 시작하는 게 최선이야. 진짜 전투가 벌어졌던 지역이라 다른 자치구들보다는 훨씬 밀어내기 쉬울 거다."

뭔가 말을 더하려던 유민서가 살짝 몸을 떨며 그의 팔을 잡아끌었다. 천지 한가운데에 올라선 감상을 편안하게 나누기엔 바람이 너무

차가운 모양이었다.

"이제 돌아가요. 오빠. 추워."

"그래. 가자. 가야지."

선뜻 돌아선 대한은 양손을 번쩍 들어올렸다. 눈부신 백두의 하늘이 거기 있었다. 있는 힘껏 가슴을 폈다. 단기 4345년 1월, 이제 겨우 첫발을 내디뎠다. 정말 힘겨운 한 발자국이었지만 여기서 멈출 생각 따위는 아예 없다. 마지막 순간까지 날아오를 것이다. 힘이 다해 날개가 녹아내리는 한이 있더라도.

(1부 완 2부에 계속)